王干　著　王蒙

江苏人民出版社

对话录

王蒙

王干

图书在版编目（CIP）数据

王蒙王干对话录 / 王蒙，王干著. --南京：江苏
人民出版社，2023.11
ISBN 978 - 7 - 214 - 28291 - 0

Ⅰ.①王… Ⅱ.①王… ②王…Ⅲ.①世界文学—文
学创作研究 Ⅳ.①I106

中国国家版本馆 CIP 数据核字（2023）第 166287 号

| | | |
|---|---|---|
| 书　　　　名 | 王蒙王干对话录 | |
| 著　　　　者 | 王　蒙　王　干 | |
| 责 任 编 辑 | 周晓阳 | |
| 装 帧 设 计 | soleilevant | |
| 责 任 监 制 | 钱　晨 | |
| 出 版 发 行 | 江苏人民出版社 | |
| 地　　　　址 | 南京市湖南路 1 号 A 楼，邮编：210009 | |
| 照　　　排 | 江苏凤凰制版有限公司 | |
| 印　　　刷 | 江苏苏中印刷有限公司 | |
| 开　　　本 | 850 毫米×1168 毫米　1/32 | |
| 印　　　张 | 15.25　插页 8 | |
| 字　　　数 | 280 千字 | |
| 版　　　次 | 2023 年 11 月第 1 版 | |
| 印　　　次 | 2023 年 11 月第 1 次印刷 | |
| 标 准 书 号 | ISBN 978 - 7 - 214 - 28291 - 0 | |
| 定　　　价 | 78.00 元 | |

（江苏人民出版社图书凡印装错误可向承印厂调换）

1990 年在北京王蒙朝内北小街居所（左侧较年长者为王蒙，右侧较年轻者为王干，后不一一注明）

1994 年秋在南昌

2000 年 6 月 15 日于王干南京家中，右起苏童、黄蓓佳、王蒙、王干、崔瑞芳、毛金兰

2008 年 6 月 10 日在浙江慈溪

2023 年 6 月 13 日在青岛中国海洋大学作家楼

本书先后由漓江出版社、北京联合出版公司、中国盲文出版社出版的五个版本

# 目　录

## 对话

## 新对话一

## 新对话二

# 第六版前言

这是第六版的《王蒙王干对话录》，和 2016 年版相比，又增加了一篇新的对话《"现代性"的爱与痛》。

新的对话，2022 年 8 月就准备进行，后来因为种种原因，耽搁了。今年以来，王蒙先生事情多，预约的对话总不能如愿，我们甚至想到了在网上对谈，但网上的对谈和现实的对谈，效果是大不一样的。

到今年 6 月，我受邀成为中国海洋大学的驻校作家，王蒙先生创作 70 年系列学术活动也在此时举行，我们有机会住在一起。我们住在青岛中国海洋大学的作家楼的同一单元里，他和夫人单三娅住在 302，我住在 502，天天相见，用餐也在一起。

尽管如此，还是腾不出时间来对话。王蒙先生在青岛的活动排得满满的，老先生年事已高，不能累着他。我耐心等待，最后抓住 6 月 13 日下午 4 点到 6 点空隙，我们展开了一场关于现代性问题的对谈。原定一个小时，后来谈到了两个小时，老先生意犹未尽，我怕他累着，就终止了。关于他小说里的女性形象话题,留着以后再续。

一个花絮:王蒙的细心周到让我们的对谈没有留下遗憾。平常和王蒙先生聊天总是听到他的金句迭出,而我没有录音和记日记的习惯,错过了电光石火的瞬间。这次本来是我们两个人对谈的,由我用手机录音再整理,王蒙先生问我,要不要请他的秘书武学良参加,也录一份,确保万无一失。我说,好,两份更保险。

后来的结果是:我的手机一句话也没录上,武秘书的录音完整无缺。


王 干

2023 年 6 月 25 日于润民居

# 再版前言

28 年前,从 1988 年的 11 月份起,到 1989 年 1 月,我和王蒙先生有过十次对话,结集本来的名字叫《文学十日谈》,后来出版改为《王蒙王干对话录》。这本书的出版也经历了一段时间,原来是上海文艺出版社准备出一套丛书,有刘心武、刘再复等人的,逢上 1989 年之后就耽搁了,后来漓江出版社的聂震宁先生果断地出版了这本书,就是 1992 年出版的《王蒙王干对话录》。

对话单篇发表的时候引起了文坛的小小哗动,但出版时已经是 1992 年的秋天,原以为时过境迁,结集出版也只是一种另存方式,没想到这本书居然加印了三次。这肯定得力于王蒙先生的影响力,但也说明我们当时谈论的一些理论话题、议论到的一些作家和作品没有速朽,也还有一些"灼见"。如今,又有出版人要求重新出版 28 年前的对话录,更是意外。28 年发生了多少事情,28 年中国共产党就成功地建立了新中国。而28年前出生的孩子，现在也已经是个孩子的父亲。

在重版之前，应出版方的要求，我与王蒙先生又在北戴河"创作之家"进行了一次对话，这次集中了一个上午三小时的时间，回顾了对话录的一些问题，也对当下文坛的一些热门话题发表了各自的看法，当然也有点私心，因为我最近对《红楼梦》痴迷，写了一些文章，借机向王蒙先生讨教。28年过去了，王蒙先生还是那么健谈，还是那么敏锐，谈着谈着，我仿佛回到1988年的朝内北小街，还是当年的王蒙，也还是当年的王干。听着录音，我的口音依然如故，表达还时不时地急切。时间都到哪儿去了？

要知道这是82岁的老人，虽然王蒙先生宣称"明年我将衰老"，但82岁和当年的54岁之间，可以消耗多少生命机体，也可以诞生多少生命。如果说当年是青春对成熟的对话，这一次则是成熟与更成熟的对话，或者说成熟对青春的对话，因为我在王蒙先生那里依然看到青春的好奇、热情的挥洒、年轻的率性。而我依然不那么成熟，不那么老到，不那么周全，好在能引起王蒙先生的兴趣，我觉得就很宽慰了。

记得当时王蒙先生邀请我进行对话，是一个周末，我不在办公室，他费尽周折居然找到我地下室招待所的电话，我穿过漫长的走廊，拿到电话，听到王蒙的声音，不敢相信，居然梦想成真。因为我当时有一个梦想，就是希望有机会和我的偶像王蒙先生一起谈经论道,这在当时绝不只是我一个人的希冀。来得太突然,我没有做好准备,但我勇敢地应承了,内心里很害怕"对"不起来,当不好配角。好在王蒙先生的学识和魅力,如醍醐灌顶,让我开窍了,我们的对话顺利进行。

当时王蒙先生很客气地提出了一个要求,就是对话的录音由我整理,他的工作太忙,不能参与整理。我至今还收藏着当年的录音磁带,遗憾的是有少部分录音因当时磁带不够,被洗掉重录了。一如既往,这次新的对话还是我来整理,不同的是录音会完整地保存着,还有视频录像。我们相约,下次继续对话,也许不需要 28 年的时间。28 年之后我已经到了王蒙先生的岁数,而王蒙也到了"有光之年"。

王干

2016 年 8 月 22 日于敦煌龙丰

8 月 26 日改定于润民居

# 第一版前言：引言

　　1988 年冬至 1989 年初，我们两人先后进行了十次对话，涉及的内容较为斑杂，两人的想法也不尽一致。也可能是这种文体比较新鲜活泼的缘故，对话单篇分别在各地报刊发表以后，引起了各种各样的反应。现将单独发表过的文章汇集成书，以便读者、研究者和文学界的朋友了解对话的整体风貌，从而进行真诚的、友善的而不是断章取义、以偏概全的"对话"。

王蒙　王干
1989 年

对　话

文学这个魔方

1988 年 11 月 29 日

北京朝内北小街 46 号

王　干　文学是什么？虽然有一些人写了论著和文章，关于文学的性质、文学的功能、文学的位置、文学的价值，但文学到底是什么并没有搞清楚。有人曾经说过，文学是个什么也说不清楚的东西，这是一个非常模糊、非常省事的办法。文学确实是一个怪物。我觉得文学是一个魔方，它是一个多面体，你看到这一面是这一种色彩，放在另一面看是另一种色彩，如果进行旋转的话，那变化就很多。说文学是社会生活在作家头脑中的反映，这也没错，这里面既谈到主体，也谈到了客体，既有作家，也有生活。但我觉得这个概念仍然是一个非常模糊的概念，如果我们把作家换成其他职业的人，这个概念似乎仍然成立，所以它缺少独特性，太宽泛化。而魔方来比喻文学，虽不是定义，但比较形象。魔方由各种各样的色彩、色块组成，文学也是由各种各样的社会的非社会的、审美的非审美的多重因素构成。如果把文学仅仅理解为一种审美的载体的话，那肯定是有局限的，因为文学还有认识功能。同时，文学的审美功能的实现，似乎还必须借助于阅读者自身的文化结构、知识结构。只有拥有一定的文学修养的人才能感受到文学的审美功能，也就是说，首先必须有审美这样的预结构才可能在文学作品中去完成审美的精神活动。可以这样说，审美实际是一种文人的阅读需求和价值取向，并不足以概括所有文学作品的本质特性。

文学魔方始终在不断地旋转，老是出现各种不同形式不同结构的色调和图景，它往往与时代保持着极为和睦的关系。它的轴心有时转向认识功能，有时趋向审美，有时则强调教育性。近年来，有人否认文学的教育功能，我觉得文学的教育功能否认不了，当然这种教育功能是潜移默化的，而不是以直接灌输与训导方式进行的。这种教育功能在战争年代环境里往往显得突出，而到了和平岁月里则变淡薄，人们有更多的理由去娱乐、游戏，而不必接受什么教育，但不能把教育功能从文学的价值系统里剔除出去。其实审美也是对心灵的一种教育。儿童阅读安徒生童话，那本来就是接受教育。

由于中国文学受载道意识的长期影响，所以文学这个魔方在中国的色彩往往比较单调，如果把教育功能比作红色色块，认识功能比作黄色的，审美功能比作蓝色的，那么中国文学这个魔方则偏红，有时甚至是一片红（比如"文革"时期）。而现在片面强调审美功能以至取消其他色块的存在，那么文学这个魔方只能剩下蓝色一面，纯粹是纯粹了，但单调的蓝色与单调的红色一样令人讨厌和腻味。

这么说,好像文学是可以按照某种比例配备色彩、色块和组合结构的,其实这只能是一种美好的设想。文学的无定性决定了它这个魔方必须时时刻刻进行旋转变化,你不想让它转,它自身也在自转,它随着整个时代在转,不是以哪个人的意志为转移,作家也顺应魔方在转,当然要排除政治性或政权性的干扰因素在外。文学这个东西是非常脆弱的,如果要对它进行政治性的干扰的话,它很快便失去正常运转的功能。应该说,它怎么转都是正常的,文学从来不按照什么规律进行机械运行。比如我们今天看抗战时期的一些文学作品,会大不以为然,但时代需要文学以那样的形象出现。文学究竟是怎样的形象,谁也不能规定死。你说田间的诗是口号诗也行,标语诗也行,你能说它不是文学吗?

王　蒙　还有《放下你的鞭子》,这也是文学。

王　干　我们不能把文学搞得狭隘,你可以搞纯粹文学、个人文学、先锋文学、精英文学,赵树理等人的创作可以说它是"政策文学""方针文学",但仍然是一种文学。因为文学的魔方在旋转,时代会造就各种各样的文学,文学的最大特点就是无规律性。现在强调文学的生命意识,就是因为以前扼杀、抹掉了个体性的东西，影响了文学内在的丰富性和复杂性。作家就是旋转魔方的人，作家的创造性就在于他能够组合出别人组合不出的结构、色彩、画面，要与众不同。文学最忌讳搞成六面一个色。当然，我把文学比作一个魔方仍只是一种比喻，因为魔方还是比较机械的东西，用电脑一算，就可以统计出有多少色的块面、色的结构、色的组合。由于作家在创作过程中投入了更多的情感因素，我们不能简单地对文学进行定量、定型、定时分析，但原理是一样的，作家就是要把生活中的各种各样的色彩，社会上的各种各样的因素，人的各种各样的情感经验，欢乐、忧伤、痛苦、惆怅、悲哀、沉思、辛酸、苦辣等等，进行一种独创的组合。因为每个作家与别人旋转得不同，他的组合就使人感到新鲜。如果过几年、几十年甚至几百年之后，还有人觉得这样的组合很有意思，那就是大作家、大作品。

王　蒙　我非常希望能和你争论，但到现在为止，我还找不出和你争论的理由。我常常感觉到对文学的各种解释、各种说法都有一定的道理，而又都不能让人完全满意。比如，我们常常听到的也很流行的说法，曾经很时髦的说法，"文学是人学"。"文学是人学"在文学对人的关注，在文学表达人的思想、情感、内心世界和经验方面不失为一个很好的说法，而且这种说法与目前还没有过时的人本主义、人道主义思潮相呼应。但是，我也常常对这个定义感到不满意，可能我这个想法太可笑，从经验的角度来讨论"文学是人学"这个问题。我觉得体育更是人学，体育体现人的健康、素质、灵敏、反应，这是绝对的人学，而心理学作为人学来说要比文学"学"得多，你看许多许多的文学作品，你的脑子里可能会搞得四分五裂，片断和各种互相冲突的记忆使你不知道对人有多少认识，而你要（是）认真读完一本心理学著作，总会有相当的收获。在某种意义上，甚至政治学也是人学，它研究人们如何利用自己的集团、阶级维护自己的利益，相互之间的斗争，力量的消长，以至于人对人的支配，社会的组合，秩序，等等。我总觉得"文学是人学"这个定义也不完全。

王　干　说"文学是人学"实际是把文学作为一种补偿工具，因为人们在呼唤人性、人情、人道主义、人的尊严、人的价值，但用文学来呼唤是非常软弱无力的。我在学校读书时，老师讲"文学"为什么是"人学"呢？一，文学是人写的；二，文学是写人的；三，文学是人看的。非常好笑。

王　蒙　那好多东西都是人学。历史也是人学。

王　干　其实,我们现在缺少真正的"人学",对人缺少足够的注意和研究。文学被当作人学是一种越位,把文学当作主体精神解放的产物,实际上是生活中主体不能实现其价值,到文学中来做"白日梦"。当然,人在文学中的位置相当重要,但文学不是人学。您刚才提到的体育、政治也不是人学。真正的人学要研究人的物质性因素、心理性因素。

王　蒙　医学更是人学。当然还有兽医,不在其内。（笑）

　　　　还有一种说法,好像是高尔基讲的,说文学是阶级的触角、感官,这个说法也不能抹杀,但不仅仅是这样的。在阶级斗争非常激烈的时候,它是这样。即使阶级斗争不那么尖锐的时候,你从各种文学现象中能够看出社会的变革,社会上各种思潮的涌起,相互之间的冲撞和消长,包括那些自称对政治毫无兴趣的或者自以为文学是一种纯形式的东西的说法,实际也是在一定的社会条件、一定的时代条件、一定的背景下产生的,但是你仅仅把文学说成阶级斗争的触角、感官,又感到遗漏了一大片作品。

王　干　对。

王　蒙　我常常想,各种对文学的议论,包括我们的对话仍
然是一种"摸象",只是摸到一部分,但试图全面阐
述、什么都承认时往往又失之空泛,最后什么也没
有告诉别人。我见到过美国著名的女作家格瑞
斯·培丽,她是白俄血统,她的短篇小说在美国非
常有名。1980 年我在艾奥瓦大学,看到她讲演时地
上都坐满了人。她讲演时的一个特点,就是嘴里含
着口香糖,不停地讲演不停地嚼着口香糖。据说她
好像是一个左派,曾在五角大楼前面进行反对美国
干涉越南战争的游行,被警察拘捕过。1985 年世界
笔会第 48 次会议,她带领一批美国作家来嘘舒尔
茨,而且敲着桌子大喊大叫。我亲眼看见的。这是
一个政治意识、社会意识相当强烈的作家。但她讲
过一句话:文学就是智力游戏。这就非常有趣。她
非常关心社会生活,很关心政治,而且有她自己的
倾向性,但她谈到文学时认为文学是游戏。这就又
牵涉到另一个问题。现在,"玩文学"的名声很不
佳。好像"玩文学"是黄子平提出的,起码与黄子平
有关。

王　干　可能还有吴亮、张辛欣。

王　蒙　我倒想为"玩文学"辩护一下。就是不能把文学里"玩"的因素完全去掉。人们在郁闷的时候，通过一种形式，甚至很讲究的形式，或者很精巧、很宏大、很自由的形式来表达自己的郁闷，是有一种自我安慰的作用，甚至游戏的作用的。过去很多中国人讲"聊以自娱"，写作的人有自娱的因素，有多大还可以再说，至于读文学的人有自娱的因素更加难以否认。也就是你我都有"玩文学"的因素，但是完全把文学看成"玩"会令许多人通不过的。

王　干　我曾碰到几个写诗的青年人，他们的写作很难说不是一种"玩"。比如他们发现文字有一种巫术的作用，在把文字排列组合的过程中就能得到一种满足。我们搞文学的人十有八九都有一种文字癖，特别喜欢玩弄文字，这样排列、那样组合，趣味无穷。而中国文字的象形特征，方块特征，很适宜排列，而且中国语法又不那么严格，所以排列、组合时常常会产生一种奇异的效果。特别是诗歌，简直就是一种文字宗教和语言宗教，诗人沉浸在一种语言的游戏里面、文字的巫术里面，整个身心就非常愉快。

王　蒙　是的，要承认有"玩"的因素。第二，"玩"是否和严肃对立，或绝对排斥？我觉得很难说。我不知道这是哪一个大哲人讲过的话,说儿童的游戏非常严肃,非常认真,而大人所做的一些非常认真、非常严肃的事情往往更像游戏。这样的例子非常多,儿童游戏的认真性、严肃性无须我去举例子,大人有些非常严肃的事情最后办得像游戏,如开会、评奖、样板。"文化大革命"很残酷,但"文革"当中有很戏剧性的东西,比如抓国民党反动派的残渣余孽,抓到一个"余孽"之后,让他戴上那种"双翅"的赃官帽子,让他自己拿着簸箕敲着去游街,脸上再抹上各种颜色,确实是一种游戏,但这是一种恶作剧。

王　干　《雨花》杂志后来搞了个"新世说"的栏目,就是专门收集"文革"时类似玩游戏的"掌故"的。

王　蒙　"文革"中的掌故太多了。我记得鲁迅杂文里说清朝政府的某些县太爷接见外国人时,让外国人走旁边的小门,外国人稀里糊涂地就从小门进来了。他自己走大门,就高兴得不得了,用现在的话说,就叫捍卫了自己的尊严,捍卫了国家的尊严。这确实和游戏一样。把"文革"完全说成游戏当然不够全面,那么多人遭迫害,那么多人被迫害死,但它的游戏性质非常明显。

**王　干**　"文革"就是一场很残酷的游戏。

**王　蒙**　"文革"一开始,所有电影院都不演电影,所有的戏院都不演戏,所有的文学刊物都不出了,但人们为什么忍受得了,就因为那个时候生活里有这些游戏,人们每天出去看游街,看批斗,看按脖子,业余生活被这些东西丰富起来了。甚至我还有过这样的离奇想法:中国人有一段时期那么喜欢搞运动,是不是和业余生活不够丰富有关系? 如果有更多的时间去航海,去打球,去下棋,去滑雪,去冲浪,也许就会觉得开过多的会是一个负担。但在业余生活非常不丰富的情况下,开开会,而且开一个会揪出两个人来,不但揭露他政治上的问题,而且揭露他生活的隐私,就起了一种娱乐的作用。所以说文学是一种智力游戏,以至于说文学可以起一些"玩"的作用,也同样是如你所说的魔方当中的一个角,或某一个颜色。但要膨胀起来,认为一切文学都是游戏,除了游戏以外就没有文学,那就差之千里了。还有一种说法是说文学是一种纯粹的形式。这至少是用一种形式的观点,来看待文学,这在中国最有传统,我感觉中国古代恰恰是把文学当作一种形式,所谓"言之无文,行而不远"。中国的纯文学并不发达,往往文学就是历史,比如《史记》,或者文学就是政论,比如唐宋八大家,有许多政论文。为什么说它是文学,就因为他们的文采比较好,有对仗,有比兴,有抒情排比句,而且讲究汉字的铿锵悦耳。在这种意义上说文学是一种形式也没错,但把形式说成一切,形式以外什么都没有,这本身是把本来开放状态的文学变成一种封闭状态的文学的徒劳企图,是为了保护文学的纯粹性而割掉它和生活、政治、科学、思潮、思想、文化、心理诸多方面的联系。文学是一种开放的东西,而不是封闭的,但文学仍然有它的核心,这个核心是非常难说的,如果我们只承认开放的一面,就等于承认一切都是文学。如果用一种泛文学的观点来看的话,杂文也是一种文学。那么请假条是不是一种文学呢?那很难说。如果一个人的请假条写得很俏皮、很有文采、很感人,也可能是文学。我在新疆的时候,碰见一个国民党时期留下来的小官员,在"文革"中给斗得一塌糊涂,被定成"历史反革命",下乡劳动,工资也给取消了。林彪事件后,那个时候已经开始落实政策了,这个人就用半文半白的语言写了一份申请,说家庭困难,一个人带着未成人的小女儿,恳求领导"垂怜",我当时一看,觉得是一篇很好的散文。这篇散文在当时看是抒情的,在现在看是黑色幽默,也许再过五百年剩下的便是纯形式了。也许五百年以后，人们不会写这种半文半白的乞怜求饶的文字，批评五百年前中国发生的"文化大革命"的兴致也没有了，就变成了纯形式。我们在强调文学的多方面的开放性意义时，如果抓不住核心，就有这种危险——请假条甚至说话都是文学。

王　干　有时可能是我们本身的阅读结构的问题，比如火车站留言牌上的留言，往往能读出文学的意味。有一次，我和苏童在宜兴丁山镇的大街上看到一份"迁坟通告"，是用毛笔写的，而且是繁体字，就非常有历史感，文字也富有人情味，把它当作一种文学作品读完全可以。其实，"大字报"也可能是文学，比如骆宾王讨武则天的檄书，今天看就是"大字报"的形式，却作为文学作品流传下来了。

王　蒙　是的。

王　干　中国古代的文学作品实际都是实用文体，实用性很强，比较纯粹一点的诗词亦是一种实用文体，唐朝便以考诗作为科举的方式。中国文学的源头是史学、志怪，后来的律诗也被作为一种升官的工具，实用性很强。但我们今天理解文学，总觉得文学的功利性、实用性非常薄弱。

王　蒙　文学产生的时候很可能有它很强的功利性和实用性，但我们今天如果试图为宽泛无边的文学找到一个核心，这个核心也是不很稳固，因为出现一个大的文学现象或文学天才，就会把你的理论推翻。我想，非具体实用性还应该是文学的特征。诗歌能够有利于科举，这并不是诗歌本身的性质所决定的。人们欣赏诗歌还是从审美出发，至于作诗为什么会成为做官的途径，是当时的科举制度和人事制度所决定的，不是诗歌本身所决定的。它的审美价值是文学里面不可缺少的内容。

王　干　我觉得文学里还有一种很重要的因素，便是情感性的因素，是不可否认的，文学里各种各样的情感是按照各种各样的方式排列组合起来的。

王　蒙　很好。你谈到这个问题时，我想打个岔，你对小说中的议论怎么看？比如你对莫言作品中的议论提出了批评。这种批评不光是对莫言的，很多人，包括我，也都受到过这种批评。议论多少能够决定一篇小说的特征、价值吗？它一定是成反比例的关系吗？

王　干　小说中有议论不一定有什么不好。比如托尔斯泰

的作品中就有大段大段的议论。我为什么说莫言
《猫事荟萃》的议论不好，就觉得它议论的结果使它
不像小说了。

王　蒙　我不想为《猫事荟萃》辩护，但看了你批评的逻辑，
并没有使我得到满足。问题在这里：它是不是一篇
特别有艺术价值的杂文？如果是，那就非常成功。

王　干　我认为那是一篇很好的杂文或小品文。中国人一
般写散文都很纯粹，风花雪月，花草鱼虫，然后抒一
点情；西方的小品往往把很杂的东西糅合在一起，
然后找一条链子牵起来。而莫言的《猫事荟萃》就
是这样一种小品的写法。但它已经是一篇小品，为
什么还要当作小说呢？当然，议论在小说中的位置
相当难说，法国出现的"新小说派"就是把议论大量
糅进小说，一边叙述一边议论。这样一来，文学的
形象性、情感性就受到冲击了。我现在也有点弄不
明白，像您、莫言和"新小说派"为什么对议论那么
感兴趣呢？是不是对世界的好多看法没法表示，要
通过一点情节或小故事来大发议论呢？

王　蒙　对用非常含蓄的形象的写作方式来说，议论常常起
消极破坏的作用。我有些作品里的大量的或许是

过多的议论，我也完全会写，也写过一点议论也没有的小说，比如我很得意的短篇《在我》，题目也是学五四时期，用头二字做题目。写练拳的，没有任何的议论。议论可能对形象性有破坏，但议论不妨碍情感性。因为这种议论不是一种冷静的逻辑的推论，也不是考证一个古物，它所议论的恰恰是人物内心最深处的那些东西，而这些往往是一般人没有表露出来，他生出的爱和恨用一种喷发的议论形式表达出来。所以我认为这种议论也完全是文学，有极强的情感性，如果议论有文采，也不乏形象。

王　干　但它未必是小说。一部小说不在于能不能议论，而在于议论的结果。比如您的《一嚏千娇》，我就很喜欢。您议论的点不是在说一个问题，如果说一个问题就变成论文了。您在《一嚏千娇》里的议论是一种散发性辐射，而且议论本身也有很多机巧。我曾经认为《一嚏千娇》是1988年最先锋的小说。以往寻根派、现代派小说也好，都有人物、故事、冲突，不过换一种方式来讲，《一嚏千娇》里这些都消解了，情节不连贯，断断续续，也不完整，人物老坎和老喷以及女秘书只是一种框架，小说的主体就是议论。您这些文字当成一种批评性的文字，大家都喜欢看，但文学圈以外的人来看，就可能看不进去，就会有一种隔膜感。他不知张辛欣、吴亮、刘心武何许人也，妙趣就不能体会到。这可能是议论带来的局限，至少在阅读面上有它的规定性或局限性。

王　蒙　现在我们不谈《一噎千娇》，回到问题的本体上来。我想起一个说法，好像是从一个英国人写的一本书上看来的。他的这个提法起码在中国很新鲜，他说小说是与生活的竞赛，非常有趣。我们每个人都有自己的生活，生活本身就很吸引人，在某种意义上说，对生活的厌恶也是生活的一种味道。但写小说仅仅有我们已经看到的生活还不够，我们还希望有一种生活，还希望在小说里创造出一种生活和生活进行竞赛。这个比"再现说"更俏皮、更有魅力。当然再现的作品非常伟大，甚至于恩格斯认为在巴尔扎克的作品里学到的经济学比读经济学学到的还要多。我完全赞成巴尔扎克的这种伟大。"和生活竞赛说"在直觉上就感到非常可爱，哪怕它不严密，甚至也经不起科学的论证。

王　干　您的"竞赛"指什么？

王　蒙　指在我的笔下又创造一个生活，这个生活和现实又相像又不像。和现实一点都不像的作品也是有的，比如某些现代派的绘画。一点都不像,接受起来是困难的,但也有价值。有一些又像又不像的,就变成了一种竞赛,恰恰是给人们在现实生活中得不到的那些向往、愿望、好奇心,那些思想包括思索所没有达到的东西。这就牵涉到你刚才说的诗人语言上的排列组合。排列组合我也常喜欢用。我认为对一个作家来说,他的排列组合,不仅是语言,语言往往是最后的排列组合,首先他还是对各种生活材料、各种经验(包括内心体验)的排列组合,这种排列组合的方式是无穷无尽的,它实际的经验比如是按 A、B、C、D、E……这样的序号排列下来,但当你表现它的时候,你完全可以 A 和 D 组成一组,然后B、C、E、F 又组成一组。

王　干　组合当中便有一种"无限可组性"。文学实际不能一下子穷尽,就像文学的定义不能一下子下得很完整一样,因为文学处于不断组合的过程,在不断发展。

王　蒙　与"竞赛说"比较相似的,还有一种说法,就是"文学就是一个作家的梦"。

王　干　文学就是作家的白日梦。一般说来,这说法对浪漫型、幻想型的小说比较容易讲得通,好像写实性作家不是写梦。其实,写实也是表现一种梦。从心理学看,所有的文学都是记忆的倒流。记忆倒流本身就是梦。

**王　蒙**　我非常赞成这种说法。我想插一句,如果说排列组合的话,文学首先是记忆的排列组合,梦本身也是记忆的排列组合。

**王　干**　您在中英作家五人谈时说过,文学总要表达人生有意味的经验。人生的经验是一种记忆,情感经验、社会经验、生活经验都是一种记忆。记忆中很重要的因素就是情感,没有情感的浸入就很难有深的记忆。即使机械记忆也是基于一种外加情感的作用。所以是不是可以换一种说法,文学是从情感出发通过记忆的方式任意排列组合的结果。写实性小说就是一种记忆的再现,想象也是以记忆为基础的。

**王　蒙**　绝对是这样。

**王　干**　而且想象是一种记忆的错乱组合。

**王　蒙**　想象是记忆,又加上愿望和欲望,往高层次上说,是理想、追求，往低层次上说，主观的、政治的、经济的、思想的、社会的、生理的、心理的各方面要求把记忆激活，把记忆搅乱以后产生出一种新的东西。

**王　干**　对"游戏说"我补充几句。所有游戏都讲究一种规则，但现在有人谈文学是游戏时往往忽略规则。在一定范围的活动才可能形成游戏，如果没有规范和规则加以限定，就形不成游戏。大家为什么觉得游戏非常有趣呢？就是好玩，这种好玩与规则的限制有很大的关系。承认文学的游戏性的同时也要承认它的规则性。当然规则也不是固定不变的，有一种作家在规则之内写作得非常好，比如陆文夫就把中国从"五四"以来的"问题小说"做得很圆满、很精致，差不多可以说，"问题小说"到了陆文夫手里已经很完美了。这种作家也可以成为大作家。这种作家在既定规则里活动得很潇洒、很自在，也比较美丽动人。另一种作家就是自己创造出一套游戏规则来，使人感到这样游戏比那样游戏更加有趣、新鲜。这也是一种了不起的作家。

**王　蒙**　不但自己能够按已有的规则游戏，而且能够创造新规则，创造新的规则就是创造新的游戏。比如扑克牌，你可以会打桥牌，还会赶猪，不但会赶猪还会百分，不但会百分，还会争上游，不但会争上游，还会用扑克牌算命。

我还想补充对文学的两种说法。一种是非常崇高的说法，在我们这儿是比较熟悉的，说文学是生活的教科书，它的教育作用是潜移默化的，古往今来的历史事实非常多。文学对人的影响是无法否认的，这完全不决定于作家自己的宣言，作家说我写这个就是写着玩儿的，它也可以教育人、影响人。比如说好莱坞的电影本来是最讲商业性、娱乐性的，但好莱坞的电影对美国生活方式、思想方式一直到时装、音乐、汽车、快餐店等所起的传播扩散作用未必低于美国那些官方的文件以及真正的宣传小册子，影响着他们的生活方式、感情方式。说文学是生活的教科书则当之无愧。这里又常常涉及另一个问题。我们在谈到泛文学的时候，谈到请假条、检讨书、"大字报"，但我们今天谈文学主要是指作家的作品。在可以预见的将来，我仍然认为文学要有一种超常性，它还不是每一个人都写得出来的，它总是由在智商上或者敏感上或者在经历上有特殊之处的人写出来。有的作家以特殊经历取胜，比如他长期从事反间谍的工作，他一辈子就写一本书，也能够非常轰动。或者他在监狱里的生活使他写出一本书来，也许他的文学水平泛泛，但他也有超常性。

王　干　海明威这个作家与他的人生经历有很大关系。

王　蒙　海明威不光是经历的问题，他还是一个大的风
　　　　格家。

王　干　他若没参加过"二战"，甚至就没有我们今天说的海
　　　　明威。

王　蒙　还有经验的超常性、智商的超常性、美感的超常性
　　　　和语言能力的超常性，没有这些东西，海明威成不
　　　　了海明威。我想再说一种说法，也就是我经常喜欢
　　　　援引的"文学是大便"，这种说法非常难听，马上就
　　　　引起作家和读者的极大反感。我想这样说话的人
　　　　无非也是极而言之。我从来主张对我所不赞成的
　　　　主张尽量去体会它的意思，看它是怎么发生的。这
　　　　话包含几层意思，一是对贵族化文学的一种抗议，
　　　　对那种装腔作势的文学、矫情的文学、救世主的文
　　　　学、圣人的文学的一种抗议。莫言最近讲一个道
　　　　理，这个道理如果不把它绝对化，不妨说有一定的
　　　　道理，他说不要在文学里面随便摆出一副批评的架
　　　　子，因为批判往往是双刃的剑，当你批判别人的时

候,你很可能在批判当中流露出你的羡慕和嫉妒来,就是人家得到这些东西你没有得到。尽管这话说得刻薄些,会使好多作家反感,但我在《一嚏千娇》里也有这样的意思,不过不像莫言说得那么露骨。说"文学是大便",这里面有撕破文学的贵族化、自我神圣化的意思。第二,这种说法实际上是按弗洛伊德的心理学说来解释文学,所谓大便无非是一种淤积之物,一种需要发泄、排泄、缓冲、调整的东西。因为有很多东西要写的时候憋得非常难受。

**王　干**　"文学是大便"并不是莫言发明的,昆德拉在《生命中不能承受之轻》里有类似的说法,因为大便使很多神圣的东西都变得世俗起来。

**王　蒙**　对这样的说法,我在很大程度上不赞成,但我理解文学发泄的意义,移情的作用,补偿的作用。我自己也有这种体会,不是大便的体会,而是说我的文学活动对于我的精神状态起着很大的作用,可以说文学是保持我自己身心健康非常重要的因素。有人认为我一边做着这些行政工作,一边写东西,苦得不得了,但如果我不写,我就更苦。我只有写作的时候,才能知道天是蓝的,茶是好喝的,而且能尝出多种不同酒的味道来。而我在不写作的时候，往往丧失这方面的感觉。所以说，文学能够表达人的内心情绪淤积的东西是肯定的。但问题是把这些东西表达出来后对你的读者有没有一定的意义。我们按照"大便说"的逻辑推论一下，你排泄出来的大便究竟是作为肥料排泄出来的，还是作为对贵族化、自我神圣化的挪揄而排泄出来的；你排泄出来的东西里面还有珍贵的微量元素，也许拉出来的不仅仅是大便，还有黄金。当然，也可能排出的只有大肠杆菌、霍乱菌乃至艾滋病毒。这就决定于作家的资质了，不同的作家、不同的人格都有发泄，品位仍有高低之分，仍然有有价值、无价值或者负价值之分。我实在是感到非常抱歉，讲到这个问题时居然用大便来结束我们对文学的讨论。

文学的逆向性：反文化、反崇高、反文明

1988 年 12 月 4 日

北京朝内北小街 46 号

**王　蒙**　你在批评莫言的那篇文章里谈到了"反文化"问题，对你所批评的某些作品，我还没有看，有的我只看了开头，所以我不对那些具体作品发表什么意见。但是，如果我们承认文学的生命意识，包括在性的方面人的原始本能，实际上我们已经在一定意义上承认了反文化的倾向和要求在一定程度上的合理性。突出的是电影《红高粱》，《红高粱》引起某些人反感的恰恰是高粱地里的那出戏。说《老井》表现中国人的落后还可以，对《红高粱》却不能这么说，因为《红高粱》说的不是现在的中国，说的是过去的中国。野合、往酒里尿尿、说一些很粗野的话、做一些很粗野的动作，我觉得很有趣。在文学、艺术当中反文化的出现是对古典的、贵族的、高雅的、封闭的文学世界的反抗，人们对这一种辉煌世界产生一种冲动，觉得它太贵族化。我不知道你有没有这种感觉，在绘画、流行歌曲里都有这种倾向。比如意大利的美声唱法把人类的声乐发展到极致，当帕瓦罗蒂、多明戈在中国人民大会堂演唱时，我感觉只有用辉煌两个字才能形容，他们的声音一下子把整个空间占领了，那确实是艺术的高峰、艺术的极致。他的声音也是特别的辉煌，让你想到英雄，想到古典式的完满。但人类的感情不仅仅在这一方面，人生的经验还有另一方面，这就是摇滚乐、迪斯科、甲壳虫,戴着墨镜赤裸着胸膛弹吉他,露着胸毛在那儿喊叫、哭泣、呻吟,有的也确实在那儿抒情,有时在一种非常狂暴的节奏下用假嗓、用声音的控制来表达一种悲哀。我觉得这种歌曲的流行也是一种反文化,包括前不久在我国达到高潮最近可能冷了一点的"西北风",也表达了人们一种反文化的情绪。在绘画雕塑里,当我们看意大利文艺复兴时的那些艺术作品,比如《大卫》,把男人表现得那样健壮、优美,画女人简直画得漂亮得不得了,雕塑用汉白玉或大理石,使人显得那么美;而现代的一些画家画的人体让你感觉到那是一种半人半兽的怪物,不符合比例,更不符合美的曲线要求,这也表现出一种反文化的东西。这算不算一种反文化,不知你考虑过没有?

王 干 我觉得您刚才讲的不能全用"反文化"概括,有的属于另一种倾向,"反崇高"倾向。反文化与反崇高有联系,但又是两个范畴的概念。反文化是对人类文明的一种反抗和不满,尤其是对工业社会异化人性的一种挣扎,而反崇高则是审美形态上的一种变异方式。您刚才所说的那种生命冲动包括性的释放,都不仅仅属于反文化的范畴。您刚才说的反文化的"文化"可能是指中国的传统文化,西方近代哲学和美学对这种生命本能的冲动与爆发都给予了肯定,本身就已经是文化了,而这种"审丑",这种对崇高的亵渎只是对古典美的一种破坏,与真正的反文化并不是一回事。当然从泛文化的角度也可以这么说,因为我们一般把文化与优雅、高贵、精致的东西联系甚至等同起来。您说的那些内容,也就是文化的范畴了,尼采的哲学实际已经将生命意志、原始力量都归为一种文化,它是与古典美学相对抗的。我觉得反文化主要是一种后现代主义的产物,不承认历史感、深度感,甚至也不承认什么悲剧感、生命意识,认为世界是虚无的,因而要对已有的理性世界进行消解。应该说,反文化的产生有其合理性,特别是在后工业社会国家里,科学技术和知识的过度膨胀压缩了人类的生存空间,人完全被一种文化被一种技术所异化、所限制、所困缚,反文化不失为一种有效的反抗方式。但是莫言最近这几部小说里所体现出来的亵渎倾向无疑具有反文化的意义,他不但亵渎以前所有的优雅,甚至还亵渎他在《红高粱》所表现的生命意识和性,反而觉得另外一些东西比这些更好,比如大便、月经。他在小说中曾经写道,大便像香蕉一样美丽、金黄,为什么不能对它歌颂呢?虽然叙述主体与作者本人不是一回事,但这显然是故作偏激状。而隐藏在这种背后的却是一种文化性的叙述态度,以文化的姿势反文化,只不过是一场无效的反抗,最终仍是文化的奴隶。近来,随着西方学术文化著作和文学作品的翻译和传播,一方面对中国传统文化进行了消解,一方面也会变成一种新的"墙"来抑制我们生命的创造力和感受力。反文化是必要的,但采取怎样的态度很重要。莫言近期小说所体现的反文化实际是在"非此即彼"的思维模式中进行的,要把非文化和负文化的东西文化化以取代已有的文化。如果这样的话,是没有任何意义的,反而会造成文化的退化,使人更加非人化,而反文化的目的应是使人活得更像人。

王　蒙　反文化也是文化的一种形式,正像反小说也是小说的一种形式,这是没有问题的。反小说只不过反对公认的、传统的写法,反对有头有尾,反对时间、地点、人物、情节和脉络大致清楚的写法。不过我不想讨论反文化的功过得失,我的兴趣在于这是文学作品中一个客观的存在,当文学致力于描写各种优雅、美丽的东西的时候,这种优雅、美丽、贵族化、理想化积累到高峰的时候是非常美的,比如泰戈尔,我到现在仍感觉到写人类美好的爱心几乎没有几个人能够超过泰戈尔的。如果一个作家能够达到泰戈尔这样一种境界,那真值得羡慕极了。但是它确实有另一面,人生经验里面有许许多多与这个优美、崇高、贵族化、理想化的东西相悖谬的东西,这些悖谬能给作家一种刺激,使作家产生某种逆反,希望在作品当中也写一写丑陋的、肮脏的、刺激的、粗鄙的、下流的东西,至于他对这些是不是欣赏,我倒非常怀疑。

**王　干**　莫言至少是采取故意欣赏的态度。

**王　蒙**　也许是和读者的心理、社会风尚故意对着干。我还想举点别的例子,比如残雪,她的作品也出现过这类东西,喜欢写蟑螂、脓血、骷髅,还有人身上的疮,各种疾病。我看残雪的作品总感觉那是对丑恶东西的敏感,说带几分病态都可以,实际上是怕那些东西。她并不是为了欣赏才写这些东西,她用这些东西代替人生里的风花雪月、青山绿水、春花秋月,目的并不是为了代替,她对生活中的丑极为敏感,她是哭泣着来写这些东西。说到大便倒有一个小的事实,就是我作品里写大便也比较多的。

**王　干**　我记得《蝴蝶》里的"大干促大便"。

王　蒙　朱寨同志是很好的文学评论家，但他认为"大干促大便"之类的句子不堪忍受。在《悠悠寸草心》里面，我也曾经写到红卫兵把招待所砸烂以后就在一些房子里拉屎，连屎带蛔虫都保留在那里。也有一些作家同行跟我说，你无论如何不应该写这些东西。但我写这些东西主要是正视一下而已，我追求作品语言的反差，也是生活的反差。在中国，许多反差都达到了极致。所以，我多少可以理解莫言的"美女加大便"说，虽然他的表达未必准确，他的创作实践未必成功。我甚至认为"大便"的引入是一种考验，真正的优美与严肃不怕大便，也不怕荒诞或者嬉皮士，而是包容与消化它们。消化不了不怨大便本身，而怨作家主体的才力、学力、深刻性与气度。我总觉得反文化是文学当中无法避免的主题。我再举例子，刚才这类是"审丑"或"选丑"，而在西方国家里已不止一篇作品描写人们对科学、对技术、对城市文明的恐惧和被压迫感，描写科学主义的破产，也可以说是描写现代化的破产。当然我们国家现在正追求现代化。1985 年，我参加西柏林地平线艺术节后，和著名作家楞次座谈时，他介绍了1984 年在西德非常畅销的书，这本小说就是描写一些城市人受不了城市生活，跑到荒野里过穴居野人的生活、风餐露宿的生活，书名和作者我没记住。

在美国，已经有人带着妻子离开城市去过野蛮的原始生活，也许过了一段时候又回来，这我就不知道了。当时西德的朋友说，这些事可能是中国读者无法理解的，就是为什么会对城市厌恶到这种程度，我当时就表示，能理解。当然，这还不可能成为中国社会上的主要思潮，但我认为没有什么不可以理解的，当电脑、各种技术遥控装置取消了人的个性，取消了人和大自然的生动关系以后，人产生这样一种反异化的愿望，没有什么不可以理解的。我不知道这算不算一种反文化。

**王　干**　或者叫反文明也合适。

**王　蒙**　更广泛一点，在文学家的笔下，怀旧往往是一个永恒的主题，而从社会发展的观点，从历史唯物主义的观点，从社会学、政治经济学的观点看，怀旧是没有意义的，是不应该怀旧的。比如，我们现在发展社会生产力，我们采用了拖拉机，但是我们老怀念不用拖拉机而用牛的岁月甚至刀耕火种的时期，那怎么行？我们现在有了电灯了，但我总是怀念没有电灯、点蜡烛的时光，这蜡烛还有点科学技术，更原始的就是用一个小盆子放点油然后放灯草或搓一个灯捻点燃起来，也叫灯。我常常觉得分析不清楚，甚至也写文章稍微带有一点批评的意见，曾经责备有些作家的诗情、美往往是放到已经过去了的生活方式，比如李杭育的《最后一个渔佬儿》，比如王润滋关于木匠的描写，甚至张炜的《一潭清水》。《一潭清水》是得了奖的，我当时还在《人民文学》，发这个作品，非常喜欢。但它的意思甚至让人感觉到这个作者是不是对包产到户有什么微词？他写一个瓜地，承包以后人情变得很冷淡，不像以前那么融洽、亲切。我最近还看到有人批评我，认为我的《庭院深深》的情绪是不愿意国家改革，好像不愿改革开放发展生产力，盖起大楼，好像我最怀念1977、1978 年"四人帮"刚倒、三中全会还未开的时光，那些被压迫的人刚抬起头来，甚至破衣烂衫、两眼发直，但幻想有一个新的时代的到来。按照这样的批评法，更应批评我的小说《惶惑》，《惶惑》更是这样一种情形，好像在无限怀念 50 年代，甚至最后干脆提出一个问题，什么东西有用？什么东西可爱？拖拉机比马有用，但马比拖拉机可爱，小马比大马没有用，但小马比大马可爱，儿童最可爱，但推动历史发展生产力的责任不可能在儿童身上。这样一种怀旧情绪常常在文学作品里出现，渴望返璞归真，渴望过简朴的生活，甚至希望世界不要变得那么复杂、技术不要那么发达、人不要那么精明、人与人之间的关系不要那么精细。这和刚才的反崇高又不是一个劲儿，它是想回到另一种充满诗情的环境里去。我觉得反崇高、害怕城市文明和怀旧能不能说明文学在逃脱文化、反抗文化呢？但反过来文学也有一种渴望文化的东西，也有写得很好的，古华的《爬满青藤的木屋》是他小说当中最成功的一篇。对不起，请古华原谅我，《芙蓉镇》都是别人捧起来的，《爬满青藤的木屋》实在是写得太好了。当我们肯定文学的反文化的心态时，完全可以同时来肯定文学当中对现代化、现代知识，对城市文明的一种召唤一种期盼，它们之间不应该是矛盾，因为这不是社会思潮，这不是在文学当中来讨论我们的社会在怎样进步，大概没有几个中国作家会认为回到自然经济、刀耕火种的年代最好。我认为怀旧是历史前进当中的感情补偿，我们中国的历史正在发生急剧的变化，我们国家在向现代化前进，不管走得怎么曲折，在历史前进过程中，人们在得到很多东西的同时总感到失去一些东西，所以在文学当中出现许许多多怀旧、感伤的作品，丝毫不意味着作家对现代化丧失热情，也不意味着对文明、进步的否定。我不知道我是不是讲得太空泛了？

**王　干**　刚才您说的反文化、反崇高、反文明以至反历史进步的情绪，我把它叫"还乡"。不但今天作家有浓重的还乡情绪，在现代文学史上也都有同样的情绪，国外的作家也有。19世纪浪漫主义的作家包括批判现实主义作家都有一种深重的还乡情绪，都憧憬一种田园式的生活，对工业社会非常仇恨。屠格涅夫、莫泊桑、福楼拜等作家对工业文明持排斥的态度，福楼拜的《包法利夫人》就是批判资本主义，主题就是资本主义使女人/人堕落。今天的小说家当中，汪曾祺的怀旧意识相当强烈，他写小城人和事都很有人情味，关系都很和睦，一片中世纪的田园风光。寻根小说有批判的一面，也有肯定的一面，像贾平凹小说的批判倾向就很不明显，对淳朴的乡风、民情基本持一种赞美的态度。前几天，我碰到李陀谈到文学批评当中的机械进化论，曾谈到这个问题，他说从一些人的评论文章里看到一种倾向，好像作家的观念越新小说就越现代。我认为文学作品的好坏从来不以作品观念的新旧为标准，历史上有好多作品是与时代的观念持抗拒态度反而流传下来的。比如20世纪初的意象派诗人，庞德、艾略特等诗人都是对工业文明不那么赞美的，为什么他们对中国的古典诗歌那么感兴趣，一方面是形式上的独特，另一方面中国古典意象诗歌有那么一种中世纪古典田园情趣，是对田园风光的留恋。工业文明把人际关系、自然面貌都改变了，失去了往日的和谐和宁静，诗人必然要到另一种与之相反的古典环境中实现一种心理补偿。文学好像与还乡情绪特别有关系。为什么今天描写改革的好作品极其少，可能和缺少这样一种情绪有关，还可能与我们谈过的文学是"记忆的倒流"有关。人对往事特别敏感，对眼下正在发生的事情反而缺少一种敏锐，而文学往往喜欢重温旧梦。人为什么喜欢还乡，主要是人在现代社会里失去精神家园的缘故，所以需要寻找新的心灵之所，还乡则是最两便最有效的方式。尽管作家也知道小农经济、田园风光并不是最美好的生活，他把它写得那么美丽、动人，其实是一种错觉。像您刚才说到的那些过原始生活的美国人，实际也是出于一种错觉，他们很可能会回来的。

王　蒙　对。

王　干　还乡情绪产生于作家体验上的错觉和移情，作家的创作不是依照理性逻辑进行的。人回忆童年，总觉得那时光非常美好，而实际上童年并非像他自己所写的那样，因为作家老是寻找一种精神家园，在现实生活中找不到，他就制造幻象来满足精神的需求。如果用进化论的情绪来衡量文学作品那确实是批评的失误，不能用现代观念去判断小说的主题是否"进化"。文学作品作为情感的载体是相当复杂的，如果这种还乡的情绪能够折射出我们时代的心理情绪，这部作品仍然是好作品。我看福楼拜的《包法利夫人》仍然是一部伟大的作品，它是通过包法利夫人的命运来折射那个时代的，但它所呈现出来的情感经验、生活经验与我们今天的生活仍有某种联系。尽管可以说福楼拜对工业文明有抵抗情绪，说这部小说观念上如何不现代，但它丝毫没有影响《包法利夫人》的文学价值。

王　蒙　我非常同意你的见解。对文学上的一些怀旧情绪施以机械进化论的尺度，或单纯的社会功利主义的尺度，或所谓面向未来、现代意识，这实际上是用一种很肤浅的表层的简单化的标准对文学加以抨击，只能暴露对文学的隔膜。曾经有过这样的意见，把所谓的"寻根小说"一笔抹杀，认为凡是写到过去、写到旧中国、写到历史的东西都是不足取的，都是缺少现代意识的。我觉得这种说法是非常皮毛的。因为小说或者诗歌所回答的往往并不是一个人对社会进步、科学进步采取什么态度，也不是一个人在历史当中扮演什么样的角色，它的回答是非功利性的。这种怀旧情绪不属于历史主义的范畴,而是属于心理学范畴,怀旧意识实际就是恋生意识,就是对生命的留恋。你现在非常年轻,但你也是在获得生命的同时开始失去生命,生命不断地获得又在不断丧失。不管童年多么痛苦,人为什么总觉得童年是美好的?因为童年是生命的开始,就像人们觉得朝阳是美好的一样。不管你童年多么痛苦,青年时代多么艰难,但你童年时代、青年时代所经历的一切对你来说特别新鲜,特别感到有希望,特别能唤起你的无限幻想,这一体验往往是在你成年之后尤其是老年的时候所不能得到的。问题不在作家本人,比如他也很愿意利用甚至于享受现代化所带来的一切,他也愿意坐汽车,也愿意使用冰箱和各种电器,但他同样仍会怀念在农村土路上跑来跑去或牧童骑在牛背上的生活,或者晚上摸着黑利用灶火的光亮来分辨来人是他的爸爸还是他的舅舅的情景,这不一定是对历史的评价,而是对自己生命历程的一种珍惜。另外一方面,它还反映出每个人对自己的生活都是不满足的,都有一种逆向的要求。比如说,一个人越来越富,生活变得越来越好的时候,他一定会有一种愿望,想过一过清贫的生活,他一定有一种对奢华、富足的厌倦和反感。当历史前进时,他一定会回想起他更原始状态的生活。一个人从农村来到城市,城市的一切条件都比农村好,但他仍然会特别想念农村。

王　干　这是一种悖反。世界实际是由悖反构成。您所说的就是一种悖反心理。也许人真应该生存在这样的悖反之中,如果没有这样的悖反,人也许就不存在了。世界的形成也离不开悖反。比如一方面要工业文明的发展,一方面要保持自然环境,保护森林资源、植被,而社会的进步恰恰是以自然生态环境的破坏为代价的。从心理学上来看,还乡反映了人的一种自恋倾向。弗洛伊德的精神分析学说认为,人人都有自恋倾向,这是一种隐性的轻度的精神变态。因为社会对人的心理要求是不允许怀旧、不允许人沉湎于往事的,因为怀旧对社会进步没有意义。而文学的非功利性正是对人的心理的一种补偿,文学在很大程度上是人自我营造的精神家园。

王　蒙　下面我要反过来说,这种怀旧从社会功利来看也不是全无价值,它有时确实反映了现代文明带来的种种遗憾,最明显的是对环境的破坏,野生动物在消失,野生植物在消失,山林在消失,水土在流失。特别是像中国这样人口过分密集、森林面积很小的国家,城市里面的人都住到公寓式小格子似的楼房里面以后,人和大自然确实是疏远了,即使从健康方面来看对人也是不利的。一个人总是要有太阳晒,有风吹过他的身体。中国人有一种不科学的说法叫"地气",说住楼房住久了没有地气了,会影响人的健康。在过分城市化的生活中,功利特别是金钱在价值观念中占的比重使人的真情减少,而这在社会进步当中是很难解决的。我几年前到珠海宾馆去参观,里面所有的服务员态度特别好,见到每个人都笑容可掬让你感动,因为我们在北京已经看惯了冷若冰霜的服务员,一看到那样的服务员你会觉得艳若天神。经理给我们介绍说,是不是微笑是每月评比的重要因素,如果微笑不够,就要减少她的工资。所以说她的微笑是有价值的,微笑一次多少钱,绝对是算得出来的。这种经济手段本身又是必需的,我不是一个空洞的清谈家,以为可以不要经济手段。现代生活、现代文明、市场经济会不会造成一些弊病,造成人的生活环境和人的心灵的枯燥,人的灵性受到排挤等,我认为都是有的。所以文学作品里表现一点怀旧并非没有现代意识,所谓现代意识并不是对现代的无保留认同。我们有的人认为现代意识就是对现代的认同,就是对古代的否定,就是对历史的无情否定。其实不然。

王　干　真正的现代意识是对古代生活、现代生活都采取同样客观的态度。

王　蒙　读者的心理和作家的心理也是很复杂的，他的认同和悖反往往并存，他既欢呼历史的前进，在我们国家当然不用说了，我们作家里有好多共产党员、共青团员，绝对有认同的一面，在他的公务活动当中更是认同的。有的批评家提得相当绝对，叫"和时代同步"。

王　干　拥抱生活。

王　蒙　但也有悖反的一面，有这么两面才是一个完人。这丝毫不意味着一个人写一篇怀旧的小说，写到他儿时的蜡烛如何好看，回去以后就得把他的电灯拆掉。如果那样要求是不了解作家，也不了解文学。如果非得在小说里歌颂新式灯具才算有现代意识，写了萤火虫，写了灶火，写了星光就没有现代意识，我看还是让那种现代意识见鬼去吧！

王　干　那就是把现代意识等同于工业文明了。工业文明是对农业文明的反动和消解，但农业文明里有好多东西是工业文明缺少的，比如人情味，人与人的和睦关系，田园风光，自然风貌，没有污染，没有噪音，没有公害。因此，我们评价一部作品切不可用工业文明的标准去衡量作家所描写的生活。

**王　蒙**　不能用社会价值取代审美价值、艺术价值。如果就社会价值而言，写一个改革家，一个科学家，或一个教师，都有社会价值，相反你写一个病人，一个残疾人，你会觉得没有价值。但文学的价值不是这么衡量的。你刚才讲到的还乡情绪，这里面也有一个伟大的例外，这就是鲁迅。鲁迅的清醒往往表现在他既清醒地写了城市的卑鄙、腐烂，也特别写了他童年的苍白，他童年所经历的一切的可怜。这倒反映了在历史急剧变化中他作为一个作家的特殊清醒。

**王　干**　鲁迅的《故乡》就是如此。写故乡一般有两种情感：一种是批判，一种是怀念、伤感。鲁迅一方面把童年写得很美好，另一方面很快又把这一梦幻冷酷地撕破了。老闰土苍凉的晚景格外沉重凄凉，祥林嫂、阿Q也是。鲁迅一方面浸透了对土地的理解和怀恋，另一方面又企图摆脱这样的还乡情绪，站在童年之外、故乡之外来审视。他对现代文明也不取歌颂的态度。所以鲁迅是一个非常冷峻的作家，他不像太阳社[1]的人，太阳社的人很有热情、很进步、很革命，但他们的作品很快消失了。反而是鲁迅那些不特别革命、不怎么激情洋溢的小说流传下来。

**王　蒙**　年轻时读鲁迅的作品在一个细节上印象特别深，我记不清是哪篇杂文了，里面提到家乡的小吃，罗汉豆这些东西，这在《社戏》里面也写到过，但这个细节不是《社戏》里的。他提到家乡的小吃，离开家乡后老想吃一次，他回乡后吃到了，觉得也不过如此，这特别煞风景。可以说鲁迅特别残酷无情，任何人都会有类似的体会。比如小时候在什么地方吃油炸糕、豆腐脑，现在远离故乡了，回去吃一次，一般善良的人（我不是说鲁迅不善良）哪怕吃得不很好，也要自己安慰自己，这和我三十年前吃的味道一样。鲁迅是特别的清醒，他告诉人们，三十年后再去吃，已经得不到原来的享受，即原来的享受的梦终于会破灭。当然文学是各种各样的，特别昏头昏脑的作家也特别可爱，你明明觉得人生根本不像他说的那么好，或者不像他说的那么坏，但他像发了疯似的写起来就没个完，也很可爱。

---

1　太阳社，现代文学团体，1927年成立于上海。发起人为蒋光慈、钱杏邨（阿英）等，主要成员有夏衍、楼适夷等，提倡无产阶级革命文学，反映工农大众的生活与斗争。

说不尽的现实主义

1988 年 12 月 6 日

北京朝内北小街 46 号

## 现实主义和后现实主义

王　蒙　我不知道怎么会渐渐形成一种理论,这个理论有相当重要的根据,不能轻易推翻,就是人物性格高于一切,用话剧演员的说法,就是"最高任务"。比如一个角色只有一句台词"请进",演员就要考虑"请进"所要达到的"最高任务",要表达出多少情绪、多少情节、多少关联、多少呼应。这种理论便是把文学的最高任务归结为塑造人物性格。我对这个理论不完全赞成,但丝毫不意味着我不重视或不欣赏那些写得好的人物,我只觉得它不能成为普遍适用的和绝对的最高任务。

王　干　人物性格决定论与现实主义的关系极为密切。很长一段时间内,一部小说、一部文学作品能不能塑造典型人物或有特殊性格的人物,往往是衡量其文学价值的标准,甚至成为唯一标准,这与现实主义的理论在中国被奉为圭臬有关。最近我在思考现实主义的问题,觉得现实主义在今天的文学生活里实际已经消失,尽管我们仍在用现实主义这个概念,但作为创作方法,本体的现实主义已经消失了。从现实主义发展的整个进程来看,现实主义经历了创立、分化、瓦解的几个阶段。现实主义形成的时期，主要是19世纪中叶，这时候出现了一批以巴尔扎克为代表的优秀的现实主义作家。这批作家起初写作并没有打出一个旗号，而打出这旗号的是一位平庸的作家，叫尚弗勒里，他出版了一部题为《现实主义》的论文集，还和他的朋友编过一本《现实主义》杂志。但尚弗勒里并没有成为现实主义的代表人物，后来人们用他所树立的旗号来概括巴尔扎克、司汤达、福楼拜、莫泊桑这样一些作家的创作，并成为19世纪最重要的最长久的文学潮流。随着俄国一批现实主义作家的出现，现实主义在19世纪形成了一个巨大的文学高峰。现实主义主要是通过对浪漫主义的反动来建立自己的创作体系和理论体系。但到20世纪末，现实主义受到了新的挑战，遇到了新的劲敌，这便是现代主义文学潮流的出现。最初是意象派的诗歌，接着便有伍尔芙、乔伊斯这样一些意识流小说大家的出现，后来的现代主义文学的发展更是迅速多变，出现了各种各样的主义和流派。20世纪的文学主潮可以看作现实主义和现代主义相对抗、相消长、相补充的世纪。双方对抗的结果，现实主义并没有被现代主义挤出历史舞台，现代主义也没有因现实主义的顽强而失去行动的信念。现实主义为了保存自己的生命力，扩展自己的生命力，从现代主义那里融合了一些新的文学因素来充实自己丰富自己，以满足各种层次人们的审美需要。现实主义在与现代主义的对抗过程中出现了好多支流，比如心理现实主义、革命现实主义、社会主义现实主义、魔幻现实主义、结构现实主义。

王　蒙　还有无边的现实主义、严格的现实主义，好像对现实主义的说法有五六十种。

王　干　现实主义家族这时已经分化了。当我们来看待现实主义家族中那些分支时，就会发现它们都不是原初意义上的现实主义。我们把它叫作现实主义是因为它是从现实主义母体中分化出来的。就像一个家族一样，尽管儿子们已经脱离大家庭纷纷独立，人们还习惯称他们为"某某家"，但实际上那个"家"已不存在了。我们可以说现实主义家族的存在，但却不能指出谁就代表现实主义。现实主义对生活采取一种"典型"的态度，用典型的态度来看取生活、看取人生、选取材料。刚才您说到我们的文艺理论为什么那么重视人物性格，这与现实主义的典型观很有关系，与恩格斯说的"除了细节的真实外，还要再现典型环境中的典型性格"有密切关系。典型人物论者强调人物性格的重要性，这是因为作家在支配人物、故事、情节,这时候的真实完全是作家的真实,实质是观念的真实。"典型环境中的典型性格"的含义,按照卢卡契等人的解释,是指作品要能反映历史发展的必然趋势,要能体现时代精神,人物要体现出生活的本质。我认为生活没有什么绝对的本质,你读出这样或那样的"本质",是因为你的阅读结构里存有某种"本质"。比如你的意识里觉得生活是荒诞的,你看生活就会发现生活是荒诞的。如果你意识里觉得生活是光明而有前途的,你看生活就会觉得生活在前进而且很有希望。这样,真实只是观念的真实而不是生活形态的真实。为了实现这种观念的真实,就要塑造一种人物来揭示它。高尔基的《母亲》实际上是无产阶级革命学说的形象说明。柳青《创业史》里的梁生宝实际上是当时农村社会主义革命理论的图解。现实主义是由理性的观念的力量来支撑作家,作家要按照观念去制造出人物来,特别是谈到典型人物时更是与整个观念联系在一起。现实主义家族解体之后,我觉得出现了一种后现实主义的文学倾向。后现实主义不是对现实主义的认可,而是反动、背叛。比如它强调对生活原型的还原,"还原"便是对"典型"的一种批判,后现实主义就是要消解典型,也就是消解支撑作家和人物的理性观念。还原才能保持真实,而典型往往是对生活的歪曲,因为典型的塑造完全是按照观念去摄取生活,摄取符合观念需要的生活,而不是对生活的真实形态进行客观的反映。"消解典型"是后现实主义的重要特征,比较典型的作品是王安忆的《小鲍庄》。《小鲍庄》既不是现实主义的也不是现代主义的,它通过对淮北一个小村庄的生活形态还原,将这个"细胞"复现在读者面前。"复现"是后现实主义的一个重要概念。后现实主义的第二个特征是要"从情感的零度开始写作",也就是作家在写作时不带观念,尽量把生活赋予他的一切复现出来。在现实主义的作品里,这个世界是作家已经规定好了的,在我们读巴尔扎克的小说之前,小说世界已经形成,这种形成是由作家的观念构成的,读者只是去认识这种世界、这种真实而已,没有创造的可能。在这点上后现实主义恰恰相反,它强调作家和读者的对话,认为小说是作家和读者的共同作业,作家在叙述小说、叙述这个世界时是相当谨慎的,不敢轻易作出判断,他小心翼翼地描述,决不武断地说"世界就是这样的",非常保守地留下空白,留下很多问题由读者在阅读时进行"作业",去完成世界的构成。在后现实主义的小说当中,真实性存在于不断形成、不断增殖的过程中,而现实主义实际上是在向读者灌输某种观念,告诉读者世界就是这样的,必须按照某种模式去生活。现实主义在这一点上与现代主义别无二样,它们都认为生活有一种本质,只不过对本质的理解不同而已,只不过在真善美或假恶丑具体形态上不同,它们在思维程序上是一致的,实际上源于一种观念。当然,现实主义和现代主义在历史上都曾经产生过巨大的作用,但如果要真正表现生活的真实,就不应该承认生活有什么本质,本质是由个人读出的,应该把本质交还给生活形态,由读者自己读出,也就是把本质还给读者。

## 反映现实不等于现实主义

王　蒙　这个问题对我来说有相当的困难,我没有接受过严格的概念的训练,比如关于现实主义的发生、发展的过程,我不知道最经典的定义到底应该怎么讲。从我个人的创作体会来说,我深深感觉到,很难讲哪样的作品不反映现实生活、不反映现实,不管它是荒诞派、意识流、神秘主义、唯美主义,说它们不反映现实是很难论证甚至是最难论证的命题。按照权威的定义,王尔德是唯美主义者,恰恰在王尔德的作品里,比如《快乐王子》,描写了社会上的种种不公正,《自私的巨人》描写了自私和孤独会造成人的心灵上的创伤。我们看到的一些作品包括用中国读者觉得奇奇怪怪的叙事方法写出来的作品都在反映着现实。《第二十二条军规》在反映生活上是相当深刻的，那种悖论，那种摆脱不了圈套的境遇很有现实性。尽管《第二十二条军规》写的是美国在第二次世界大战中的情况，中国历史传统、文化传统、社会制度与它都不一样，但我们每个人在生活里都有这种体会、体验。有时候我们办一件事情的时候，根据这个制度要去找那个机关，根据那个机关又要找另一个制度，根据第三个制度又要找第四个机关，根据第四个机关又要找第五个制度，根据第五个制度又要找第一个机关，这种转圈的事情实在太多了。再比如残雪，她是拒绝用普通的方式写现实的，写的都是梦境一样、谜一样要破译的东西，但破译的结果发现仍是对现实生活当中某些被压抑的东西、侵犯别人的东西、强横的东西有感而发的一种特别敏感、特别神经质的感觉。至于我个人的作品，不论封成什么样的主义、什么样的路子，都是从现实当中来的，都用各种不同的方式来反映现实。当然对现实的理解也要宽泛，现实不仅仅是社会生活、阶级斗争、政治斗争，现实里也包含着个人的精神世界。人和人之间不仅仅是社会关系也还有其他关系，男女的关系、性的关系、代的关系，还有许多属于人的精神世界范围的东西，既和现实分不开,本身也构成现实的一部分。

谈到过分宽泛实际上消解现实主义的说法,我觉得很有代表性。1984年我访问苏联的时候,我问苏联科学院的一位汉学家对现实主义有什么看法,他回答得很有趣。他说,苏联是把社会主义现实主义规定在作家协会会章里,带有指导性甚至约束性。实际上苏联的作家也好,介绍到苏联的外国作家也好,作品的风格手法、创作方法是各式各样的,但在出版时,往往都要说这部作品是现实主义。比如雨果一般被称为浪漫主义作家,但出版《悲惨世界》时就要说这是一部现实主义作品。所以苏联有一种说法,什么叫现实主义?凡是我国允许出版的文学作品都是现实主义。这位汉学家讲这句话时有一种嘲弄的意味,也就是说现实主义没有严格的定义。但是我这样说也包括你刚才那样说倒不是对现实主义的轻率否定,相反,作为模模糊糊的认识,现实主义在文学史上所作出的巨大贡献是其他的主义没法相比的。创造一些真实的典型人物,我认为这是指现实主义小说,特别是指现实主义的长篇小说,它的成就往往表现在人物的深刻性、客观性上,所谓熟悉的陌生人,所谓似曾相识。

现实主义的另一大贡献在于描写,对细节的描写,对环境的描写,对肖像的描写,包括神态、动作、场面的描写都相当重要。比如当我们回想托尔斯泰写一次聚会、宴会、舞会、打猎、滑冰,哪怕是一次田间劳动,那种精美、精确、生动,令人感觉到他把文学的描写发展到极致,以至于让人感觉文学描写到了托尔斯泰几乎已经写尽了,你怎么写也无法逾越。是不是所有的现实主义都有一个观念的前提我还不敢说,因为我们常常说到的批判现实主义,它的观念实际上并不是非常明晰,但是现实主义往往和人道主义有时甚至和民粹主义,就是对下层人民的关怀和同情是分不开的,很难设想一部现实主义作品对人民抱着很冷漠的态度,或是站在少数上层人物的立场上。它的人道主义、民粹主义,它的要求社会公道、社会进步的愿望和理想确实如你所说使现实主义和社会主义最容易相互接受相互认同,历史也已经这样证明了。但中国的情况到底是什么情况,恐怕一时还难以论证清楚。李陀曾提出一种观点,认为中国应该用另外的一套概念体系,就像中国未必有真正的现代主义一样,中国也未必有严格意义上的现实主义。他对这些话并没有作具体的阐述,我觉得这也是值得深思的一个问题。中国的小说绝大多数很难说就是现实主义,章回小说表现帝王将相、才子佳人、武侠,一种是在道德上的两极色彩,忠与奸、侠义与小人、节烈与淫妇,对比鲜明,故事本身传奇性很强。这是现实主义吗?难以苟同。我觉得人物典型,除了现实主义的典型外,还有另一种典型,我不知叫什么好,比如堂吉诃德这种典型就很难说是现实主义的。比如包公、诸葛亮、张飞甚至哈姆雷特、奥赛罗这种典型,我总觉得它不是现实主义的,按照你刚才的分类,可以叫前现实主义的典型。

王　干　这更接近古典主义。

王　蒙　它们脸谱化、程式化又对比鲜明。

## 批判现实与指导现实

王　干　李陀说中国没有现实主义也许对。因为现实主义这个概念很模糊。我们最初认可的现实主义恰恰是一种批判现实主义,巴尔扎克、托尔斯泰等人基本对生活持一种否定的态度。有一个非常流行的说法,说批判现实主义作家在批判现实时往往深刻有力,但不能指出新的生活方向,这种说法是对的。但后来的社会主义现实主义在注意对生活指明方向的时候,削弱了对生活的批判力,也影响了生活真实。这种指明方向是按照理想主义的模式来套生活。

**王　蒙**　讲到批判现实主义作家的巨大才华表现在对社会生活的批判上,我想,在某种意义上这不仅是批判现实主义也是整个文学的弱点,如果我们能把它叫弱点的话。因为文学不是一种政治纲领,更不是一种操作规程,我们不能想象仅靠文学使全体人民认清方向,知道自己该干什么。这样的文学作品也有,但不是文学最强大的部分。一个青年读了一部作品就改邪归正,从此孝敬父母、遵守纪律、努力学习、尊重师长、团结群众、奋勇前进,这当然好。但文学最有力量的恰恰是表达这种主观和客观的不和谐,这与政治上的非议是两个概念。比如爱情,某种诗意的爱情、得不到的爱情、痛苦的爱情在爱情的描写中占了主要的地位。相反,当写到一对情人经历过种种磨难,最后拥抱在一起,说我们再也不分开了,像狄更斯的一些小说,房子里的火炉是非常温暖的,证实了主人公的贵族身份,遗产也得到了,金钱也得到了,最美丽的女郎也到了他的怀抱里,文学到这儿也就为止了。罗密欧与朱丽叶由于误会也由于家庭的世仇,最后两人都死了,这是非常精彩的爱情。如果设想另一种结局,比如急救之后两人都活过来,家里也不再反对他们的婚事,他们就结婚了,这就是中国小说的结尾,大团圆,朱丽叶替罗密欧养了六个孩子,罗密欧洗脚的时候,朱丽叶替他打洗脚水。（笑）这是很刻薄的说法。文学是迷人的是伟大的,但文学本身就有的先天弱点——也许正因如此是可以原谅的弱点——它缺少实践性,它也缺少肯定性。以实践性和肯定性的标准来衡量,一部《百年孤独》远不如一部《时装剪裁一百例》更好。正像公鸡要丑小鸭打鸣,老猫要丑小鸭捉老鼠一样,丑小鸭因为完不成这样的任务而只能感到惭愧。从这个意义上讲,文学家基本上是满怀崇高理想和激情的清谈家而不是实行家。包括那些写社会问题写得洋洋洒洒乃至气壮山河的作家,未必真能够实际地解决什么社会问题——连他自己的问题也常常解决不好。我们执政的人往往对文学家不满意,往往希望文学有更多的实践性和肯定性,这也很容易理解,但这是另外一个问题。

王　干　为什么好多人讨厌现实主义,因为长期以来把现实主义文学作为一种指路的探照灯,有光明,能够指路,有些作家也是这样做的。"五四"以来的作家包括鲁迅提的"遵命文学"也是这个意思。"遵命文学"很大程度上是现实主义的一种方式。鲁迅希望文学是"国民精神的灯火",实际上夸大了文学的作用。但作为一个思想启蒙的先驱,他只有以文学为武器,只有这么说才能使文学变得更有力量。可是以后发展起来的现实主义就是要文学能作用于人们的活动,生产、生活乃至学习和交往,要文学指出一种方向,文学这时候的劝谕功能极强。为什么我们新文学史上的好多作品没有生命力?为什么文学会变成阶级斗争的工具?就与这种"指路意识"有关。

王　蒙　那基本上是高中一年级以下的学生对文学作品的希望。这个希望非常天真,比如我在非常年轻的时候,读完《钢铁是怎样炼成的》,就非常满意,觉得这部作品给了我那么多的教益,那么大的热情。再读鲁迅的作品,我就觉得不满意,甚至觉得鲁迅的作品不够革命,还没有巴金的革命。巴金的作品里还出现了革命党,虽然闹不清是个什么革命党。而鲁迅的作品没有革命党,没有代表未来的英雄人物,指路意识。这是不是现实主义的要求,我觉得值得探讨。这是我们给现实主义增加的一些要求。

王　干　现实主义在中国为什么一度变成宣传工具、政治工具,从这一点上很好理解。我们似乎有一种"典型癖""样板癖",开"现场会",有各种各样、各行各业的榜样。这样的社会机制和文化机制势必要求作家也能树立榜样,这恰恰违反了现实主义的本义。当然,我们没有必要恢复巴尔扎克时代的现实主义。

王　蒙　这个问题也很难说清楚,在"文革"中发展到极致的文学究竟是革命的现实主义发展到极致,还是反现实主义发展到极致。这是值得考虑的问题。在1957年特别是1958年以后,我国的现实主义变成了危险的东西,尤其害怕"写真实"这样一种提法,"三突出""高大全""高大完美"这一系列的东西都与现实主义的概念毫无共同之处。

王　干　您这里的现实主义是指什么?

王　蒙　用生活的本来面貌来反映生活。

王　干　"文革"期间的文学作品除了观点错误,它进行的文学实践、思维方式乃至典型人物的塑造手段与卢卡契等人提倡的现实主义并不冲突。卢卡契强调现实主义要反映时代精神,而"文革"期间的文学在表达时代精神方面几乎到了难以想象的地步。所谓"两结合"的创作方法,实际上到后来革命现实主义就是革命浪漫主义,革命浪漫主义就是革命现实主义,革命现实主义发展到极端的时候,生活里不可能有的,作品也可能出现,这也就是革命浪漫主义。

## 中国有现实主义

王　蒙　怎么区分确实也很困难,我觉得在革命现实主义、社会主义现实主义的旗号下,还有真货与伪品。譬如你提到的《母亲》《铁流》《毁灭》《青年近卫军》,中国也还有这样一些作品,比如《青春之歌》。许多经历过那个时代的人都认为《青春之歌》写得很真实,知识分子追求革命、追求救中国的道路,都写得很真实,这和阴谋文学以及"四人帮"搞的一些东西还是有区别的。不仅仅是政治上的东西,从作品来说,它是有区别的。浩然的一部分作品特别图解政治,但浩然毕竟是一个真正的作家。在"四人帮"统治时期,我看过样板戏,看过《牛田洋》《虹南作战史》,看完这些以后,再看浩然的《艳阳天》,感觉真是艺术的享受,起码它里面还有许多细节、许多生活很动人。他写两头的人都很概念化,写中农弯弯绕、马大炮就很好,富有农民的生活情趣。谈到现实主义还有两个因素要考虑,一个就是 1977 年到 1979 年这三年的所谓"回归"的现实主义潮流,就是以刘心武为代表的作家开始揭露我们社会生活当中阴暗的一面,那些真实地困扰着人们的东西。写真实、说真话，这在中国即使今天也没有过时。1980 年我和艾青一起到美国去，艾青同志就在许多场合讲要说真话，说实话。有些美国研究艺术的人，包括一些华侨，觉得这实在太陈旧，这种语言太没有新的内容了，对这么一个伟大的诗人不能讲一点艺术上具有启发的东西而感到不满足。但艾青这么讲是有道理的。巴金到现在为止在他的《随想录》里仍谆谆地讲"说真话"，看来讲真话的现实主义仍然没有过时。在今天还有一批作家，哪些是现实主义，哪些是后现实主义，我觉得很难分析。反正我觉得张贤亮是一个突出的例子，尽管张贤亮试图在他的作品里搞了和马对话，和马克思的亡灵对话，但他实际上不可能摆脱反映严峻的事实而又大致符合他自己所理解的马克思主义基本道理的模式。他事先就规定了自己的中心，主旨很严格，要描写一个剥削阶级出身的知识分子怎么经过千辛万苦变成马克思主义者的过程，张贤亮是一个非常有代表性的现实主义作家。他的作品你喜欢也好，不喜欢也好，或者在某一方面不喜欢，但仍然有相当的分量。听说他一部新作品即将出来，估计也会引起各种争论。还有一位代表人物就是谌容，谌容也写过《减去十岁》《大公鸡悲喜剧》《玫瑰色的晚餐》等所谓荒诞或意识流的作品，从总体来说，谌容是相当客观地写社会生活发生的各种变化。我顺便讲一下，你说王安忆的《小鲍庄》没有观念，我觉得不一定是这样。我倒觉得有一种先验的东西、农民的一种自足半昏睡的状态，这样的气氛统治着小鲍庄，苦也不是大苦，乐也不是大乐，没有大善，也没有大恶，我觉得这个观念也很清楚，这非常符合知识分子以局外人的姿态眼光看待体力劳动者所获得的印象。你真参加进去，变成"局内人"，会是另一种感受的。

王　干　生活本来就是这样，悲喜善恶全是人为的。

王　蒙　那就另说了。谌容与别人的不一样在于，她也有明确的目的，但能用比较客观的语调来写生活。蒋子龙就更富有社会主义现实主义的劲儿，他不但揭露弊病，而且讴歌改革者、强者。最近两三年他的作品我还很难发表看法。还有刘心武。刘心武理性上对现代主义很有兴趣，但他的笔甩不出去，没有办法从反映现实生活、提出现实当中的问题并作出一定的解答这样一个大的框架中突破出去，可见现实主义还是有力量的。中国古代小说中几乎没有认真的现实主义，但有一个例外，就是《红楼梦》，它和任何小说都不一样，尽管它采取了章回体形式。

噢，还有《金瓶梅》。不过我没好好看过，它的成就也谈不上来。有人认为它超过《红楼梦》呢！《红楼梦》真有点现实主义味儿，它已经不是用古典的方式把人分成善恶、忠奸。另外中国近代小说，也就是鸦片战争后出现的"黑幕小说"，《官场现形记》《二十年目睹之怪现状》等，虽然它的形式和文字比较旧，也比较浅，但它似乎有批判现实主义的特点，它的生命力不敢低估。《雨花》最近搞的"新世说"，大部分是"文革"期间发生的事。

王　干　"文革"掌故。

王　蒙　它反映的"文革"掌故表面上看可笑，实际上很可悲，读者很多，作者也很多。很多人对此有兴趣，所以中国的传统形式是不可低估的。但是，我要就《红楼梦》这部作品发表自己的想法。我觉得对许多真正的作家来说，一种主义并不够用，他不会用某种创作的规则和守则来束缚自己。一个杰出的作家，一部杰出的作品，永远比一种主义、一种理论表述更丰富。他和它永远不会理会某种文学主张的不可侵犯、不可调和、不可逾越的性质。"超主张"性，是作家成就的一个标志。

王　干　国外最近有人说《红楼梦》是象征主义。

王　蒙　说《红楼梦》是象征主义同样能成立,它本身具有浓郁的象征色彩,又是石头,又是金钗,又是和尚道士。《红楼梦》的主体是现实主义的,但也有象征主义、神秘主义的东西,甚至还有魔幻、荒诞、黑色幽默的东西。有时候一部好的作品比某种主义更高,它往往呈现出你说的混沌状态、主体的状态,往往能经得住几种不同的主义对它进行检验。我们可以用阶级斗争的学说来评价《红楼梦》,非常代表性的观点就是毛主席。毛主席讲《红楼梦》是四大家族的兴亡史,是封建社会的百科全书,《红楼梦》一开始就有多少人命。《红楼梦》也能经得住弗洛伊德主义的检验,比如对贾宝玉的心理进行分析,他的上意识、下意识,他的性变态,对男人的态度、对女人的态度。

王　干　贾宝玉还有同性恋的嫌疑。

王　蒙　贾宝玉不仅仅是嫌疑,而且有行为动作。藕官和药官在戏里唱夫妻,在生活中也像夫妻一样。中国还有一种传统的研究法,就是索隐的方法、破译密码的方法,亦即把《红楼梦》当成推背图。用《红楼梦》

来揣测各种各样的事情，你可以瞧不起它，它不是文学批评的正宗，但《红楼梦》确实给你提供了算卦、破译甚至破案、推理这种智力游戏、文字游戏的依据。它不像一些干瘪瘪的小说，只能在一个时期符合某一种要求，等过了这个时期或这个社会的要求、历史的要求已经不存在了，那么这小说就变得一点价值也没有了。比如这个小说突破了一个禁区，这在当时很伟大，但禁区突破以后小说就不算什么了。鲁迅是一个伟大的现实主义者，这是不容置疑的。如果用现实主义将鲁迅框起来，我总有些替鲁迅叫屈。《祝福》《伤逝》《孤独者》《在酒楼上》比较符合现实主义的规范，但《阿Q正传》就不怎么符合。

**王　干**　还有《故事新编》。

**王　蒙**　《阿Q正传》写得非常理性，非常观念化。阿Q这个典型与其说是阶级的、地方的、活人的典型即模范的现实主义典型，不如说是一种观念批判、一种完全超出阿Q的身世与个人性格规定之外的观念概括的载体。这种观念概括的独特性与深刻性，也是我说过的超常性，征服了读者。其实《阿Q正传》这篇小说的细节与情节，小说的文学描写并不那么重要,甚至其描写是可以更替、可以代换的。鲁迅先生完全可以用其他的人物身世和故事来表现同样实质的阿Q。这丝毫不影响鲁迅作品的伟大,也许他伟大就伟大在这里。显然是鲁迅对中国的国民性有了概括以后的产物,所以《阿Q正传》的情节和细节带有相当的随意性。

王　干　它不完全符合当时的历史逻辑和生活逻辑,但大家又觉得很真实,主要是观念的真实。一个作家没有必要标榜自己是现实主义或完全按照现实主义去写作,如果他一定要按照自己理解的现实主义的理论规范去写作,那么他的成就说不定非常有限。我们已经有这样一批作家为之牺牲了,我觉得最大的牺牲可能是柳青,柳青对生活的理解力、观察力和熟悉的程度本可以使他创造出比现在更有力的作品,由于受现实主义紧箍咒的束缚,他不能真正地去面对现实,把生活的本来面貌真实地写出来。也许,现实主义作为一种理论,在批评或研究时可能是讲得通的,但一个作家创作切切不可只按照某种理论去写作。领导也不要用现实主义去要求作家,那样会限制作家。

王　蒙　现在一般不用狭隘的态度要求作家一定要写现实

主义。

王　干　但有些作家仍然认为现实主义是正宗。

## 现实主义与读者

王　蒙　那是另外一回事。你怎么考虑读者呢？能不能说最能打动读者的，最容易被读者接受的就是现实主义作品？

王　干　这很难说。有的现实主义作品读者喜欢看，有的作品读者并不喜欢看。

王　蒙　一个作品的好坏并不决定于你的旗号，即令打出最最时髦的旗号，搞出的作品也可能是很保守、狭隘、拙劣的。读者不在乎你是不是老牌现实主义或者是新牌现实主义，读者要看你的货色。在作品——真货色面前，一切旗号都会隐没。真正的大师作品，即没有被庸俗化、观念化的现实主义作品在认识价值上往往要超过其他作品。比如描写妓院，你如果是一个非现实主义的作家，只是怀着激情咒骂一通，或用感觉去写那种心理变态，往往不能使读者了解到妓院的真正环境，真正的气氛。有些现实主义作家是很严格的，不像我们有的作家按政策随便改变。衣服穿什么样，这个地区的天气是什么样的，都很讲究。

王　干　现实主义最初出现的时候与实证主义的哲学有很大关系。

王　蒙　为什么有些人说文学是生活的教科书？也许某一部作品出来以后，连服装、发型、饮食都受影响，连情书怎么写都受影响。现实主义在认识价值上是无可比拟的，另外，现实主义还有一个方便的地方，现实主义就是要按照生活的本来面貌反映生活，有更多的形象性，我喜欢用"可触摸性"这个词，就是作家写出来的生活，尽管必然经过作家的虚构，但让人感觉到它的存在。写到人物的头发、脸型、眼神、手指，又写到他的习惯动作和口头语。一般的现实主义很少写到那种莫名其妙的心理状态，那种原生的、几乎是突然迸发的排斥、斥拒，像美国小说《伤心咖啡馆之夜》让你觉得莫名其妙，忽然爱起来了，忽然打起来了。而现实主义写到人的冲突往往是可以理解的，比如两个人利益的冲突，或者是性格的冲突。

王　干　它有一种逻辑的过程。

王　蒙　这种逻辑过程也是常人可以理解的。为什么现代主义热衷于写非逻辑，因为生活里除了合乎逻辑的事件外，还有一些不是那么合逻辑的、用逻辑解释不了的事情在发生。一个人的情绪往往不可能用逻辑说清楚，所以这是现代主义的方便之处。现实主义能给你一种可触摸的感觉，给你一种容易被世俗接受的感觉。

## 王安忆和张承志

王　蒙　如果将王安忆和张承志相比较就很有趣，张承志那种热情、理想，那种非常有深度的对人生的感受和追求，这里包含着爱、憎恨、骄傲，有一种超常性，但看完以后又苦于抓不着、摸不住，写了半天到底是什么呢？更多是一种内心体验、情感体验。而王安忆的作品写日常生活里的一些小事情，这些小事情让你觉得有味道，富有可触摸性。当然，王安忆那种作品写得过多，不突破自己，就会产生一些缺陷，比如变得琐碎，过分平淡化。张承志的作品有时像一个孤独的人在抒情，但有时抒情是非常痛苦的，抒情而找不到可以凸现的生活方式做你的情感载体时，抒了半天还是抒不出来，或不能为人理解。所以在这个意义上说，生活既是作家的创作客体，往往又成为作家主观思想情绪的载体，像张承志的写作很难说是现实主义。

**王　干**　张承志采取一种独白方式,他完全是一种内心体验,完全不顾读者,而王安忆采取一种对话的方式,王安忆写作时老想象读者在她面前。

**王　蒙**　向读者讲述生活的故事。

**王　干**　张承志写作时会觉得世界上只有他一个人,张承志还很难算一个现代主义作家,我认为他是一个有强烈理想的,富有诗人激情的浪漫主义作家。

**王　蒙**　对。

**王　干**　王安忆则可以称为现实主义作家,甚至我个人觉得她是后现实主义的。王安忆的小说没有理想,没有激情,也不给人目标,就是这样一种方式:咱们来一段生活吧。然后把那些琐琐碎碎的生活有趣地放在你的面前。我为什么说王安忆是后现实主义呢,因为我们理解的那种现实主义往往有一种理想模式在那里,或通过人物体现出来,或通过人物说出来,或通过作者自己用议论、抒情把理想的蓝图勾勒出来,王安忆的小说没有这些。刘恒的小说也是这样,他叙述得更加不动声色,也很有可读性,不像张承志那么不可触摸。张承志实际是用一种情绪在支配你,为什么阅读张承志作品时老感到捉摸不住,或不愿读或读不懂呢?是因为读者不愿受这种情绪支配,所以你感到不可捉摸,很隔膜,当然也有人喜欢。

王　蒙　很有趣。

王　干　张承志可能是一个很孤独的作家,也可能是一个很先锋的作家,但张承志的灵魂里却是一个很古典的作家,当然张承志作品里面的内容相当复杂。我想写一篇《张承志现象研究》,张承志是一个信息量很大的作家,从《骑手为什么歌唱母亲》一直到今年的《海骚》,积淀了很多东西。他的作品里洋溢着一种红卫兵情绪,已上升为一种民族情绪、宗教情绪,而这种情绪正在被时代抛弃,被时代冷落,所以张承志与时代隔膜了,读者对他冷淡了。

王　蒙　张承志的价值也就在这个地方。

王　干　就是他对失落了的情绪和精神的怀念与重铸。如果把红卫兵情绪里的那种内容、那种政治目的去掉,我觉得红卫兵情绪完全是一种青春的情绪,是活力的象征、热情的表示,当然用红卫兵这个概念容易和政治联系在一起。

王　蒙　不是一回事。

王　干　而我们今天的时代恰恰对这种情绪进行嘲笑和讽刺,所以张承志的出现就格外有意义。他今天可能显得古典,但再过若干年以后就会觉得他很现代。他对生活保持警惕的姿势,我们读他时常有一种不可理喻的感觉。

王　蒙　有人说张承志是最后一个理想主义者。

王　干　文学有时还需要一点理想情绪,如果都是王安忆的作品,也受不了。

王　蒙　那是另一种受不了。

王　干　张承志与整个时代在抗争,尽管它很微弱,有时显得可笑,有时天真可爱,有时也让人可怜,但它有可贵的一面。

王　蒙　有时也显得很伟大。人们普遍变得更务实——当
　　　　然作为历史的发展这是一个进步，因为中国曾经被
　　　　种种革命口号、政治口号搞得神魂颠倒，甚至陷于
　　　　歇斯底里。但文学里如果还能出现超乎日常生活
　　　　之上的太阳，或你说的宗教情绪，其实也是一种追
　　　　求更高尚、更伟大、更永恒的情绪，这是了不起的。
　　　　从另一方面说，这也非常可怜。你谈到张承志时，
　　　　会不会联想起约翰·克利斯朵夫？

王　干　张承志可能受《约翰·克利斯朵夫》的影响，但他的
　　　　抒情性和对本民族的热爱与艾特玛托夫极为相似。
　　　　海明威对张承志也有影响，海明威的那种男人气、
　　　　征服欲望、搏斗精神体现在张承志对理想的执着追
　　　　求上。我觉得，张承志可能是中国最后一个浪漫主
　　　　义作家，也可能是最初的一个。

王　蒙　那就太伟大了。

王　干　以一种浪漫主义的情绪面对人生面对社会。张承
　　　　志其实是把文学作为一种精神宗教、精神支柱。

王　蒙　张承志对凡·高的迷恋很动人。

王　干　有时也很可笑。

王　蒙　也可笑，这很有意思。

王　干　张承志这一现象相当复杂。

王　蒙　那样的强烈、执着、痛惜，就是对生活中越来越非理想化、非英雄化的痛惜。

王　干　反世俗。正好与王安忆相反，王安忆体现出某种世俗化。

王　蒙　我谈到张承志的作品时，曾用过一个词，说他对理想有一种愚傻的执着。后来张承志还跟我说，没有想到你用这个词，但他对这个词并没有反感。但我这里用"愚傻"是从这个词的最佳意义来讲的。

## 诗歌、散文、文学史与现实主义

王　蒙　诗歌怎么区分现实主义和浪漫主义？杜甫是现实主义诗人，白居易是现实主义诗人，那么到底还有谁是现实主义诗人？我简直糊涂了。

王　干　我觉得现实主义的概念好像只适用于叙述性的文

说不尽的现实主义　079

学,尤其是小说。如果用到诗歌上,语码就对不上号了。诗歌是介于文学与艺术中间地带的艺术样式,诗歌的抽象性、符号性、音乐性、画面性、流动性,与艺术的家族更加亲近。如果以研究小说的理论概念去看待诗歌,就有点像用足球比赛规则来裁判乒乓球一样,根本对不上号。现实主义的概念产生于小说,浪漫主义与戏剧关系密切,后来也影响到小说、诗歌。当然,20世纪的中国也曾有诗人按照现实主义的规则去写作,但好像并不成功。如果把这一套理论概念用到古代诗人身上就更牵强,人们曾经认为杜甫是现实主义的,李白是浪漫主义的,那也很难说的。比如李白也有很强烈的批判现实的诗作,杜甫也有"无边落木萧萧下,不尽长江滚滚来"这样豪放的浪漫的诗句。说屈原是浪漫主义诗人,但屈原的好多诗作的现实性相当强。诗歌这一文体是不能用小说理论对待的。

王　蒙　应该另外有一套概念,一套语言。

王　干　有另外的规范。因为每个人写诗时不可能把它当作小说来写。一首好的诗,就像音乐、舞蹈一样,是情感的雕塑,甚至会是一座非常漂亮的建筑。它跟绘画、电影似乎有更多的相通之处,是艺术型的。

人类最初出现的文学样式便是诗歌。非常奇怪的是，人们似乎特别喜欢读富有浪漫情绪的诗歌，按照现实主义逻辑写的诗反而容易消失，大家反而不喜欢看。郭沫若的《女神》是受德国狂飙突进的浪漫主义诗潮影响的，尽管它有幼稚的一面，但有生命力，今天读来仍然会激动。如果用现实主义和浪漫主义的概念来研究散文，那就更加可笑。很难说这篇散文是用现实主义写的，那篇散文是用浪漫主义写的。

王　蒙　文学最容易产生悖论，你叙述一个看来正确的道理，如果想抬杠，另一个人也可以找到另一面的道理。散文里的现实主义还是比较明显的，比如朱自清的《背影》，相当平淡地写现实生活，一点经历，一个人物的侧面。我们有写得相当不错的悼亡散文，回忆性的。怀念性的，像鲁迅的《朝花夕拾》里的作品，那种现实主义也是比较明显的。散文里面是不是有非写实的？我也不知道给它扣什么样的名义和帽子，但肯定有，写一种心境，写一种如你评朦胧诗说的那种人生的瞬间感受，或者写一种顿悟。很精彩的一篇，就是冰心的《笑》。我甚至叹息，现在没有什么作家会写这样的散文，人们把心灵的这一部分给堵住了，这根弦不响了，给扭松了。我们的诗人中还有人会写这样的诗,甚至小说家中也还有人会写这样的小说。令人感到悲哀的是,没有带有一种瞬间感受,带有一种悟的散文。

**王　干**　禅。

**王　蒙**　对,带有禅和悟的散文太少了。

**王　干**　朱自清的《背影》可能是写实性散文,但很难说是现实主义的,如果根据现实主义理论来衡量它,就不符合,没有典型,没有性格,没有冲突,主题思想也没有时代精神。

**王　蒙**　可能是印象主义的,又是写实的。把诗歌分成现实主义和浪漫主义两类比较困难,但诗歌有写得比较实的,有写得比较虚的。邵燕祥、公刘的诗都写得相当实,咏物,咏一个城市,咏一个事件,咏一个人,都有。也有那种诗不知是写的什么,而这样的诗,人们能慢慢接受,这确实是审美上的一个进展。回忆一下80年代初期,人们对虚一点、概括性强一点、抽象性强一点的作品的拒斥力相当大,经过一段时间,人们慢慢接受了。

王　干　应该说,邵燕祥、公刘 50 年代的诗写得相当好,但我对他们诗作的生命力表示怀疑。我们今天重读他们过去的诗,只能感受到他们作为共和国年轻公民的热情和心态,但不能接受,还觉得他们很天真、很幼稚,所以我希望诗歌与现实拉开距离。

王　蒙　读二三十年前的诗,还会让人那么激动,这很难。很难设想今天的朦胧诗三十年后会给读者什么样的感受。

王　干　但闻一多五十年前的诗,比如《死水》,我们仍然喜欢读。郭沫若的《女神》,戴望舒的诗,朱湘的诗,今天读来仍然很有情趣。艾青在延安写了那么多写实性的诗歌,很少留下来的,留下来的反而是《大堰河——我的保姆》《雪落在中国的大地上》这样一些浪漫型、意象型的诗作,还有《光的赞歌》,《光的赞歌》是一首抒情哲理诗。

王　蒙　比较强烈的抒情诗。

王　干　但大家喜欢读。所以我固执地认为,诗歌不能完全写实。诗歌要有生命力,就要能反映大家意中有而言中无的情绪,比如"同是天涯沦落人,相逢何必曾相识"，我觉得这是一种超越时空、超越地区、超越民族、超越文化的人类共同情绪。另外，意象诗也有生命力，就是你起初看可能一下子把握不准，但悟一段时间之后就会有体验。意象诗的妙处就在于它的不准确性，在于它的"测不准"。

**王　蒙**　我倒觉得这个问题是这样的，真正好的诗，即使是写实的，也有一种强烈的情绪，有一种升华。而这种强烈的情绪本身都带有一种抽象性，它可以容纳许多情绪。"问君能有几多愁，恰似一江春水向东流。"它表现的具体情绪，本是一个亡国之君的情绪。今天的读者读它就不会联想这是亡国之音，因为每个人都有每个人的愁，每个人愁闷的时候都会想到"问君能有几多愁，恰似一江春水向东流"，就这么自我"酸"一下，好像也得到了无限的寄托。有一些纪实的诗，由于写得特别强烈，也被人传诵，如元稹的悼亡诗，悼亡妻的，里面有的写得很具体，但和他的情绪连在一起，最后概括为"贫贱夫妻百事哀"，就变成一种人类性的（已不是个人性的），叫作人类性、宇宙性的痛苦，人人在家庭生活中都会有这种痛苦。苏轼也有梦见亡妻的诗词，他的诗中有那样一种深切、真挚、强烈，使他的诗变得更抽象、更有概括力的东西。我觉得我们谈一下诗歌，还有很大的必要性，就是我始终认为考虑中国文学传统的时候，不管你是写小说的还是写电影的，哪怕是写相声的，绝不能忽视中国的诗歌传统，甚至要把中国的诗歌传统放在首位，中国长期以来是把诗歌、散文、政论放在雅文学的位置上，把小说放在俗文学的位置。文学的正宗是诗歌，地位高的人都写诗。皇帝也写诗，但不写小说。中国的诗歌传统特别丰富。如果谈中国文学的传统，就不能只看小说的传统，还应特别注意诗歌传统。中国的古代文论不大从文学作品和它反映的客观对象之间的关系来论述文学，更多的是从文学本身，从作家的主观状态、主观品格来谈。中国古人就不会说杜甫是现实主义，李白是浪漫主义，而说杜甫是诗圣，李白是诗仙，李贺是诗鬼。这是从创作主体的品格和风格上来划分的，更多是划分主体，这与中国艺术的传统观念有关系。"诗言志"，"志"本来很宽泛，一种抱负、一种胸襟、一种感受都是"志"的范畴，这就可以从创作主体上进行说明。所谓"圣"就是圣人，圣人的最大特点就是有仁爱之心，关心天下人，推己及人。"诗仙"则超然物外。这些都不需要解释了。词里的最大区划，是"婉约派"和"豪放派"，把这些风格、品格的东西当作划分的标准。实际上中国的文艺观毋宁说更重表现。你还可以参考一下中国画和中国戏剧，这在中国的艺术里特别源远流长，影响深远。中国画画石头也好，画山水也好，画人物也好，也是寄托作者本身的遭际、感慨、胸中块垒，也有言志的成分。中国的戏曲更不讲究生活的真实，不但它表演的方式、舞台处理的方式是相当形式主义的，或者说是相当随意的，就是它的一些情节宁可让它脱离生活的实际可能而变成可以赏玩的对象。这并不排斥中国有现实主义传统，恰恰是一种不经意的现实主义，目的并不在于非常准确、客观、细致地表现客观世界，但它也必然表现了世界。

王　干　现实主义在中国是个幽灵，它不但影响了作家的创作，也影响了文艺理论的建设，甚至影响了文学史的写作，中国现有的文学史差不多都是以现实主义和浪漫主义去把握古代文学的历史，这就非常奇怪。用现实主义和浪漫主义这样两条线索去概括文学史，一方面遗漏了好多文学现象，疏忽了好多作家和作品，另一方面已经概括进去的作家也难免被歪曲。把现实主义变成一种文学史观，其实是不顾当时文学创作实际的唯心主义做法。

王　蒙　有一些非常可敬的文学大家，甚至把中国的文学史归结为现实主义和反现实主义的斗争，这是相当困难的。

王　干　也是非常笨拙、非常愚蠢的。

王　蒙　你这样讲太激烈了。

王　干　现实主义在中国被政治化、观念化、逻辑化甚至制度化，如果反现实主义就等于反革命。用现实主义与反现实主义去概括中国文学史的发展是行不通的，不用说诗歌，就是中国的小说也不能这么说，唐宋传奇是反现实主义的还是现实主义的？

王　蒙　话本也不是现实主义，话本带有道德说教的性质，可能话本里面写实的成分多一些，反映人情世故多一点。

王　干　不过，我想说一些另外的话。我们一直欣赏小说写得像诗，散文写得像诗，电影像诗，总以为诗是文学的最高境界，这其实是一种古典主义的情绪。

王　蒙　是古典主义的。

王　干　在古典主义看来，诗是文学的最高境界。

王　蒙　是文学的极致。

王　干　别林斯基把诗比作文学皇冠上的明珠。今天，我们仍然承认它的合理性和现实性。今天的好多作品写得像诗，人们喜爱读。尽管中国正在进入前工业社会或半工业社会的状态，人们对具有诗一样美感的小说、散文不是很喜欢，但从整个文学发展来看，诗歌在人类发展史上功绩卓著，亚里士多德的《诗学》是从诗的角度来谈论文学的，中国的古代文论实际也是以诗学来代替文学的，中国的文论就是诗论，都是对韵文的论说。中国古代文论没有小说理论。

王　蒙　小说属于俗文学。

王　干　是市民文学，不是士大夫文学。但今天占社会阅读中心的文学样式还是小说，可以这样说，小说已经取代了诗歌在文学中的霸主地位、中心地位。因此今天我们衡量一部小说不可简单地搬用诗学的观念，就像我们不能用现实主义去鉴别诗歌一样。这说起来容易，做起来很难。有时候我看到一部小说写得有诗意还是激动，还是要赞赏几句，写得像诗一样，甚至会觉得是最佳的。

王　蒙　不一定是最佳的小说，也还算高的品格。

王　干　我们不能绝对化，尤其在今天不能简单地用一种观念、一种方法、一种标准笼罩所有小说。

# 作家的滑坡与不滑坡

1988 年 12 月 9 日

北京朝内北小街 46 号

## 观念不代表一切

王　蒙　关于当代文学，我这里不重复那些尽人皆知的事实，譬如党的十一届三中全会以来，思想解放，人才辈出，多元化局面的出现，是新中国成立以来最好的时期。我现在很有兴趣的是这一两年特别是今年出现了探讨当代文学不足的热情。这当然是好的现象，但是探讨当中，我想先讨论方法论的问题，就是我们以什么样的观念、模式作为我们衡量当代文学长短得失的依据？上一次你已经谈到了这个问题。现在有一种说法，就是看观念新不新，或者小说是不是有现代意识，似乎小说的成败在很大的程度上决定于作者有没有站在时代最前列，说得难听一点，这就是那种最时髦的思想，这样一种衡量作品的价值标准，从它的原则来说，和"左"的时候强调时代精神实际上是一个路子。

王　干　就是人们常说的主题思想，过去说深刻不深刻，今天就是时髦不时髦。

王　蒙　那时候讲时代精神，有高大完美的英雄人物，表现了时代的精神，表现了人民群众是历史的主人。现在就反其道而行之，你必须表现出人生是渺茫的，人民群众是无能为力的,生活是荒谬的,好像这才是新的观念。这是一种说法,我把它称为"观念"论。还有一种说法,我把它称为"局限"论,认为决定文学作品成败得失的,在于它是不是能够突破所处的时代环境和社会文化的局限。常常有人在叹息,或者叫抱怨,或者是痛斥,认为中国的作家没有突破自己的局限,因为中国还是一个不发达的国家,中国就不能产生发达国家那样前卫的文学。似乎前卫的文学一定要和前卫的科学技术、前卫的商品、前卫的住宅或前卫的生产力联系在一起,或者讲中国文化的落后性、局限性,也成为作家身上的沉重的负担。或者从社会发展上,甚至于从地理环境、语言上(汉语比较特殊,不像印欧语系)来论述局限性。这实际是一种决定论,是一种历史条件、文化传统和社会发达程度对文学的决定论。我对"观念决定论"和"环境决定论"持相当怀疑的态度,真正伟大的作家总是能够突破自己的观念,也能够突破自己环境的局限,这两种理论恰恰忽视了文学天才的伟大意义。一个伟大的文学天才必然在两方面都有突破。譬如《红楼梦》。说曹雪芹的观念有多新,我很难理解,觉得相当牵强,比如把曹雪芹的思想说成是中国资本主义萌芽,有个性解放的观念。我个人的看法是,曹雪芹并没有个性解放的观念,但他的小说客观上表现个性压抑的痛苦,人性被压抑的痛苦,但这决不等于曹雪芹有个性解放的观念,有人性的观念。就像我们上次谈到《红楼梦》里有好多地方可以用弗洛伊德的分析方法来评论,这丝毫不等于曹雪芹哪怕是已经半自觉地意识到这一点,他已经是先驱弗洛伊德主义者。中国人很愿意作这种考证,比如外国有什么新发明,我们考证一下,说这并不新鲜,我们周朝就已经有了。现在有人说电脑是根据咱们的八卦原理创造出来的。

王 干 中国人有一种"自古就有癖",比如中国足球的水平比较落后,但有人考证出宋朝就有足球,说足球是中国人发明的。

王 蒙 高俅就是踢足球出身。

王 干 我相信高俅踢的球与现代足球完全是两码事。

王 蒙 我觉得曹雪芹的天才恰恰表现在他生动地反映了生活,反映了作为一个人的心灵的痛苦,在爱情上、事业上、人与人的关系上、友谊以及仕途经济功名上灰心失望的情绪。这与其说是一种观念,不如说是他伟大的本能,是他的情感,是他的天才。有人甚至分析曹雪芹的作品表示了对歧视妇女的抗议，我觉得也很难说，《红楼梦》里面所说的"男人是泥做的，女人是水做的"，与其说带有女权主义色彩或男女平等色彩，不如说表现了贾宝玉这样一个人物或叫典型的乖张的性格，甚至于水做的、泥做的表达的是贾宝玉的性心理。

**王　干**　就是一种性心理。

**王　蒙**　而且，贾宝玉还讲，为什么女人没结婚前那么可爱，结婚以后成了老婆子就变得那么混账？这里面有性心理，怎么可能是男女平等的观念呢？我这里想用一个可能相当现实主义的概念，生活永远大于概念。在没有弗洛伊德主义以前，人们早就有性意识、性心理。有人类就有性、性心理。在没有现代主义以前，人们早就有荒谬感、孤独感、错乱感，这些东西是先验地存在的，而现代主义则是后来的。在没有男女平等或女权主义的理论以前，早就有女人的叹息，我为什么生来就是一个女人？女人实在是太受苦了。这在民歌里也有。如果谈观念，《红楼梦》里凡是涉及的观念都相当陈腐，丝毫不高于当时的其他人。不知道你同意不同意？

王　干　《红楼梦》里那种封建没落文人的情绪很浓重。

王　蒙　一遇到讲观念，连那些词儿都很陈腐。

王　干　是仕途不得意的文人心理，没有一点现代意识。

王　蒙　绝不是曹雪芹的思想观念特别新，不是有了观念就有了一切。恰恰是曹雪芹的文学天才，包括对生活的敏锐感受，也包括他的非常诚恳的心灵。尽管在讨论到社会问题、人生问题时多么陈腐，但写到人生的悲欢离合时非常坦诚，可以说比任何一个作家都坦诚，没有把人生的悲欢离合屈服于封建模式。所谓"满纸荒唐言，一把辛酸泪。都云作者痴，谁解其中味"，"荒唐言"什么意思？就是对封建的陈腐观念而言是荒唐的，如果望文生义，曹雪芹就是荒诞派，因为他认为写的是荒唐，我们今天看起来一点也不荒唐，非常正常，发生那些事甚至是必然，但在曹雪芹当时看来是荒唐的。"一把辛酸泪"，说明有他的痴情，有他的诚恳。所谓"作者痴"，也就是作者遇到这种事以后无法用那些观念去回避、去忘怀、去概括。

王　干　去观照。

王　蒙　对，观照他在生活中的感受。"其中味"是什么味呢？就是人生的真味。人生的真味，艺术家的心灵，艺术家的天才远比观念重要，文学毕竟不是哲学。我们无法期待我们的作家都留过学，都在世界发达资本主义国家放羊二十年以后，英语说得呱呱叫以后才有了现代观念，才能写出伟大的作品。所以我认为观念决定论是相当幼稚的说法。

王　干　衡量文学不像考察企业的生产管理，现在中国引进国外好多设备和技术，必须按照现代工业的观念和方式来管理，来操作它们。文学的好坏太难说了，观念新也可能写好作品，但仅仅有新观念肯定写不出好作品。

王　蒙　仅仅有新观念，出现的必然是廉价的时髦作品。

王　干　很快就热过去了。现在的文坛和论坛有点像时装表演一样，特别是创作上，一会儿是意识流热，一会儿是萨特热，一会儿是黑色幽默，一会儿是荒诞派，一会儿又魔幻现实主义，一会儿是"新小说派"，反正把西方已经有的小说流派全部在中国文坛上演一番。其实也没有真正搬进来，搬的只是观念性的东西。如果用观念决定论来看当代文学显然是幼稚的,甚至有点反文学。文学具有多重功能,多重效应,不能仅仅以一种社会价值观念去衡量文学的优劣得失。一部好的文学作品不在于观念的新与旧,甚至不在于技术的先进与落后,决定文学作品的往往是一种情感性的东西。如果把内心的情感不带功利、不带杂念地写出来,就有可能是好作品,当然这里面还有其他因素在起作用,这种无功利观念的作品往往经得住多种批评尺度的推敲,经得住多种观念的衡量。曹雪芹写作《红楼梦》完全处于一种非功利性的状态,不想得诺贝尔文学奖,也不想创立一个流派、一个主义、一个文体。

王　蒙　也不拉山头,也不想当作协理事。

王　干　甚至也不想挣稿费改善生活。他写作《红楼梦》完全是出于一种内心的需要,他要把对整个人生、整个社会、整个生活乃至当时的科举制度的那种非常复杂、非常说不清楚的感情表达出来。

王　蒙　一种不吐不快的对经验的重温。

王　干　对。从这个意义上说,文学作为一种情感的表现或宣泄是有一定的合理性的。最近出现的对当代文学提出种种质疑和非难(我自己也参与了这种质疑和非难),尽管这种责难有它不公允甚至不正确的一面,我觉得这种批评性或批判性的文字对中国新文学的发展是有好处的。

## "'文革'后文学"与三代作家

王　干　所谓"新时期文学"其实是一个非常含糊、不科学的概念,我们一般认为新时期从粉碎"四人帮"以后,或党的十一届三中全会以后开始,但"新"到何时为止?

王　蒙　当时用这个概念无非和过去相比较,实际上新时期文学是和年年搞运动、以阶级斗争为纲、为无产阶级政治服务的那个时期相比较而言,对今后怎么个说法,谁也说不上。

王　干　我觉得有个概念比较好,"'文革'后文学",因为这一时期的文学与"文革"的关系太大了,它的主题、人物、故事、语言以及作家与"文革"的关系太密切。从这一时期作家的组成看,有两类作家支撑这一时期的文学,一部分是"文革"中受苦受难的作家,像你们这一代人,由于被打成"右派"到了社会的底层,"文革"时差不多都是对象,或至少不是动力,反正没过上什么好日子。还有一类作家就是所谓的知青作家。我把你们称作第一代作家，而把张承志、韩少功、王安忆、莫言、贾平凹这样一批作家称作第二代作家，在"文革"中这些差不多都是动力，都参加过红卫兵运动，差不多又经历了上山下乡，都到农村插队去了，这一代人的青春实际在"文革"当中度过。张承志最近的长篇《金牧场》里就写到了当时的红卫兵运动，但他把红卫兵大串联写出了一种朝圣的宗教感。这两代人构成"'文革'后文学"创作的主要阵容，所以，这两代人的作品从各方面与"文革"有着千丝万缕的联系。最初出现的"伤痕文学"，就是都以否定"文革"、批判"文革"为主题，是一种政治批判、道德批判的方式，还没有人道主义，是用正义、善良这样最基本的道德观念去批判"文革"。后来出现了对历史的反思，出现了人道主义的潮流。反思的时间很远，从"文革"一直反思到新中国成立前的历史，您当时的《布礼》便反思到新中国成立前，李国文的长篇小说《冬天里的春天》也是。李国文的这部小说本来是描写"文革"的，但它反思更前一点的历史。最初出现的《伤痕》《班主任》并没有真正进入到很深的文学境界和艺术层次，特别是一些描写与"四人帮"斗争的作品，实际还采用"文革"文学的模式，只不过把走资派变成正面形象,把造反派变成反面形象。后来就发生了很大的变化。有些人便是在"文革"中走上文学之路的,像蒋子龙、刘心武、韩少功、贾平凹、张抗抗、谌容,在"文革"期间都发表过一些作品。甚至方之在"文革"期间也写过小说。这种"文革"文化不仅影响到每个人的政治灵魂,也影响到作家的文学精神。所谓"新时期文学"实际是从"'文革'文学"蜕变来的,这就决定了"'文革'后文学"的不完整性和先天的不足,当它发展到一定的时候就必然会陷于一种很困惑、很迷茫、很滞顿的阶段。我觉得近两年文学确实是"低谷",这种"低谷"一方面是与前些年那种轰动效应比较而言,文学刊物的订数在下降,读者越来越少,作家的队伍也在发生分化,不少人感到没劲儿,而"下海"淘金了,能够埋下头来写小说的人不是越来越多,而是逐渐减少。这是一种低谷。另一方面,创作本身也出现了低谷。第一代作家、第二代作家大多数处于疲软状态,已经丧失了早期的那种热情、冲动,那种敏感,那种良好的感觉,作品的情绪律开始呈衰弱态。评论界发出种种不满、非难是正常的。由于文学刊物太多,现在作家写作,随意性太强,自我感觉太良好。

**王　蒙**　对。

王　干　所以，这个时候泼点冷水，尽管比较刺耳，非常难听，甚至有人觉得是"骂"，不过我不能接受"骂派批评"这种说法。

王　蒙　这种说法太俗气了。

王　干　这反映中国的文学批评讲好话讲惯了，讲些不中听的话，就有人觉得是骂。当然，有些批判性的文章层次相当低，有的真是在骂。但泼一点冷水可能会让作家冷静下来进行自我反思和自我调整，积累新的力量、鼓动新的热情、写出新的作品。现在这种困惑、迷茫、滞顿、混乱，也可能是出大作家的时代，从这种困惑、迷茫、混乱、滞顿的低谷中走出来的肯定不是一般的作家。我在一篇文章里说过，中国新文学进入了爬坡状态，不进则退，小说界的一大批人在滑坡，非但没有在原有的基础上提高一步，甚至不能保持已经有的水平。像你们这一代人当中，今年就是您的小说、谌容的小说还能保持势头，而不少人基本在滑坡，有的甚至到了令人不能忍受的程度。另一方面，第二代作家也是如此。当然，也有例外，张承志就没有滑坡。好多人的新作都令人失望，所以，批评发出不满的呼声，是必然的。但怎么使我们的批评更有力量，真正能帮助作家找出症结所在,还是一个问题。有些批评文章非常皮毛、浅层次,有时以机械进化的情绪来看待文学现象,有时很盲目。就像作家中出现那种创新的盲目一样,批评所进行的否定运动也有一种盲目性,有时为了批评而批评。

王　蒙　我对你所说的"'文革'后文学"和1987年以后新阶段的说法,很有兴趣,但我对此还得想一想。我抱着审慎的态度,我还没有足够的阅读经验来帮助我说明这个问题,我提几点质疑性的意见。大家都经历了"文革",包括一些最反对"文革"的人也会受"文革"的影响,这是绝对正确的。这既表现在作家身上,也表现在官员身上,也表现在批评家身上。

王　干　还有读者身上。

王　蒙　如果"'文革'后文学"这样一个概念能够成立的话,实际上就是不断地突破、摆脱"文革"的影响,同时又自觉不自觉地受它的影响的过程。你把刘心武的《班主任》和那些写反"四人帮"的故事视为同类,我觉得不够公正。《班主任》在1977年的所有文学作品中脱颖而出不是偶然的,它没有简单地写成两个营垒,就是"四人帮"和它的爪牙是一个营垒,广大的革命人民又是一个营垒。《班主任》恰恰写出了谢惠敏这样既属于革命人民而又受到"四人帮"影响的人。类似谢惠敏这样的典型,张弦早在1956、1957年已经创造过,他写了一个中篇小说,叫《苦恼的青春》,就是写一个女团支部书记表现得非常之好但很教条,让人忍受不了,自己也受不了,与谢惠敏全无二致。但张弦的作品没等发出来就被定成"右派",他被定为"右派",主要就因为这部作品。后来他的作品到1980年、1981年终于发表出来了。

**王　干**　是在《钟山》上发的。

**王　蒙**　发表的时候已经毫无影响了。谢惠敏的专利权已经在刘心武那里了,这是开玩笑的说法。我现在还能回忆起我看《班主任》时的激动心情,那还早在1977年,我还在新疆,忽然又看到这样的小说,我心跳得不得了,我简直不知道是一个新的时代开始了,还是又一场大祸临头。当然,在今天回过头来看《班主任》的缺点就很容易,它主题先行的色彩等都容易看得出来。但无论如何,《班主任》对当时的文学是一个极大的突破。第二点我想质疑的就是把作家分成几代的说法,这个说法很简易,就是按年龄段分作家,但这到底能给我们带来什么?用这种年龄段划分作家能说明创作的特点吗?比如和我同年龄段的人哪怕他是我最好的朋友,我们的创作是一种类型的吗?我非常怀疑。有些按年龄段分作家的论述,那种粗疏使我怀疑他根本没看过这些作家的作品。比如前不久,《读书》杂志上关于第四代的说法,论述50年代的这一批作家只关心他们自己这一代人。我一看就知道他没看过我们的作品,第一他没读过邓友梅的作品,邓友梅最著名的作品恰恰不是描写他自己这一代人,而是描写的上一代,清朝的遗老遗少,《烟壶》《那五》,这些和小八路、知识分子毫不相干。在我的作品里,有大量写青年人的,而我的长篇小说《活动变人形》也是写的上一代人。你刚才讲的有些作家的随意性强,我感到现在评论家说话之随便,没有任何的根据就可以随便在那儿讲,而且立刻用语录体发表出来,也达到相当惊人的程度,这倒不是你搞评论我搞创作互相攻击一下。(笑)分代我一点也不反对,如果单纯地用年龄用经历划分作家,我觉得这本身的幼稚性比用观念划分作家还要廉价。第四代人是最新的人,他们有最新的观念、最新的艺术方法,第一代老了,所以过时了,第二代人正在过时,第三代人一半过时,一半不过,第四代方兴未艾,这样来划分就更可笑了。

王　干　一个真正的大作家，他不但是跨代，也是跨时代。

王　蒙　也是超地区。

王　干　也超文化、超民族。我刚才说的那三代作家说，碰上您就比较麻烦，碰上马原、残雪也麻烦。刘心武也难说，他与你们不一样，与韩少功、张承志也不一样。刘心武、张洁在连接 50 年代和 80 年代两代作家上起过很重要的作用，马原、残雪也是一个连接的枢纽。一个大作家用"代"说不清楚。

王　蒙　"代"代不住他，"主义"主义不住他，甚至用地区、用民族都划不住他。

王　干　用"改革文学""乡土文学"概括不了他，这才是超群的作家，他超出了那一代人的局限。"代"是客观存在的，无论从年龄上、经历上，还是从文化上，都构成了一代人的特点。西方已出现了"代文化"研究。一个好的作家是超"代"的，如果一个第一代作家的作品第三代、第四代人能接受，或者不知他的情况，还以为他是新派作家，那么这个作家便已经超出了

"代"对他的限制。至少目前文学创作界两代人的存在已不容忽视，他们的文学经历、文学精神、文学手段、文学语言，确确实实是不一样的。比如，张承志与您相比，尽管您也写过很充满理想、很充满激情的作品，像《青春万岁》，但您今天的作品与张承志完全是两样的。这倒不是说一代人比一代人好。

王　蒙　你这么说，我觉得说明不了问题，同代人又有谁和我一样呢？邓友梅写得和我一样吗？茹志鹃写得和我一样吗？陆文夫写得和我一样吗？从维熙写得和我一样吗？

王　干　那是说您是这一代的代表，张承志是那一代人的代表。

王　蒙　代表那就更困难。

王　干　代表不是典型，也不是所有个性相加的总和，不是共性、普遍性。代表不是微型胶卷，不能将所有人的特征都浓缩进来。一个时代的代表总是以这个时代突出的人物或杰出的人物为标志的。比如说，我们说鲁迅是五四文学的代表，并不是说鲁迅把所有作家的风采、个性都概括进去。

王　蒙　我不否认"代"的存在。"代"和年龄段一样客观存在。第一,我们应该研究"代"以至年龄对创作的意义和它的限度,即年龄并不决定一切,有的人作品里非常鲜明地表达了他那个特殊年龄段的特殊感受,也有的人作品并不鲜明地表达这种东西,还有的人这篇作品里有所谓非常强的"代"意识,在另外的作品里则没有"代"意识而是一种超"代"的意识。观念不是决定一切的,"代"也不能决定一切。第二,我同意你的说法,真正的好作家往往有一种超越性,这种超越性包括对观念的超越,也包括对年龄、对"代"的超越。他有一种不可概括性,越是好的作家,越难概括。你用什么现实主义、浪漫主义难概括他,你用"代"也很难概括他,用观念也难概括他。

## "局限论"的局限

王　蒙　局限性问题也是这样,如果你以社会的局限、历史的局限、文化的局限来解释很多东西,有两点解释不通。第一,落后的社会形态也可能产生很好的文学,非常发达的形态也可能产生很差的文学,甚至社会生产力的发达在某种社会制度下或某种情况下是以牺牲文学为代价的,是文学的萧条。技术发达的结果使人们的性灵受到戕害,这样的例子非常多。西方的好多有识之士正为这个苦恼。再一方面，很多作家的经历也能推翻这个观念，比如美国的女诗人狄金森，这个人从上完学以后，不出家门，足不出户，既不符合唯物主义，也不符合体验生活深入生活的原则，也不符合现代意识的原则，现代意识绝不能鼓励一个男人或女人足不出户。她也没有宇宙意识，也没有地球意识，也没有全人类的观念，也没有海洋蓝色文化的观念。她就在非常狭小的天地里，写她并不准备发表的诗，而她的诗至今盛行不衰，甚至认为她开了意象派诗的先河。王国维论说过两种作家，入世的和出世的，入世的他举曹雪芹，经历了各种事，越写越好；另一类像李后主，没有经历过什么事，出生在宫廷之中，然后变成了亡国之君，在很狭小的范围活动。如果李后主不是这种情况，而是有了现代意识，不但了解中国，还了解地球，而且还了解五大洲四大洋，那很难设想。所以局限性的观念也不是一个科学性的观念。我常常有一种说法，也许这种说法更廉价——如果我们的作品写不好，只能怨我们自己。因为我们不是天才大作家，如果是天才大作家在什么情况下都是大作家。世界上的伟大作家和我国作家的目前处境相比，起码我们作家的处境不是最坏的，我们的作家当然有过各种痛苦的经历，但也不能把一切解释为社会环境决定论。我常常讲这个例子，不管是曹雪芹也好，托尔斯泰也好，契诃夫也好，他们是在什么样的民主、宽松、和谐的气氛下写作的呢？他们受到了领导或是政府什么样的关怀呢？他们出去旅行有谁给他们报销车费呢？他们参加过什么样的在风景胜地举行的笔会呢？住过几星级宾馆呢？当然托尔斯泰的生活优越一点，但他的精神更苦闷。所以，我不同意把对观念的探讨、对环境的探讨、对文化传统的探讨以至对"代"的探讨来作为自己创作不好的口实。反过来，我也不同意评论家用这些东西来否定作家，现在分析作家创作不理想的一些文章我很赞成，而且我也写了这方面的文章。但是，确实也有极少的文章就是用观念、用局限性干脆一笔抹杀，这样的评论家至少有三四个，这种一笔抹杀的潜台词是什么呢？是这样的：中国是落后的，中国的文化传统也是落后的，中国的文化是不可能走向世界的，因为世界是以最先进的西洋国家为中心为代表的。中国创造出来的作品如果努力吸收新东西，就是假的，"伪现代派"。你要不努力接受新东西，你就是旧的，是民族的，旧的、民族的是不能被世界所接受的。你是新的就肯定是假的，你不可能是真正的原装，就好像在中国装配的索尼牌或东芝牌，或者是雪弗莱或者是奔驰，你装完以后人家也不承认，是上海造的，虽然上面也有个牌子，但两个牌子，一边是上海，一边是联邦德国大众牌，这不是原装。用这样的观念就很轻率地认为我们的文学一无可取之处，认为我们的文学什么都没有。现在有这种说法，现在的中国文坛有什么，一切应该有的都没有，有的只是模仿的东西，或者是陈旧的东西。这些说法也完全脱离文学实际。而且我还有一个想法，这样评论的人实际反映了他们的西洋情结。可能我这话说得刻薄点。就像我们可怜可爱的同胞向往东芝牌的电冰箱，向往奔驰牌的汽车一样，我们现在有那么几个评论家不停地向往博尔赫斯的小说，加西亚·马尔克斯的小说，实际是用东芝牌、奔驰牌的原装标准来观照中国的文学，所以是一片叹气、失望之声。发表这样评论的人恰恰对所谓的西洋文学了解得非常之少。还有一个很有趣的现象，凡是西方文学的专家都没有这种评论和意见。西洋文学实际是多种多样的，中国人整天在那儿喊走向世界，但我所接触的西方人没有一个人不认为中国是世界的一部分。世界分好多大的块，苏联东欧是一大块，第三世界国家也是一大块。而西方的资本主义国家里，美国也是一个特例。西欧那些国家，跟美国完全不一样。他们保守情绪很厉害，有些美国捧得很高的东西被他们嗤之以鼻。反过来说，我不赞成的并非对当前文学的疲软、滑坡这些现象的探讨，我只是不赞成这种探讨以美国原装或拉丁美洲原装为标准，这样的标准实在是非常可笑，那些讲原装的人实际从没见过原装货，他们所知道的原装货无非是第二手的原装货。据我所知，那几个最具有西洋情结因而认为我们国家的文学作品一无可取的人没有一个能从原文看小说的。所以，这种情结变得有点可怜了。

## 时间与滑坡

王　蒙　还有一点，我与你说的想法略略有点不同。就是观察一个作家是不是滑坡，从一个年头或一个作品来看，也是很不靠谱。我主张对一些作家用滑坡这个词要慎重。任何一个作家的创作历程不可能是一帆风顺的，不可能像攀登珠穆朗玛峰一样。有时也不具有可比性，你很难说，他的这个作品比那个作品怎么样。有许多诗人的最好作品是在他年轻的时候，但他最深沉的作品和最简约的作品在年长之后，这很难比。对有些作家经过一段喷涌之后因而显出暂时的沉默或作品热度的减低，是不是一定要用滑坡这个词？我想跟你商量一下。

王　干　我觉得滑坡是必然的，一个作家经过一段喷涌爆发后必然要从热到冷,从情感丰富的状态、生命意识强烈的状态进入一种相对疲软、相对冷静或相对空虚的状态,这个时候就有可能进入一种滑坡。当然不是一定要叫滑坡,有的可能是一种小憩,有的则可能真的一蹶不振了。您刚才讲的,文学作品无可比性,年轻时比较热烈、奔放,年纪大了可能比较含蓄、冷峻、简洁,这是从风格上说的。但现在有那么一批人的作品确确实实在退化,感觉在退化,故事也在退化,不如以前讲得那么好了,语言也在退化。

**王　蒙**　江郎才尽了。

**王　干**　也不一定这么说。我为什么要用"滑坡"呢?因为滑下来以后,作家经过自我调整之后,也可能振兴起来。

**王　蒙**　但这不容易。

**王　干**　如果能从这种滑坡状态走出来,就不是一般的作家了。一个诗人年轻时有几首好诗,没什么了不起,年轻人的感觉都很好,都有激情,只要达到一定的文学修养,文学水平,都可能写出几首好诗。

王　蒙　人人都是诗人。

王　干　真正伟大的诗人就在于不但年轻时能写,中年时也能写,到了晚年还能写出有青春气息的诗来。一般诗人到了晚年就写不出像样的诗了,但中国有个诗人是例外的,就是艾青。他30年代写的《大堰河——我的保姆》,40年代的《火把》,尽管我们现在看还比较单纯,但《火把》所隐藏的热情是青春的激动。50年代艾青还写了不少好诗,特别是那些短诗,80年代艾青重新出来歌唱,写出好多优秀的诗篇,艾青是很了不起的诗人。

王　蒙　苏联有个汉学家说,当你们在议论哪个是年轻的诗人的时候,我想中国最年轻的诗人是艾青。

王　干　有意思。

王　蒙　这是"代"的超越性。

王　干　艾青晚年的诗内容非常丰富,显得非常成熟,但语言非常简洁,甚至非常朴实,艾青的诗歌经过好多变化,到了晚年达到了高峰,进入了一种辉煌的境界。

王　蒙　这也和他二十年的沉默有关系，客观上变成了一种蓄积。

王　干　现在有些作家如能从滑坡中走出来，继续向前攀登，就有希望。如果现在这样滑下去，就只能是一个小作家。文学非常无情，这些小人物很快会变成大作家的垫脚石。这有点叫人伤心，也很可怕。

王　蒙　也不可怕。

王　干　文学发展的历史表明，成为大作家的是少数人，小作家是大量的，写过几篇小说、几首诗的人如果不能继续保持青春的活力和敏锐以及良好的感觉，往往很快被文学发展潮流淹没，被人们忘记。现在指出这样一种滑坡的事实虽然残酷一点，但这仍是有意义的。当然，话又说回来，有的作家只有一部小说，就在文学史上占有很光辉的位置。

王　蒙　现在很难说。需要反复，需要一段时间后回过头来看。经过一段时间以后，有些曾经轰动一时的作品，立刻变得黯然失色，也有的作品在当时是很平常的，经过一段时间以后反倒放出光彩来。所以，时间既有残酷的一面，对真正的作家来说，时间反倒是有情的。

王　干　目前，不少人有一种情绪，我也有这种情绪：希望中国能够出大作家、大作品，能够与世界对话。这样一种情绪是一种急躁情绪呢，还是以西方文学作为参照系呢？我觉得这种情绪与社会心态有关系，因为人们现在希望中国很快富起来，能赶上发达国家水平。

王　蒙　希望奥林匹克运动会能够多得金牌。

王　干　如果对"文革"后十年的文学作个评价的话，我觉得这十年的成就是新文学所没有的，我不同意说今天的文学水平没有五四时期高，没有超过"五四"。今天文学不论是丰富还是多元，不论是锐气还是技巧，都已经超过了五四文学。也许由于时间没有拉开，容易造成一种障碍，还不能看到今天文学已经取得的成绩和价值。如果今后的文学还像前几年那么发展的话，中国文学就不会比哪个国家差。问题在于除了少数人外大多数作家都表现出一种疲软态，只剩下少数的精英在孤军奋战。也许真正的大作家、真正的先锋在孤军奋战时才能成就。前几年大家都在同一水平上跃进、跃动，当文学失去轰动效应之后，一个作家能不能继续作战，能不能把自己的创作调整到最佳状态，将各种生活经验、情感经验饱满地表现出来，这是衡量一个作家创造力强弱的重要时刻。尤其外在的要求对一个作家相对高的时候，或者外在的反应比较冷淡的时候，这个作家能不能沉住气，继续保持那种良好的心态，这是出不出大作家、大作品的一个关键。为什么现在对文学的评价一片"冷色调"？因为中国人喜欢看群体，看这一批第三代作家怎么样，那一批作家怎么样。尽管新近出现的这一批作家很聪明、很俏皮，但作品的厚度和容量还不尽如人意，甚至不能与他们的前代人相比。所以这新近的"热流"并没有影响到整体的冷色调的变化。我认为中国文学可能会出大作家、大作品，尤其这几代人逢上千年难遇的"文化大革命"，就更应出大作家、大作品，不出才奇怪。不管怎么评价"文革"，它是一种特殊的历史现象和文化现象，它那种特殊性，提供了极为丰富的文学土壤。如果没有"安史之乱"，杜甫就不会这么伟大。

王　蒙　这也很难说。这又变成了客观历史条件决定论。文学的才能、文学的胸怀也就是所谓主体的作用，很重要，有的是经历了社会的大动乱而成为伟大的作家，有的是由于足不出户而成为伟大的作家，这很难用一句话下结论。我对那种争论实在感到莫名其妙，据说白先勇预言：中国三十年内不可能出伟大作家。有人则预言中国十年内就一定出大作家。他们原话不一定是这么说的，但有类似的争论，我对这种算卦式的讨论以及他们的逻辑完全不能赞成。白先勇偏于悲观的论调就是局限决定论，如按照那个决定论说的话，哪儿也出不了大作家，美国现在的环境适合出大作家，那才活见鬼呢！如果和美国人讨论讨论的话，他们认为这种社会环境是最反文学的环境，比中国还要"反文学"得多，它的技术主义、科学主义，整个人生机器的旋转就像旋转加速器一样，人们更喜欢看浅层次的、富有刺激的、富有形象感甚至富有肉感的那些东西。如果谈到社会环境，我听到的是一片咒骂声，不论是东方还是西方，所有的作家都在咒骂他们的环境，也许作家就是为了咒骂环境而被上帝创造出来的。

## 滑坡和并不滑坡的作家

王　蒙　从具体作家来论倒很有意思，也很难从年龄上看，比如张承志一直非常饱满，这是和他的人格、人生路线分不开的。张承志有一个非常可爱之处，他对文坛是抗拒的，像躲避瘟疫一样躲避文坛，他认为文坛非常黑暗，他不但诅咒环境，而且诅咒文坛。他对文坛的看法非常之阴暗，所以他喜欢独行，动不动跑宁夏、跑新疆，他的圣地是新疆、宁夏、内蒙古，他在一种忠于自己理想的追求之中进行了他的创造。最近，我觉得张抗抗的一些作品有意思。张抗抗写作非常早，她的作品一直处在评价不错的状态，但她也老没有特别突出的作品，像王安忆一度所得到的那样，或者像刘心武一度所得到的那样，或者像贾平凹一度那样红起来过。但张抗抗相当有后劲，她一直保持在她自己的水平线上。如果从长远的实力来说，张抗抗可能比某些人所预料到的要好一些。贾平凹有相当的随意性，但在他身上很难说有滑坡的东西。

王　干　贾平凹没有神圣性。

王　蒙　他更多一点游戏的成分。

王　干　贾平凹可能有一种写作癖好，他不停地写，而且一个故事写完之后，还可能把它再写一次。他的长篇《浮躁》，实际是他的中短篇糅起来的，如果不看他其他的小说，《浮躁》还是不错的，但如果放到他整个创作里来看，尤其是比较熟悉他的小说创作进程的人,就会发现《浮躁》是他过去创作档案的集成。

王　蒙　每个作家都是特异的。贾平凹尤其特异。张贤亮也很难估计,据说他的一部新的力作《习惯死亡》已经写完了,老先生自己已经吹上了。不管你对张贤亮作品的某些描写,甚至于某些主题思想持什么样的异议,但在张贤亮的身上,也很难看出滑坡的迹象来。

王　干　张贤亮最近没有作品。

王　蒙　这也是一种严肃。但对他的《早安,朋友》我不敢恭维,实在是丢份儿的小说。也有让我感到特别失望的,最明显的是张辛欣。张辛欣处在逆境的时候,她写的作品透露出来一种压抑、苦斗,甚至一种歇斯底里、一种恶毒,但这种恶毒完全不是"文化大革命"所说的政治上的恶毒,就是一种激愤吧,不要说恶毒。那些作品写得比较好。直到看她的《封・片・连》的时候,我还觉得不错的,《封・片・连》和《疯狂的君子兰》实际是一路作品。很客观地写人生的异化现象,但后来她真正撒开随意了以后,实在不敢恭维。我甚至说,作家和作家的气质是不一样的,有的作家写得相当随意,但仍不失作品的质量。比如古典作家陀思妥耶夫斯基既是极严肃的，也是极随意的。极严肃是他的思想、情感，那种真诚，那种替人类受难的感情，随意是他的结构，我感觉他就是兴之所至，我真服他这一点，他可以一连多少页连段也不分，真是像发了大水一样，写他的情感、感想。而且，他随时将报纸上看到的故事以及新闻就像写杂文一样塞进去了，一泻千里。如果用鲁迅的标准来要求陀思妥耶夫斯基，比如用"写完后至少看两遍，把一切可有可无的字、句、段落删去"来衡量的话，陀思妥耶夫斯基的作品和中学生作文放在一起，都不能打很好的分数。但反过来我们设想一下，如果陀思妥耶夫斯基把作品改得像鲁迅的短篇，像《祝福》《伤逝》，或者像《在酒楼上》……

王　干　像《孔乙己》。

王　蒙　要改成那样，还有陀思妥耶夫斯基吗？但怕的是没有陀思妥耶夫斯基的才气，你的才气连陀思妥耶夫斯基的一根脚趾头也赶不上，却要像陀思妥耶夫斯基那样写作，稀里哗啦往纸上胡扔，这样的东施效颦必然出洋相。我这不是专门指张辛欣，类似的现象显然可以看得出来是受了另外一些作家的影响、启发，这也不一定叫模仿，但才力不逮，就变成东施效颦。还有一些作家的作品，我觉得可能是受了自己价值观念的影响，也可能是受了当前这种社会条件（我刚才反对社会条件决定论，但不是决定的总有影响）的影响，什么影响呢？

不是我们作家的处境太坏，我这个说法可能会引起作家朋友特别是青年作家朋友的愤慨，我觉得是不是他们的处境太好了，为什么呢？现在的作家写了几篇小说以后很快就变成专业作家，不论你怎么抱怨物价飞涨，你已经可以什么事都不干，每月去领工资。这是全世界的作家做梦也难想到的事情。他不必为人生的俗务、生活里的搏斗而操心。王安忆讲过，当了专业作家以后，生活好像变成了副业。这是很可怕的一种感觉。反正我每天都在写，因为我是专业作家。所谓生活成了副业，就是我还要出去买一趟酱油，还要洗衣服，这些都是业余的用来调剂精神的，这究竟是好还是坏？还有你刚才说的由于现在文艺刊物比较多，所以有的作家喷涌了十年或者五年了，现在出现点滑坡现象并不惭愧，完全可以以一种恬淡的心情来对待，甚至说我想休息休息。上帝也会允许他休息的。恰恰是有些人刚写了几篇就马上升华了，升华到完全想入非非的境界、气氛当中去了，而且用这种气氛来互相欺骗。这确实是非常现实的危险。

王　干　您说的想入非非是指作品,还是生存状态?

王　蒙　不是作品,作品想入非非是非常好的。中国的现当代文学如果说有什么缺陷的话绝不是想象力过分而恰恰是缺少想象力。我所说的那种想入非非就是那样一种脱离生活的感觉,也就是生活变成业余的感觉,那种被捧起来以后专门进行文字游戏、文字劳动或文字糊口的感觉。

王　干　我觉得您刚才谈到的作家与环境的关系,很复杂。有时候作家在环境非常恶劣的时候写出了好作品,甚至作品里也看不出他生存的困难。有的作家生活改善以后,反而写不出好作品。也有的作家在养尊处优的生活中写出了优秀的小说,写出了大作品。不过好像环境改善之后反而写得不如以前的作家更多一些。

王　蒙　空虚了。

王　干　从这种意义上,可以说生活大于文学,作家离不开生活。另一方面有人讲,中国为什么出不了特别伟大的作家?中国没有中产阶级,没有贵族,作家在为生计问题发愁,不可能一心一意地从事文学写作。

王　蒙　现在的专业作家为生计发愁的多吗？很难说。

王　干　他说的是房子、小孩入托、升学的问题。

王　蒙　这话不可靠。西方作家包括索尔·贝娄都是教授，因为按他的生活水平、社会地位，如果当专业作家专心致志地进行写作的话，是难以维持生计的。专业作家恰恰是中国多，全世界都没有那么多的专业作家。甚至在苏联、罗马尼亚等东欧国家，专业作家的含义也是非常明确的，就是放弃你的工资，放弃你的职业。所谓专业，就是以写作为职业，靠写作来养家糊口，而靠写作来养家糊口在全世界都是很艰难的，没有一个地方靠写作养家糊口是很轻松的事情。就是靠爬格子生活。

王　干　国外靠爬格子生活的人有，但不搞纯文学，而是给报纸开栏，搞畅销书，这些人地位很低。刚才我们对当代文学发了一通议论，但从整体上看，这十年文学还是比较可观的，最近两年出现的相对平静的状态是正常的。希望文学一浪高过一浪是不可能的，文学创作往往几年或者几十年才能出现一次高峰。前些年出现的高潮是文学长期贫困、停滞的结果，也许文学一直正常发展还不能出现这样的高潮,不能出现那么多的好作品,前几年的文坛可以用"群星灿烂"这个词形容。

王　蒙　是的。

## 亢奋与内驱力

王　干　真正的大作家超时代,超群体,超文化,甚至超民族,超文学。在但丁出现之前,意大利好像没有文学似的,普希金出现之后,俄罗斯才有了现代文学。前几年的文学轰动是不正常的,现在的冷静、疲软,没有读者,是文学发展的正常状态。文学在今天的种种活动和表现,是一种非常正常的运转。只有在这样正常运转过程当中脱颖而出的才是超群出众之辈,才会是杰出的作家,所以人们有时对作家期望过分急切,失望也过分愤怒。中国文学发展到现在,出现了多元的趋势,同时也失去流向,这对每个作家都是考验,失去流向就没有规定的道路给你走。只有在失去航向、失去规定目标、失去别人指定的道路、失去创作路线,总之失去唯一选择的时候,作家怎么进行自己的选择,怎么把自己的生活经验、情感经验,包括阅读经验全部调动起来,然后在这样一种多元的局势当中突起,这就由他的才情、学识、天赋所决定。因为这个时候作家的创作活动基本上是个人选择的结果，尽管也受到环境的影响，但个人选择性更大了，推动他创作的力量比如社会潮流、文学潮流相对减弱了。

王　蒙　靠个人的内驱力。

王　干　对，靠个人的内驱力向前走。而我们有些作家失去这种潮流的推动力之后就动不了，必须依赖别人的力量推他走。这非常奇怪，作家一方面需要主体力量，而今天的文学时代已经把主体的选择交给了作家，创作自由度比较大，只要具备主体的选择力、创造力、表现力，一个作家就能充分表现出自己，但我们的作家有一种惰性，习惯被某种潮流、走向推着走，或者靠某种社会力量支配着走。当失去了这种外驱力的作用，作家反而茫然了，反而六神无主了，有的人都不知怎么写好了。

王　蒙　你刚才说的我是赞成的，我有一个小的补充。当我们谈到目前文学创作上某些疲软的现象的时候也不可能完全忽略它多少反映了当前人们精神生活的疲软。我们不要把疲软认定为贬义，正像不要以为过分的兴奋、不断的兴奋就是褒义一样。我这里讲的疲软是中性词，它可能是好的，也可能是坏的。

中国近百年以来,都常常在万众一心的兴奋灶下面使人们精神亢奋。

**王　干**　民族心理近百年是亢奋型的。

**王　蒙**　比如"打倒列强锄军阀",这是亢奋的;"中华民族到了最危险的时候","把我们的血肉筑成我们新的长城","大刀向鬼子们的头上砍去",也是亢奋的;"团结就是力量","向着法西斯蒂开火",也是亢奋的;"雄赳赳,气昂昂"也是亢奋的,一直到唱"社会主义好","右派分子想反也反不了",也还是亢奋的。应该承认,所谓"'文革'后"也是亢奋的,就是把这些摆脱了,也是亢奋的。所以这种疲软和我们的精神生活的疲软有关系,现在不光文学作品轰动效应少了,作政治报告能有轰动效应吗?比如回想一下(19)50年代的政治报告,回想毛主席在天安门广场接见红卫兵时那种全世界的轰动效应,不光红卫兵轰动,"牛鬼蛇神"也轰动。当时我不是革命动力,但我也整个被震荡,被冲击,好像社会的大浪不可阻挡地往前奔的那个劲儿,感到全身心的震惊。所以要考虑到全民的精神生活的状况。现在这种状况给人以机会,也有一种危险,在全民精神生活相对疲软的情绪之下,即使有真正好的作品也激动不起来。有两个危险。早在五年前我就说过，一两部好的作品淹没在平庸的作品当中，有时看一大堆文艺杂志，文艺作品越来越多，平均质量相反下降了。阅读上的困难超过（19）50年代，（19）50年代没有多少文学作品，一个省最多一个刊物，行政办法非常管用，比如《人民文学》就是较高水平的杂志，确实好作品都在《人民文学》上。可现在不知道好作品在哪里，《人民文学》上有好的也有差的，《十月》上有好的也有差的，《收获》上有好的也有差的，也可能哪个旮旯的刊物登了一篇好作品被批评家的眼睛忽略过去了，是非常可能的。所以在疲软的状态下，还存在另一种危险，就是有眼无珠，忽略了一些重要的文学现象。

王　干　我和另一位同志写过一篇文章，《疲软的时代》。说老实话，政治上也疲软，没有以往那种紧张，那种阶级斗争状态的紧张，所以这种疲软与那种紧张相比还是一种进步呢！

王　蒙　是一种进步，老那么紧张，国家要乱套呢。

王　干　经济上也疲软。文学失去轰动效应，对文学回归也许是个进步。文学轰动往往在文学之外轰动，而不是在文学之内运转。有时读者看作品不是看文学本身，而是看社会效应。当时批"四人帮"，写冤案的，落实政策的，离婚的，所以文学变得很轰动了。这种轰动在报告文学领域仍然存在。报告文学的轰动靠"越位"，它所承担的正是新闻必须负责的任务，而由于新闻的透明度和公开化没有到最理想的程度，报告文学在新闻"照射"不到的空隙进行疯狂的活动。这种报告文学完全是为了满足读者的新闻要求，丧失了报告文学的规范。当然，报告文学本来是新闻与文学联姻的产物。

王　蒙　这反映了文人的参政意识。不应该用纯文学的标准来看待文学，就像杂文一样，一半是政论，一半是文学。

王　干　但报告文学的文学性越来越差了。

王　蒙　那又有什么不好呢？这些报告文学的作者一般都表示由于社会责任感，他不在乎十年以后他的报告文学收入不收入文学史。这也是一条路子。

王　干　这也是疲软时代必然出现的现象。特别是政治改革、经济改革刚刚开始，多方面机制尚未健全时。所以报告文学非正常地"轰动"起来，也是可以理解的。

何必「走」向世界

1988 年 12 月 13 日

北京朝内北小街 46 号

王　干　　"走向世界"的问题比较复杂，我觉得"走向世界"首
先是把文学当作一种竞技项目来看的，"走向世界"
的说法最先来源于体育界，好像与足球有关。由于
中国原先处于一种封闭的格局之中，后来的改革开
放一下子将这种封闭的格局打破了，中国人再也不
像以往那样在狭小的天地中生活，开始面对整个世
界了，眼光开阔了。体育运动率先成为国人精神的
象征，好像体育走向世界中国就强大起来，民族就
强大起来。这种心理定式可能与社会主义有关系，
社会主义国家往往把体育、文化、教育作为国力的
象征，国运的象征，球运兴国运也兴。再一个就是
社会主义国家通过这些活动来激发人们的爱国激
情，前天我看到《体育报》上有一条消息，苏联一位
好像是体育部长一类的官员讲，我们的体育可以促
进生产。我看了就觉得很有意思，假如是美国或西
欧国家的体育官员就不会这么讲，最多说体育可以
强身健体，可以娱乐，绝不会把它和生产联系起来。
苏联人则认为他们在汉城奥运会获得金牌总数第
一，工人的生产效率都提高了。这说明社会主义国
家对"精神文明"一类的东西看得很重，跟整个国家
政治、经济联系得太紧。在中国也有类似情况，好
像女排输了、足球输了就像国家要灭亡似的。在文
学界出现的"走向世界"热也是必然，因为中国的政

治在走向世界，经济在走向世界，体育在走向世界，所以作家也希望走向世界，也希望到瑞典皇家学院争一席位置，争一份荣誉，争一份奖励和奖金，这是很正常的。但我觉得"走向世界"的"走"字，至少用到文学上不恰当，科学一点的说法该叫"面向世界"。说"走向世界"，好像中国在世界之外似的，另一点就是中国文学落后了好多世纪似的，"走"就有一种赶超的意义。用"走"就把文学竞技化了，而文学恰恰是一种非竞技性的，也不像政治、经济那样可以简单地分出优劣长短来。我们这个国家可能经济很落后，文化很落后，教育很落后，军事很落后，交通很落后，技术很落后，但不能说文学也很落后。

王　蒙　这不一定。

王　干　这之间没有比例关系，既不成正比，也不成反比。不能说经济文化发达，文学就一定很优秀。也不能说经济文化越落后，文学就越优秀。文学最有特殊性。"走向世界"的说法还意味着中国文学没有进入世界文学圈子当中，但如果用"面向"更好。现在中国作家有人希望到瑞典去领诺贝尔文学奖，有这样的雄心壮志很好，但更多人是采取一种面向世界的方式，是希望更多地了解世界，更多地了解世界文学的发展情况，也希望世界了解中国文学的发展情况，更希望世界更多地了解中国。我觉得"面向世界"的说法更好一些。但是，无论是"面向世界"还是"走向世界"，终究反映了中国作家的两种文化心态。因为到目前为止，中国没有一位作家获得过诺贝尔文学奖，好多人愤愤不平：中国有那么多的好作家好作品，为什么不能得奖？这是一种不被承认而愤愤不平的心态。另一种就是认为中国没有好作家好作品，与世界文学的距离大着哩，所以要赶紧"走"向世界。我觉得能否得到诺贝尔文学奖并不能代表一个国家的文学水平，一个国家有一个人领了诺贝尔文学奖，不代表这个国家的文学成就就很高。我觉得日本的文学成就不怎么样，尽管川端康成领过诺贝尔文学奖。即使中国已经有人领了诺贝尔文学奖，也不能认为中国文学的水平很高，已经走到世界第一的水平了。如果没有人获得诺贝尔文学奖，也不必悲哀，就认为中国文学的水平很低，甚至还不如非洲某些国家，不如尼日利亚、埃及，尼日利亚的索因卡、埃及的马哈富兹1986、1988 年还获得诺贝尔文学奖。现在人们说"走向世界"，实际是以诺贝尔文学奖作为尺度的。以诺贝尔文学奖作为唯一的尺度来衡量中国当代文学，可能是一种不妥当的做法。当然如果中国有作家能得到诺贝尔文学奖，那还是一件大好事，因为诺贝尔文学奖在本世纪很有影响，对整个世界文学创作的潮流有影响。1985年法国的克洛德·西蒙得奖以后对"新小说派"和其他的先锋文学确实是一种鼓舞。因为那个时候舆论一度说现实主义又受欢迎了，搞先锋的又冷落了。但这种舆论传到中国不久，西蒙就得了奖。不过，我有一点奇怪，我个人认为"新小说派"得奖的不应该是克洛德·西蒙，而应该是罗布-格里耶。

王　蒙　这也很难说。

王　干　诺贝尔文学奖也常违背人们舆论，也许哪一天给一位名气很小谁也不会注意到的中国作家。

王　蒙　也可能啊。

王　干　现在把不能获奖的原因归于翻译，其实让中国文学在世界范围内被广泛理解，还是有一定的难度。特别是一些对语言特别讲究特别强调的小说家的小说和诗人的诗歌，要让外国人理解，困难更大。当我们把汉语的特性、美感全部表现出来的时候就几乎不能翻成外文，一翻译，那种语感、语性、语体的妙处就全部丧失了。我们现在看国外小说主要不是看语言而是看故事、人物这些非语言性的东西，如果看语言实际看的是翻译家的语言。我认为中国文学要让外国人理解，最大的障碍就是语言。张承志说过一句话，叫"美文不可译"，这很有道理。从这个意义上说，中国作家不能获得诺贝尔文学奖是必然的，是可以理解的。如果得了诺贝尔文学奖反而显得有些反常，亚洲有两人得过诺贝尔文学奖，泰戈尔是用英语写作的，而川端康成得奖据说则是由于非文学的因素起作用。文学的地位还与整个国家的政治地位、经济地位、文化地位有关系，特别是文化地位相当重要。世界上有更多的人了解你，才可能对你的文学感兴趣。现在一些所谓走向世界的作家，也只是在汉学家圈中流传。而这些汉学家看到的当代文学作品也非常有限，况且他们的审美观、文学观、人生观也有局限性。中国将来肯定有人能得诺贝尔文学奖，现在不必那么焦虑，那么急于功利，对中国当代文学的成就不要看得太高，也不要持过低的冷调。

**王　蒙**　甚至认为中国没有文学。

王　干　我觉得中国的大陆文学比台湾文学强,小说、诗歌都比台湾写得好,甚至电影也比台湾的好。我认为中国文学在亚洲范围内还是相当好的,我所看到的日本文学都不能与中国文学比,甚至现在的苏联文学也不能与中国文学比。当然苏联战争文学要比中国棒,那种说不清楚的人道主义情调写得很美很动人。苏联的文学传统非常丰富,特别是俄罗斯文学的成就更成为世界文学宝库中的巨大财富。但如果在今天横向相比,苏联文学的成就未必比得上中国,特别是苏联近期的文学很类似于我们已经有过的"伤痕小说",全是政治性特别强的反思小说。近几年的中国小说学习了不少西方小说的技术性的东西,虽然观念也有影响,但影响更大的是技术性的、技巧性的,特别是近几年的第三代小说家的创作。如果能在这种影响的基础上创造出一种新的小说技巧、新的游戏规则,就会使中国文学的面貌发生新的变化。

王　蒙　世界是非常大的,各个国家各个作家的走向都不同。我们现在常常讲现代意识,似乎经济愈发达、科学技术愈发达、社会组织机制愈完善的国家的作家的现代意识就愈强。我的印象有时是恰恰相反。在这些发达国家里见到的许多作家,他们最不感兴趣的就是现代科技的成果,他们身上保存着的是我们上次谈过的那种还乡情绪,那种维护自己作为一个很普通的人、作为一个不受现代文明技术成果干扰的人的权利。比如我最喜欢的美国小说家约翰·契弗,他是写纽约的,但你很难在他的笔下看到摩天大楼和最时髦的发式、服装、流行音乐,在他笔下恰恰是另外一个纽约,甚至让你感到纽约是一个古老的城市,好像他的笔正是为了留住昨天而在那儿挥动。有类似倾向的作家非常多,最突出的是福克纳。我甚至怀疑海明威有没有面向世界面向未来的观念。我的感觉是他们没有,他们从来不操心为了走向世界,要写人类所关心的共同问题。我看到一个消息,广东作家和香港作家座谈中国作家为什么得不到诺贝尔文学奖,结论是由于中国作家没有写人类普遍关心的问题。我想人类现在最关心的问题是战争与和平的问题,消除核武器的问题。

王　干　能源问题,人口问题。

王　蒙　环境保护问题。我们说的那些优秀作家恰恰没有这种观念,甚至有一种相反的观念。也许正是生活非常现代的国家反而不必这样。我在英国接触的那些作家是一些社会批判家,他们是左派,同情人民,同情工党,同情反体制力量,同情工人运动,他们社会责任感之强大大超过我们的许多作家。在西德也有这样一个阶段,西德在战后曾经有过废墟文学阶段,之后也出现了以干预生活、干预社会为己任的作家,其中突出的是1972年诺贝尔文学奖获得者海因里希·伯尔。与此同时他们也进行了一种自我调整、反省,认为文学对社会的作用是非常有限的,用不着把文学绑在社会义务、社会责任上,而应该更多追求形式的、间离的美的东西。这里面有些争论非常有意思。我碰到过德国的一些官员,有人认为伯尔很伟大,有人说伯尔这个人我们没有法办他,他就偏偏把我们的社会写得一塌糊涂,写得那么可怕,提起他实在感到头疼。也有人认为伯尔没有足够的艺术成就,他之所以获奖,就因为他是道德家,他从道德上抨击资本主义社会非正义的现象。他在全世界最有名的中篇小说《丧失了名誉的卡塔琳娜·勃罗姆》里面,把新闻记者骂得狗血喷头,还拍成了电影。这里我顺便说一下,我对伯尔非常尊敬,他的一部新作叫《篱笆》,是写一个人当选为商会主席后处在暗杀的危险中,雇了多种保镖对他进行安全保卫,结果也使他丧失了自由,这也是异化的主题。他的作品非常有价值,但绝不符合我国某些人心中的现代意识,他恰恰主张文学要对社会起作用,甚至喜欢援引狄更斯的例子,说是狄更斯的小说影响英国通过了一个关于童工的法律。这个细节我说得不一定准确,但类似的事情是有的,由于狄更斯的小说,英国的议会加紧讨论有关劳工保护的法律。这是狄更斯非常得意的,也是伯尔非常赞成的,而这恰恰是被我们新进的理论家和作家嗤之以鼻的。所以我在英国说了句玩笑话:"原来我们的青年作家比你们更西方化。"英国人也笑了。但世界非常之大,远远不止美国、英国、意大利、法国。我同意你的看法,苏联文学有自己杰出的成就,特别是俄罗斯文学有非常杰出的成绩,但多年来苏联把社会主义现实主义定在作家协会的章程里,变成一种法令性法规性的东西,所造成的损害至今还有。不能够说苏联的作品都写得好,苏联作家里我最佩服的是钦吉斯·艾特玛托夫,但我有一种感觉,就是艾特玛托夫太重视和忠于他的主题了,他的主题那么鲜明,那么人道,那么高尚,他要表达的苏维埃人的高尚情操、苏维埃式的人道主义,以及苏维埃式的对爱情、友谊、理想、道德的歌颂在一定意义上限制了他,使他没能充分发挥出来。至于第三世界国家在世界上还占非常大的一片,比如阿拉伯国家,他们的文化形态与中国的文化形态相比很难说哪个更保守一点。这里的保守不是贬义，保守也可能是褒义，就是对自己传统的了解和尊重。刚才你还讲到日本。总的来说，中国的当代文学和我们看到的好多是第二手、第三手材料的外国文学作品相比，没有理由使我们那么丧气，自惭形秽到认为中国没有文学的程度。我们有一个年轻诗人到西德去，他讲演的第一句话，就是中国没有诗，中国从来没有诗，屈原也是失意的政客，他不是诗人，李白也是失意的政客，也不是诗人。这样一些讲法说着很痛快，但确实让全世界为之愕然。所以我们对现代意识，对走向世界的理解本身是不是就带有幼稚性，我非常怀疑。如果中国出现一个非常有深度而又非常保守的作家，他的作品同样可以"走"向世界。当然空话非常难讲。把中国的文学和世界的文学相比较，我赞成你刚才的说法，就是语言上的隔膜太大。但中国文学的优势也恰恰在语言上，几千年形成的汉字、汉文学历史有绝妙的东西。由于中国语言非常特殊，既不属于印欧语系的那种结构语言，也不属于阿尔泰语系的那种后缀语言。中国语言的特点，动词有时没有态，没有人称的变化，名词不加以说明的时候没有单数和复数的区别，没有主宾和从属的这样的特殊格。关于这些问题没有办法讲，但在文学里却造成一些绝妙的东西。有些恰恰是西方现代文学先锋派所追求的，比如时间也消解，空间也消解，主动被动也消解。一个动词究竟是它主动，还是别人强迫的？所以中国人的作品翻译成外文后，他们向你问的问题，你觉得特别有趣。不止一个人，包括苏联人和美国人，要我回答《夜的眼》的"眼"究竟是单数还是复数，因为这里可以有几种不同的解释，一种解释"眼"指的就是电灯泡，那就是单数，还有一种解释就是主人公陈果观察各种事物的眼睛，那必须是复数，因为是人的眼，要加"s"。还有一种可能就是抽象的，仅有数的概念，就是夜晚本身的眼睛，把夜晚拟人化，夜晚没有单数复数之分，也是单数。当他们逼着我来考虑这个问题时，我感觉实在是在受刑，汉语中根本没有这个问题。我当时起的名字就恰恰有这样一种神秘感，你可以说夜本身的眼睛，可以说夜里行人的眼睛，也可以说是电灯泡好像夜晚阴森孤独的眼睛，都可以。但翻译到其他民族语言的时候却要解决是一只眼还是两只眼的问题。可能我既回答过一只眼，也回答过两只眼。有时候还回答翻译家你看着办，是一只眼就一只眼，是两只眼就两只眼。关于杜甫的诗有一个非常著名的争论，他写战乱回家后"幼子绕我膝，畏我复却去"有两种解释，一是说我的小儿子绕我绕了几圈认生又跑掉了；还有一种解释，就是幼子绕着我的膝不肯走，为什么呢？因为我好不容易回来，幼子怕我走，怕我"却去"。这样的歧义在其他语言里不会出现，不可能有这样的争论，其他语言会表达得很清楚。如果是怕杜甫走，那么这里面的"我"是宾语从句里的主语，而"复却去"是宾语从句里的谓语。如果是小儿子怕"我"而自己走掉，那么就没有宾语从句，主要谓语是"复却去"，中间又加了一个状态"畏我"。这可能被人认为是汉语的弱点，但恰恰造成文学的一些特色。

王　干　这种争论在古典诗词研究里特别多。

王　蒙　整天争个没完，甚至文人的乐趣也在这个争论。汉语还有非常明显的特点，就是简洁，还没有哪个语言能这么简洁。一个一百页的汉语作品翻译成日语也好，英语也好，法语也好，德语也好，西班牙语也好，阿拉伯语也好，波斯语也好，都变成了一百五十页左右，有的甚至更多。有时候你看见外国人写的书，到他家里一看，这么一书架都是他的书，你不必感到非常惭愧。第一，他的一百页实际是你的七十页；第二，他的纸张很厚，很精良。他的一百五十页的书就像咱们三百五十页的书那么厚，再加上各种精装的装帧，天地留得很大，真是漂亮极了，出书的质量真叫人服气。但中国语言的简洁是无可比拟的。中国文学也有非常好的传统。中国的文学这些年是走了不少的弯路，但情况远远没有那么悲观。我讲老实话，包括那些外国的吹得非常厉害的大家，我承认他们是大家，但绝不是高不可攀的，也不是不可逾越的。比如得诺贝尔文学奖的辛格的有些作品绝不是不可逾越的，川端康成的，海因里希·伯尔的，以至于海明威的。认为海明威的作品不可逾越也是没有道理的，至于具体的中国作品怎么样被世界接受，无须太操心，实际上已经开始接受，这必然会有一个过程。我对"走向世界"最不赞成的，也和你一样，也不赞成"走"字，最不赞成"走"字里面的迫切感，"走"字里面有轻举妄动的感觉。一个真正伟大的作家应该有信心让世界走向他。我相信这些伟大作家在写作时，在面对读者、面对世界时有一种信心，也有一种恬静的心情，就是说他对自己的作品充满信心，因此他最终会被接受，被世界承认，而用不着为了走向世界而拼命向世界认同。应该让世界了解他的作品价值，不论他是乡土派还是寻根派，还是保守派、新儒家老儒家，他的价值就在于他是他自己，而不在于他是世界。如果说这个作家表现的不是世界最关心的问题，表现的不是世界的问题，而是三明治加迪斯科或再加一个歌星的面貌的话，这个作家就一钱不值了？作家的可贵就在于他是他自己，比如说他是一个农民，一个中国的农民，知识当然可以非常丰富，但他保留了中国农民的许多特色，很可能更容易"走"向世界。他是中国的革命党，中国的农民，中国的作者，所以他引起了世界的兴趣。每个作家关心的是他的作品能不能最好地表达自己，表达自己对生活的感觉，也说不定"走"向世界的作家是一个抗拒世界的作家，是一个疏离世界的作家，是一个对世界并不睁眼看的作家。

王　干　甚至可能是一个足不出户的作家。

王　蒙　认为一个作家要走向世界就要到处活动翻译自己的作品，就要在自己的作品里列举在英、美、德、法发生的新鲜事，这肯定是非常可笑的。刚才你讲的西蒙，我可以讲一讲我的印象，我没有看过他的作品，但1986年在纽约参加笔会时见到他。西蒙是一个其貌不扬老老实实的小老头。世界各国的大作家也是各色各样的。西蒙不善辞令，但给人感觉是炉火纯青的小老头。西德的大作家君特·格拉斯就是一个演说家，留着很漂亮的胡子，画画也画得非常好,到处画毒蛇,画一些动物,他的家里挂的都是一些奇奇怪怪有的还显得挺凶狠的画。他写过《铁皮鼓》,艺术成就在联邦德国相当高。现在中国文学走向世界的讨论和中国文学与世界文学的差距的讨论,里面有价值的东西很少,相反,那种想当然的"西洋情结"非常多。

王　干　"走向世界"就是把文学奥林匹克化,把文学等同于足球、体操,好像诺贝尔评委会就像奥运会的领奖台一样。(笑)我倒想向您提一个问题,您觉得中国的当代文学是不是还缺少些什么?或在您本人创作里还缺少些什么?

王　蒙　缺少的东西多啦,但最缺少的还是深度。不管是什么类型,当你有了一定的深度总会成为有价值的文学。也许这种说法太简单。再分析其他缺少的东西多了,比如中国作家没有受过足够的教育,眼界也有待拓宽,汉语一方面有好多美好的东西,但另一方面又是一面墙。刚才讲的,是指少数的天才足不出户穿着马褂留着长辫也能成为大作家。但对于多数作家来说,能够通晓一种汉语以外的语言,对他绝对有好处,使他多一个参照系,多一双眼睛,多一对耳朵,多一个舌头。

王　干　甚至多一个脑袋。

王　蒙　在这点上，有些作家还不如五四时期的作家。但这些东西都不是绝对的，这很难讲，有那种口若悬河、学贯中西的作家，也有那种很怪僻甚至在日常生活中都缺少常识的作家，孤立地讲文学的成就，很难说哪个比哪个更大。这因人而异，我刚才说缺少一定的深度，还可以这么说，中国既缺少勇敢的革新者，也缺少真正有深度的保守者。这不是我提出来的，是我前不久看到的一篇文章里说的。这话说得实在太对。中国许多真正值得保守的东西我们也没有保守。比如围棋，现在日本人比我们下得好，我们就仗着聂棋圣，没有这个聂棋圣简直就是一塌糊涂了。比如茶道这些值得保留的东西，日本人替我们保留。这样一种深度，这样一种深刻的自信，是中国作家需要的。所以对中国作家来说，各种盲目的、趋时的、急着认同别人的、急着来变化自己的价值趋向是不可取的。文字里面要有真实货色，我不知道这话怎么讲，有时看一篇作品非常喜悦，像你讲的第三代小说家的作品，但又觉得真货有限。还有一些作品混混沌沌一下子就把你抓住了，但你看完之后有一种醍醐灌顶的感觉，甚至仿佛做了大手术的感觉。这里面就是真货。真货到底是什么？

我总觉得作品还要有作家的人格。

**王　干**　您刚才讲的深度这个词过去用得比较滥,但深度对文学仍然是很重要的。深度可能有这样几层意思:一、作家的情感深度,这种情感是从灵魂里发出来的,从内心最深的地方流出来的,而不是那种很浮浅、很浮泛的矫情,也不是看了一两本外国哲学书以后就进行情绪演绎的东西,而是经过人生体验从灵魂核心处萌发出来的自我情绪。二、可以称为深邃感,就是一个故事、一个人物,哪怕是一个场景,或一片灯光,但不能让人一眼望穿。

**王　蒙**　就是描写一个自然现象,同样写星、写树叶,深度都不一样,这里面凝结着人生经验和思考。

**王　干**　也许叙述时你感到很透明,阅读之后却感到不那么一目了然。并不是一定要把人物、故事写得颠颠倒倒模模糊糊才有深邃感,也可能写得很明了,很简单,很清楚,同样会有深邃感,全取决于作家情感的投注和经验的投注。三、深度还必须有凝聚力,一部作品、一首诗,要能凝聚多种多样的情感、经验,有深度就能凝聚其他的文学的非文学因素。同时要有一种张力,有向外辐射的力量。作家主体有了这种凝聚力，就可能达到情感的深度，表现出人生的各种各样喜怒哀乐悲欢离合，各种各样的情结、情愫。中国文学缺少深度是很重要的不可忽视的问题。近十年的文学基本是观念的不断更新、技术的不断翻花样，缺少一种"啃死鱼头"的精神，我不知北京话怎么讲，我们家乡叫"啃死鱼头"，这种"啃死鱼头"就是一种执着。对执着也不可笼而统之地予以称赞，执着有两种：一种是执迷不悟的执着，现在有些老作家就觉得他过去写的小说很好，不愿承认新的东西，这是执迷不悟。还有一种清醒的执着，这就是您说的深刻的自信，这种执着就有价值。那种执迷不悟可能是顽固、落后。目前前一种执着虽然不多，但那种清醒的执着者更少，大多数人在忙着变，忙着赶潮，忙着趋时。另外，我觉得语言的障碍简直无法逾越，不用说中国语言与外国语言难以沟通，我觉得我们家乡话与北京话有些词都不可译。

王　蒙　文学上最明显的例子就是把文言文翻译成白话文，比如《庄子》，看古文时那么好，一看翻译的白话文就到令人作呕的程度了。还有人把古诗翻译成白话文，尽管做得很严肃，比如郭沫若翻译屈原的《楚辞》，但已相当郭沫若化了。

王　干　完全改写了。

王　蒙　我有个信念，讲不出道理来。我完全相信文学观念是重要的，理论观念是重要的，叙述的技巧也是重要的，什么结构现实主义、魔幻现实主义也是重要的。尤其是语言的语感、语体也是非常重要的。但我老觉得文学有一种境界，到了这一境界，这一切都忘了，你不会想到语言、想到技巧，不会想到结构，不会想到什么现代感，也不会想到深度，而到了那样迸发的时候好像只剩下作家赤裸的灵魂赤裸的心，和读者赤裸的灵魂赤裸的心，这样一种冲撞、搏斗，或者一种拥抱。我相信作家是有这样的境界的，而这种境界比那种最精致最讲究的境界无论如何要高得多。

王　干　作家创作时要有一种混沌感，就是天地未开的感觉，只有作家首先进入混沌感，他的小说才会进入比较高的境界，才会进入混沌的境界，这就是海德格尔所说的"无"。如果一个作家老在想着现代观念、现代技巧、现代结构，反而会被这些东西束缚住了，异化了。

王　蒙　干扰了他，这些都是杂念。如果这时候还想着诺贝尔文学奖奖金那就更可怕。这就像在战场上和敌人拼刺刀的时候绝对不会想到我这次刺刀拼好了的话回去以后可能升两级。我想打球的人在他打得最精彩的时候什么全都忘了，也想不起出国以前国务院总理曾经接见过，或者体委主任临别的时候嘱咐了三点，我想当时这些全没有了，包括胜利以后可能发两万块钱奖金还发一个健力宝金罐，还有三室一厅的房子什么的。

王　干　巴老讲过，最高境界无技巧。起初我不理解，后来慢慢体会出来了，发觉这是甘苦之言。

王　蒙　到了最巧的时候就完全是笨拙的状态，在这个意义上，最精致的作品不一定是最好的作品。如果从精致的角度来考虑的话，陀思妥耶夫斯基有时是令人不能容忍的，他怎么能和屠格涅夫的精致相比呢？甚至都不能和蒲宁的精致相比。蒲宁美极了，但陀思妥耶夫斯基绝对是比蒲宁伟大得多的作家，两个人不是一个量级。

王　干　把小说写得很精致、很精美是个好作家，但不一定是伟大作家。大作家往往随心所欲，无视一切传统，无视一切规则，写作时想不到那么多规则技巧。

大作家写作时不是面对世界,而是面对一片空白。如果他老觉得有东西干扰他,他肯定会写不下去,或写不好。

王　蒙　过分关心走向世界,实际是长期封闭之后的一种自卑心态的表现。当你仰视世界、仰视诺贝尔文学奖奖金、仰视外国读者的时候,你的作品永远不会赢得他们。还有一点,我也讲不清道理,但我们前几次讲话已经涉及,当一个作家的创作或技巧进入一个比较高的阶段,往往能有一种熔万象于一炉的成就,一种成果,这种成果可以说是弗洛伊德的,也可以说是尼采的、萨特的,也是阶级斗争的,也是唯美主义的,好像也是现实主义的,有一种古今中外无所不可熔化、无所不可接受的力量,而且你这么看就越像这个,你那么看就越像那个。

王　干　就像我们旅游时看某处自然风景,比如一座山,可以把它看成猪八戒背媳妇,也可以看成孙悟空出世,还可以看成唐僧骑马,这完全是未经人工雕琢的天然混沌状态才可能给游客的多样感受。如果真正把它搞成猪八戒背媳妇的准确形状,那就一点意思也没有了。

王　蒙　那有什么意思,正因为你看得又像又不像,才有意思呢。

王　干　我想把刚才谈到的语言问题再发挥一下,我甚至觉得中国的语言不适宜搞现实主义。

王　蒙　你说得有意思极了。你可以研究一下中国的戏曲,中国的诗歌,都不那么现实主义。

王　干　现实主义有一个重要的因素,就是强调科学实证,现实主义产生时受孔德的实证主义哲学影响很大,这个因素后来被人们忽略了,而道德说教的另一面发展到极致。这也是由中国式思维所决定的,由于中国语言缺少科学逻辑特性,不可能去"实证"生活,表现"真实"。第一,汉语言规则的模糊,名词和代词的模糊性,省略的模糊性,主格和宾格的模糊性,使它不适宜表达精确的内容意义。现实主义强调真实客观,绝不容许模糊,这是现实主义最根本的规则,现代主义则有模糊的一面。第二,方块字本身就有形象性,就有力量给人视觉上的冲击,而视觉的冲击往往影响语义的传达,改变语义传达的指向。(拿起桌上的一本杂志)比如我们看"批评家"这三个字,这三个字组合时在视觉上就有可能产生出其他的意象，而这种新的意象是与文字的语义意象相异的，这就影响了意义的准确传达，造成一种模糊效应。现实主义要求作家在小说里把各种环境、人物、细节弄得一清二楚，是主人公眼里看到的，就不能是想象出来的，也不能是梦幻，也不能是错觉。时间非常准确，空间非常固定，与周围的关系也非常符合逻辑，不容半点含糊。而中国的语言文字天生有一种主体客体混淆的特点，为什么中国缺少现实主义？原因很多，人们也研究了好多，但忽视了语言文字这种文学最基本最重要的载体。我觉得现实主义在中国不发达跟语言文字有一定的关系。中国的文字有一种天生的画面感，很容易制造出一种视觉效果。国外就不会有人说中国古典诗歌不好，庞德等人对中国的诗歌简直崇拜极了，而他们对中国的小说就可能不以为然。因为中国诗词最大限度发挥了中国古代语言文字的优势，到了一种登峰造极的地步。

**王　蒙**　对。

**王　干**　中国语言文字本身就可能是反现实主义的，语言文字是一种工具、一种载体，把现实主义载到上面，就可能变形异化了。中国当代文学要得到世界的广泛承认和认可,还必须充分发挥中国语言文字的优势。如果有一天,一位中国作家用英语或其他非汉语的语言写作而获得诺贝尔文学奖,那可能是叫人最伤心的。

且说『第三代小说家』

北京朝内北小街 46 号

王　蒙　我想向你提一个问题,你能不能多少讲点对最近涌现出来的第三代作家的评价和看法? 他们的作品有的我看过,有的我没有看过,像王朔、余华。

王　干　还有刘恒、洪峰、苏童、叶兆言等人。

王　蒙　我看过个别篇目。

王　干　第三代小说家的概念,只能对今天而言,这只是我个人或少数人的意见。如果我们再过几十年或几百年来看,也许你们这一代人和现在的第三代全属于一代人,也可能你们和鲁迅被当作一代人了。所以这个概念有它的相对性和狭隘性,是以今天的观点、我的观点来看的。第三代小说家主要包括这样一些人,大致分为两类,一类是写实型,一类可叫实验型。写实型的刘恒、叶兆言、李晓,李陀把李锐列入其中,但我觉得李锐与韩少功、郑义他们更接近一些。实验型作家有洪峰、余华、苏童、格非、孙甘露等人,他们是非写实的或不仅仅写实,与西方的现代小说比较接近。李陀最近写了《昔日顽童今何在》,认为新小说从 1987 年开始,出现了一批好的作家,为什么评论家视而不见? 我最近写了一篇《批评的沉默与先锋的孤独》,一方面分析青年批评家为什么保持沉默，另一方面我认为真正的先锋根本不用依赖别人给你什么，先锋就是孤独的，如果被更多的人所接受所喜欢，那肯定不是先锋。先锋有他的超前性，有他的脱离大众性，先锋也是对批评的挑战，被批评理解的可能也是先锋，但更先锋的东西是批评也无法理解的。

第三代小说家的主要作品我差不多看过，他们有这样几个特点，这种特点只是我概括出来的，而且也不适合每个作家，更不能套到每部作品中去，只是大致意向的概括。大概有三个特点：第一，就是对主题的消解。不论他们是写意的还是写实的，以往小说所常见的鲜明主题没有了。他们的小说不像张洁、谌容、蒋子龙的小说，主线非常明显、正确，有社会的、政治的、人性的、心理的主题。到了韩少功那一代人那里，他们的主题也比较明确，尽管有人说读不懂，像《爸爸爸》的主题就比较明显，对中国传统文化及其心理的批判，丙崽就是阿 Q 在当代中国的变形，不论他们对民族文化肯定或是否定，但态度都是明显的。第三代小说家对观念不那么重视，他们不在乎小说突破什么禁区，也不在乎表达什么深刻的思想。徐星曾经有一篇《无主题变奏》，但他的主题非常清楚。而这一代人是真正的无主题，有时写生活的印象，有时就写一个故事，有时就是把古今中外的事情拼凑起来,有的就写一种幻想。他们当中有一部分人受博尔赫斯影响较大,另有一部分人受法国"新小说派"影响较大,总之,主题的意向变得模糊了,如果一定要找什么主题当然也可以找到,但至少作家在写作时没有一个明确的主题在笼罩他。第二点就是故事的再生。以前有好多作家瞧不起写故事,认为写故事非常传统、非常古典,但第三代小说家对故事重新认可,他们当中有人宣称就是多写漂漂亮亮的故事。格非的《迷舟》和《大年》就把故事写得非常漂亮,从结构上,从人物上,从各种叙述技巧上,写得精彩极了。他们对故事的嗜好可能受到马原的影响,马原是写故事的好手,我说马原天生有一种故事感,他的语言里就有一种叙述的悬念。这一代人发展了马原写故事的方式。我最近看到您在《文艺报》上的一篇文章,叫《故事的价值》,好像也是肯定故事的。有点与他们不谋而合的味道。现在出现"故事化"的倾向可能是对早期模仿现代派小说写法的一种调整,因为以前那些小说没有可读性,故事性很弱,基本上是主观情绪的流动或宣泄,当然这也可能成为好小说。其实,所有的小说都离不开故事,没有大故事也有小故事。第三代作家便从观念层面的爆破转入技术层面的操作。所以,他们特别注重叙述的语体,特别注重故事的结构,特别注重语言的悬念。第三个特点就是语言的搏斗。这一批人对语言的讲究简直到了丧心病狂的地步。他们对语感有一种病态的热情,你打开他们的小说,就会发现他们的语言比前几年更有个性,更有语体感,他们相信语言本身也能滋生故事。这可能与近几年传播的西方小说叙事学、语言学有关系。所以,他们热爱语言,拼命玩弄语言,以语言为文学之本。孙甘露原先是写诗的,他的小说就是用诗的方式写成的。有人称他的小说叫"仿梦小说",这种小说完全靠语言的力量在支撑。因为它的情节很淡,很有想象力,对语言的要求相当高,因为小说进入了技术层面,完全靠语言进行操作。整体上看,这一代人的小说灵气有余,厚度不足。他们对现代小说技术掌握得很熟练,但人生经验、社会经验和情感经验还没有达到与之相匹敌的地步。他们整合起来很有力量,但个体上还没有出现第一代、第二代那样的佼佼者。马原、残雪是他们的先驱,好像马原、残雪为他们打开通道似的,他们尽心地在马原、残雪打开的洞天中纵情游戏,可以放纵语言、放纵技巧。他们在技术上确实比前几年玩得更熟练、更轻松、更技巧、更漂亮了,但他们的作品没有达到很高的境界,远远没有达到我所说的混沌状态,甚至还不如前几年的力作那么混沌，那么有力度。

王　蒙　你说的意思我能体会，但你说的好多人的作品我没读过，或没有认真读过，只是翻阅一下就过去了。这次偶然看了廖一鸣的小说，这个故事写得很老练，写得不慌不忙。有几个人的作品我看过，我觉得他们的作品有一个优点，好像他们在提供一种生活的形式，有相当大的空间，你可以把你自己的生活经验放进去，有时候他提供的经验有一种框架的性质，他的故事好像是生活的框架，本身简直就没有多少内容或没有多少意义，但类似的框架在很多人的生活当中、经历当中都会碰到。比如余华的《十八岁出门远行》，也是我偶然读到的。我顺便说一下，上海《文学角》说李陀向我推荐了这部作品，这是完全没有的事。而且，李陀也跟我说，他根本没有这样谈过。那个故事我已经记不清了，好像一个青年搭便车，结果车是往回走，原来车坏了，有人抢劫，这个青年要维护，车上的人根本不管，结果这个青年被揍了。为什么这部小说引起我的兴趣呢？我觉得它提供了一个青年人走向生活的框架。在50年代，我们从苏联学的，"走向生活"这四个字被赋予非常积极、非常浪漫的意义，比如一个人大学毕业或中专毕业，我们说他走向生活，就像一个小英雄上战场一样。现在的年轻人已经没有这种感觉，他们的那种主体的消解和漫无目的的感觉，带有一定的概括性，搭上车不知道自己走到哪里去的感觉和自己不能掌握自己命运的感觉，还有周围漠然的感觉，莫名其妙的抢劫，莫名其妙的反抗，莫名其妙的根本没有人管他，这样一种孤独的感觉、漠然的感觉又让人觉得很新鲜，也很有意思。你说它很灰暗也不见得，作者又有点兴致勃勃。文学故事框架的普遍性，这是很有意思的。正像我们上次谈到有些诗词里的感情的抽象性一样。不但感情有抽象性，经验也有抽象性。

王　干　故事也有抽象性。

王　蒙　故事也有抽象性。我想起了个人的经验，美籍华人李欧梵告诉我，他在美国教汉语，教我年轻时写的小说《组织部新来的年轻人》，作为汉语材料。美国人对反对官僚主义并没有什么兴趣，他们最有兴趣的是林震工作里碰了壁心情很郁闷，然后找到赵慧文两人一块听唱片吃马蹄，不知道该怎么好。美国人理解的这种经验我们也有，虽然我们不是到党委组织部去工作，我们可能到一个大公司、一个百货店，或者到美国式的社团组织去。一个年轻人参加工作后很着急,对别人的工作很不满意而自己又常常碰壁。美国人对这种经验感到容易理解。当然这些人对政治不了解,对政治体制也不了解,什么叫党委,什么叫人委,什么叫组织部、宣传部。这确实很有意思,但你刚才说的不满足,我的感觉是这样的,一个作家可以写所谓主题消解的故事,这还是很令人羡慕的路子,但不管主题怎么消解,一个有着丰富的人生经验和非常博大深邃的胸襟的作家,他写出的哪怕是最无意义的故事、最普通的生活,往往也凝结着他更深刻的情感、智慧、灵魂。我又想到年轻时一篇文章的题目,就是对鲁迅《野草》里的《雪》的研究。

王　干　我看过。好像发在《飞天》上。

王　蒙　对。我从来不认为鲁迅写《雪》的时候事先想很多,他要通过写《雪》来表达他的审美理想、人生感觉。

王　干　我在学校学习《雪》这一课时,老师说"南方的雪""北方的雪"有象征隐喻意义,一个代表革命力量,一个代表反动力量。

王　蒙　这是可敬的冯雪峰先生的观点,"南方的雪"代表北伐军，"北方的雪"代表军阀。

王　干　我当时也看了半天，没看出来，只觉得很美。南方的雪很美，北方的雪也很美。

王　蒙　中国古代很多咏物、咏史、伤春、悲秋或怀乡的题目，在不同的作家身上会体现不同的深度，体现出不同的意义。尽管作者反复声明不必追求意义，实际表现出来的效果还是不一样，所以你说的那种不满足也是完全可以理解的。这些年轻人在描写生活时多少有点在旁边观照的态度。

王　干　局外人的态度。

王　蒙　甚至写到自己的经历时也用一种局外人的态度，这是很惊人的，这在我们这一代人的作品里极难看到。写自己挨揍，也像局外人在写，这相当惊人，这也是高尔泰教授一说起来就痛心不已的。在苏州的时候，我见到高尔泰，高尔泰讲他坚决反对"看客文学"。他认为看客文学是不道德的，这不是他的原话，但是他的意思。后来我和他吃饭的时候进行了一个简短的谈话，这可能是我惯用的辩证法，在某些人看来可能是折中的诡辩的办法，但我认为不是诡辩。我说任何人都既是参与者，又是旁观者，比如当我们说反思的时候就是旁观者，我们说保持冷静的头脑就是要能够跳出来看自己看旁人，两者缺一不可。在"文革"中旁观者就不见得不道德，因为他当时既没有能力制止这样一场灾难，也不愿参与进去，只好采取一种旁观的态度。甚至某些时候我们可以说没有旁观、没有观照就没有审美，一点也拉不开距离的时候，就不可能审美。总是处在紧张的状态，忙碌的状态，一种利害关系跟你非常深的状态，就没有审美。

王　干　就像老当运动员不当观众，不知道踢球的美。

王　蒙　我年轻时体会特别深。当我工作特别忙、学习特别忙的时候，我就感到审美的感觉没有了。我必须有一点闲暇，忙里偷闲跳出来了，远远地看它，自我感觉就良好了，甚至我想完全没有旁观者也不会有科学。我还讲不清这个道理，美学、科学都需要旁观者。

王　干　旁观是一种参照。

王　蒙　旁观就是不受当前的事物状况和利害的局限，从更大的全局来看待它。

王　干　我想旁观可能有两种，一种是超越，一种是下沉。超越就是在上面洞若观火地看，而下沉则采取逃避的态度。

王　蒙　对，所以，笼统地反对旁观反对看客未必可取。至于说这些年轻人局外旁观的感觉究竟意味着什么，我现在还作不出更多的判断。

王　干　他们的小说很奇怪，他们的故事非常漂亮，文体语言相当好，但整个故事的观念、逻辑一塌糊涂。你理不出非常逻辑的顺序来，想找一个中心的主题来，没有。生活写得糊里糊涂，有一种神秘主义色彩，他们觉得生活不可知。第三代小说家甚至不觉得生活是他写的，他们觉得生活就是这么回事。苏童小说里有一句话反复出现，"就这么回事"，可能有概括性。他们对生活没有激情，没有批判的义愤，也没有赞美的真诚，可能对人生采取一种消解，将积极意义、消极意义全都消解了。这种态度比前几年注重观念的更新、注重禁区的突破也许还是一种进步。

**王　蒙**　但这里有两种情况是很难辨别的。比如同样表现生活的不可知，有一种是在大的基础上不可知，为什么不可知呢？因为他知道的东西太多了，知道的东西越多，就越感到生活是无法穷尽的，世界是无法穷尽的。比如，爱因斯坦脑子里的神秘感可能比我们这些不懂自然科学的人更浓重，因为他对物理世界、天体世界，对宇宙从宏观到微观的规律掌握得那么多，越掌握得多，越感到周围有一片无限的茫茫的无法掌握的东西，这是第一种不可知。还有一种不可知，不是由于大智，而是确实由于无知加冷漠。两者表面上可能非常相通，我们所说的"大智若愚"也是"若愚"，和真愚、白痴不一样，还有"佯狂"实际表现为对生活的批判，可"佯狂"和"白痴"表面上非常相像。在艺术上这样的例子特别多，比如有些大书法家，他写出来的字歪歪斜斜，干脆摸不着他的任何规律，和不会写字的人写的字一样，表面上还没有中等、二三流书法家写得好看。完全不会书法的和已经炉火纯青的书法家的差别有时很难区分。谈到这些年轻作家时倒不必讲第三代作家如何如何，还是一个作家一个作家地说，一篇作品一篇作品地说。我接触到的有限的几篇，我都很喜欢读，我不知道这是不是他们的共同特点，就是简洁。大概不见得都简洁，反正我看的几篇都很简洁,这是不是和你说的语言上的讲究有关。

王　干　这些人的语言基本功相当好,他们对汉语的敏感度
很高,所以李陀写文章替他们打抱不平。我觉得这
里还有理解的差距。我谈几篇小说吧,刚才您说的
看客态度或局外人的态度,余华可能是最有代表性
的,比如他的《现实一种》。

王　蒙　这我看过。

王　干　余华还有一篇,叫《河边的错误》,也写得很荒诞。
小说写一个刑警队长破一件凶杀案,最后案破了,
凶手是一个精神病人。第二次精神病人又行凶了,
刑警队长追到河边正看见精神病人作案,一怒之下
就开枪将这个精神病人打死了。但麻烦来了,刑警
队长不属于正当防卫,反而倒犯有过失杀人罪了,
公安局也很为这个队长可惜,就让他称自己有精神
病,这样可以免于进狱。这样就把刑警队长送进医
院,可他坚决不肯承认自己有精神病,不管医生怎
么暗示也不承认。经过反复的长期的疲劳的询问,
刑警队长最终终于承认自己有精神病,而似乎真有
精神病似的,真的胡说八道了。这个故事写得糊里
糊涂,但又反映我们生活中类似的经验和现象。小

说可读性极强，是用推理的方式写的。

王　蒙　这也是余华的吗？

王　干　是余华的。刘恒有部小说《虚证》也特别有意思，也
　　　　是用推理方式写的。他写一个人突然自杀了，这个
　　　　人"业大"的同学也就是小说中的"我"，老想这个人
　　　　怎么自杀呢？就通过各种各样的途径打听他自杀
　　　　的原因，再根据自己的经验进行推理，甚至设身处
　　　　地对自杀者进行一种模仿，把"我"作为自杀者进行
　　　　分析，以探讨证明死因。这也是按照侦探小说的结
　　　　构写的，但写得有相当的深度。"我"最终也没搞清
　　　　自杀的原因，但"我"把自杀者的纵断面、横断面整
　　　　合起来的信息量达到很深刻的心理深度和情感深
　　　　度。这部小说没有确定性的主题，也没有确定性的
　　　　故事，一切都似乎按照一种假想的方式出现的，所
　　　　谓"虚"证就是虚证，不是实证。

王　蒙　这个题目起得很好，假定性强，充分发挥了小说的
　　　　假定性。

王　干　小说原先的题目叫《实证》，不如《虚证》好。叫《虚
　　　　证》一下子就把那种不可知、那种假定性表现出来

了。我觉得这是刘恒写得特别好的一部小说，但影响不怎么大，不知是怎么回事。这部小说提供了充分的假定性，给读者以广阔的阅读空间。作家已不是告诉你一个简单的观念，一个道理，一个逻辑，一个思想，甚至不是告诉你一个完整的故事，而是让读者根据自己的观念、思想、逻辑去把握人物、整合故事。刚才您说的给读者一种框架，刘恒和余华的这两篇小说可以说有一种"框架功能"，它没告诉读者具体的内容和逻辑。

王　蒙　可以用自己的经验去丰富它。

王　干　我在一篇文章中谈《虚证》时说，当小说中的"我"对自己的设想和推理感到失败时，读者却感到成功了。读者在看"我"的分析时，早明白了主人公为什么自杀，这个人可能觉得是这个原因，那个人可能觉得是那个原因。叶兆言的《枣树的故事》也很有意思，它写一个近似妓女的女人的一生，她与各种各样的人都厮混过，但作者写到最后，主人公岫云越发令人糊涂，她不像荡妇，也不是贞烈之妇，读者尽可以作出各种各样的认识。小说也是用第一人称来写，我们一方面看到岫云心地很善良，另一方面又发现她人尽可夫很放荡。这些小说有了充分的阅读性和创造性。

王　蒙　这个话题很好,给我补了一点课。尽管你的介绍不能代替我阅读,还是补了一点课。但我想这些东西也不过是人生一种,文学一种。还有些按你的分法属于第二代的,按我看二三代之间的小说,也各异。我不知是不是受第三代影响,何立伟写过很多作品,自己的艺术追求也很独特,有的写得很简练,像《白色鸟》,有的写得很古朴,像《小城无故事》,甚至与李杭育的作品接近。

王　干　何立伟的《花非花》写得不错。

王　蒙　他还有些带有唯美和抒情的小说,像《一夕三逝》。说起来很好笑,那时我在《人民文学》当主编,因为把《一夕三逝》发在头条,引起不知多少人的愤慨,包括我所尊敬的前辈,对我本来印象极佳,对这一点却不能容忍,觉得超出了他们的承受力。何立伟还有一篇作品,像你读的第二代作品,题目是"到温泉去"还是"到疗养院去"我记不清了,真抱歉,好像发在《花城》。故事我基本忘光了,但他的情调和框架对我仍然有影响,这个框架可能会变成我的创造了,但绝对是从何立伟这篇小说那里来的。

王　干　是最近看的？

王　蒙　大约两个月以前。故事是到一个温泉或湖边疗养，
这个也说要去，那个也说要去，忽然说不去，最后还
是要去，哭了一场还是要去，去了以后一塌糊涂莫
名其妙。小说的语言和结构非常美。这个框架也
是讲人生的盲目性，欲望的盲目性，向往的盲目性，
和一种欲望实现以后的失落感。

王　干　现在对故事的重视是对以前小说的一种调整，以前
的新潮作家与反情节、反故事连在一起，而现在普
遍重视故事，这可能是矫枉过正之后的回归。

王　蒙　这也很难说。

自由与限制：当代作家面面观

1988 年 12 月 29 日

北京朝内北小街 46 号

# 从优美到"放肆"

王　蒙　有一个非常有趣的现象，就是不少作家在开始写作的时候，都是以他们的清新、诗意、真诚，那种欲说还休的含蓄、那种委婉动人来打动读者的心。但是随着他写得越来越多，其作品的风格开始发生变化，有的甚至变得令喜欢他们最初作品的人感到失望。比如张洁，现在有一些人在怀念《从森林里来的孩子》里面的那种对真善美的渴望。张洁变得很快，不久在那种真善美的作品中就弥漫了一种悲凉之雾，很快变成了《爱，是不能忘记的》《捡麦穗》，让人看了以后感到一种无望的、生活所固有的苦难。她还有一部小说，写得相当刺激，写一个人被划右派以后，就抬不起头来。这种从来抬不起头的精神状态影响了他的儿子，使他的儿子从生出来以后便有一种先验的痛苦似的，非常自尊，结果小小的二十几岁就得病死了，写得甚至有点神秘，但作者暗示读者儿子的死是老子的被压抑、被扭曲精神状态的投影。这部小说的题目我想不起来了，也是在《北京文学》上发的。以后又写《沉重的翅膀》，以及那个期间写过的《场》，到《方舟》就开始发出一种"恶声"，更多的是一种激愤，甚至是粗野，表现出来的是对丑恶的一种愤怒。往后就越写越"放肆"——"放肆"在艺术领域里并不带有贬义,也不是指为人。这使一些喜欢张洁作品的人感到迷惑。与之相近的但变化幅度没有这么大的是王安忆。王安忆自己也回答过这个问题,好多人说她当初的《雨,沙沙沙》《新来的教练》有诗味,后来的笔触就深入到人生之间的复杂关系,一些令人哭笑不得的精神状态。反正《雨,沙沙沙》的那种美感渐渐消失了,或者基本消灭了,相反让人感到渐渐成熟。她们开始的那批作品好像受的是苏联文学的影响,我不知道对不对。

王　干　浓重的苏联文学的影响,实际也是整个19世纪文学的影响,那种浪漫的、人道的、诗意的情绪比较浓重。以前她们用诗意逃避严峻的冷酷的现实,后来则面向现实,不回避现实。

王　蒙　也不见得是逃避。《从森林里来的孩子》也写得非常严峻,她把这些严峻的东西都用诗打扮了。好像是一个音乐家⋯⋯

王　干　她实际写了两个故事,一个是音乐家的故事,一个是孩子的故事,两个故事搅和在一起。

王　蒙　音乐家的死很有诗意。这很难说,人生当中确有非
　　　　常有价值的崇高的死亡,也许更多的是说不上崇高
　　　　也说不上价值的荒谬的死亡、荒谬的生活。我觉得
　　　　这种现象非常有意思,张承志早期的《骑手为什么
　　　　歌唱母亲》确实是青年人对人民、大地的歌颂,《北
　　　　方的河》是这种调子的尾声。

王　干　张承志的《黑骏马》我最喜欢,有点像张洁的《从森
　　　　林里来的孩子》,但更散开、更丰厚、更有诗意和混
　　　　沌感。

王　蒙　后来的《黄泥小屋》《九十九座宫殿》就变了。有人
　　　　特别喜欢他后来的作品,就像一个人已过了心浮气
　　　　躁的青年时期、少年时期,而进入一种更平静、更坚
　　　　韧、更冷峻、更自由的阶段。

## 变与不变

王　蒙　有一些人创作过程中变化并不明显,尽管他写作的
　　　　题材可能有很多变化,但总的调子的变化不像张
　　　　洁、王安忆、张承志他们那么明显,给人一种基本稳
　　　　定基本不变的感觉。

王　干　是一种微调。

**王　蒙**　谌容的《永远是春天》《白雪》《人到中年》，还有《散淡的人》《减去十岁》一直到今天的《懒得离婚》，她的风格基本是一以贯之的，既有一定的嘲讽，但更多的是叙述的调子，变化并不特别多。中间虽然有几次变奏，比如《错！错！错！》努力用一种更抒情的调子。

**王　干**　有点类似《伤逝》。

**王　蒙**　但基本稳定。刘心武的写作技巧总的说是越来越熟练了，但他最基本的模式就是思考一些生活现象，发现一些生活问题，并且树立解决问题的模式或者一种愿望，这几乎贯穿了他的全部作品。《班主任》提出了"内伤"的问题，《我爱每一片绿叶》提出尊重个性、个人隐私权的问题，《这里有黄金》提出了在落后青年、无业青年当中也是"有黄金"的问题。他还专门写过嫉妒，是以一个癌症病人的自述的写法，题目我忘了。写一个搞极"左"的人在他快死的时候回忆他的一生，主要写他对那些有业务专长的人的不能容忍的嫉妒的心理。《五·一九长镜头》提出了在改革开放环境下青年的心理反差，新蓄积的情感、精力、力比多的发泄问题，实际还是青年教育的问题。《公共汽车咏叹调》里提出了增强人与人之间的宽容与理解的问题,实际是理解万岁的主题。《白牙》写得还是相当巧妙的,中心意思特别清晰,也就是人与人之间理解的问题,人与人如何对话的问题,一个人能不能注意到旁人的存在而不仅仅为了自己的满足,这也很有趣。在作家当中,我觉得刘心武是最明白的人。文学理论也好,题材也好,讨论什么事也好,他最善于清清楚楚地把概念把意思讲清楚。但他小说如果有什么令人遗憾的地方,是不是恰恰在于这种明白呢?

王　干　写得太清楚了。

王　蒙　我回忆一下十年中很活跃或比较活跃的作家发生的变化,非常有趣。

王　干　您刚才说不变的作家中,还有陆文夫。陆文夫从《献身》一直到他前不久的《清高》《故事法》,这中间还有《小贩世家》《门铃》《特别法庭》《临街的窗》《围墙》,都没有什么大的变动。其实陆文夫小说的模式比较固定,基本先找一个空间作为结构的点,比如临街的窗、门铃、围墙、饭店。小说的纵坐标是历史风云,各种各样的政治运动,横坐标是人物命运,因而历史风云的变化与人物命运的沉浮便构成了他小说的整体网络,相交点便是一个比较稳定的空间。苏州小巷的一条街,一座房子,乃至一口井,一只门铃,一扇窗户,陆文夫往往用一种空间的东西把历史风云与人物命运笼括起来,因而陆文夫的创作几乎没有出现什么衰微,自始至今保持着那么一种火候、一种状态,但如果将他的《献身》《小贩世家》《井》《美食家》拿来一起阅读,就发现他的小说非常程式化,变化很小,非常稳定,小说的结构也比较相近。但人们很少觉得他在重复自己,甚至有人还说陆文夫少写多变,每篇都有变化。从微观上看,每个作家的每部小说都有一种变化。但从宏观上考察,陆文夫小说的模式化倾向极其明显,他只不过在一定的时期投进新的历史内容,体制改革时他写《临街的窗》《门铃》,个体户刚出现时他写《小贩世家》,批判传统文化他就有《井》及反官僚主义的《围墙》。他小说的外在框架没有大的突破,主要是主题的变换,说到底仍是一种社会问题小说。他的小说之所以引起人们的共鸣就在于他一下子能切到社会的共同兴奋点或敏感点上,他把这种社会问题写得十分精致、完美,艺术性很强。陆文夫长盛不衰的原因,还与他产量不高有关系。他写得很少,每年有数的几万字,当人们快要把他忘了的时候,他又写出了新的作品,再次引起人们的阅读兴趣。如果他一下子把这些小说在短期内写出（这也不可能），人们对他很快就会失望。这十年的小说不断变化，陆文夫创作时的严谨和认真使他的作品与作品有一种较长的距离，人们在各种风格、各种花样里选择时也需要这样的小说。高晓声属于变化较大的作家，高晓声的短篇小说写得相当好，《李顺大造屋》《陈奂生上城》出来的时候，高晓声差不多快要成当代鲁迅了，后来他开始变了，他写了《钱包》《鱼钓》《飞磨》《绳子》。应该说这些小说写得相当有新意，但人们不能接受。高晓声后来的小说没有沿着《鱼钓》的路子走下去，回过头来又写社会问题小说，好像也不如起初好。高晓声在变化中并没有完全发挥出自己的潜力。高晓声的短篇创作已经取得很高的成就，我与他接触过，觉得他的思维与别人不太一样，有潜力，如果他从低谷中走出来的话，还是能写出好作品、大作品的。江苏还有一个作家张弦，他的变化也不大，故事大同小异，主要写女性的命运。

**王　蒙**　我给他写的序叫《善良者的命运》，他老是写一些逆来顺受，在命运面前没有还手之力的女性。

**王　干**　张弦后来好像不写小说了。我觉得有的作家就是能变,能不断变化是不简单的事情,王安忆是会变的,您也是变得快的作家。十年的小说创作像龙卷风一样,不断卷进一些新的人新的潮流进来,又不断地将一些人甩出来。像您好像始终没有被卷走,一直在中心作战,一个作家各领风骚三五月是可以,三五年也是可以的,但十年中始终在转、在变确实很难。当然如果一个作家坚持不变,在他的范围里不断惨淡经营自己的文学理想、小说模式、语言格局,也不容易。林斤澜就是不大变化、惨淡经营的作家。这也很可贵的。当然,有的不变则不可取,刘绍棠创作的数量很大,但小说的故事结构大同小异,又没有注入新的内容新的信息新的思考,就属于一种重复制造,缺少创造性,可能是一种自我临摹,这容易引起读者的厌倦,也会在文学潮流之外而被人们忽略。

**王　蒙**　林斤澜也很有意思。刘心武的优点在于他思想的条理、清楚和他的作品给人的思想启迪作用,而他的不足也让人感觉到太清楚了,有一种一览无余的感觉。林斤澜呢?恰恰是另一面,他的优点恰恰是对技巧的讲究,特别是对语言、语态和叙述过程前前后后绕过来绕过去的讲究。但文学确实像我们上次讲的,是多面的魔方,某一点特别强的时候成为特色、优点，也成为累赘。尽管林斤澜作品有陆文夫、张贤亮、宗璞、谌容的稳定性、可能性，但有时这些技巧变成障眼法，把这些顺顺当当地说出来，究竟会是什么呢？让人产生这样一种心情。不重视技巧与过分重视技巧，完全没有思想和十分明晰的思想都会成为文学上的障碍。也还有类似的情况，其表现却不一样，这就是祖慰。如果说刘绍棠的悲哀在于他的老观念太多的话，那祖慰的新观念已把文学挤得瘦瘦的，快挤扁了，据说祖慰的头脑非常发达，知识非常渊博，观念非常的新，观点也非常的多。中国有这一类的小说，就像中国还有残雪一类小说一样，都是很可贵的现象。祖慰是很有价值的文学现象，但观念膨胀让人感到祖慰更像一个政论家，也不能叫政论，叫杂论家。

关于我自己，我有一点不太清楚：我怎么变的，自己并不清楚。在1980年以前，那时确实是复苏的时期，身上冻僵了以后开始复苏。虽然那时候有的作品也得到肯定的评价，也得过奖，像《最宝贵的》《悠悠寸草心》。从1979年底，开始写《夜的眼》的时候，我好像才真正进入了文学。为什么说我自己不清楚自己变呢？就是我从来没有在一个时期有一个非常明显的趋向，比如1979年底，当时有点少见多怪，在所谓意识流名义下进行的争论，像《夜的眼》《春之声》《风筝飘带》《海的梦》这四篇是一个接着一个发出来的,被称为"集束手榴弹",变成了对我们传统的或习惯的小说模式的挑战。不能忘记的是,在我发表这四篇小说的同时,有夹在当中的《说客盈门》《表姐》,包括《布礼》,把《布礼》说成意识流是相当勉强的。有一部分作品受到关注,引起较大的注意,这只是暂时的现象。从我个人的创作来说,所谓风格不同的作品都是一样的,我不能说这个时候就变成了意识流小说家,变成非现实主义或反现实主义的小说家。最近居然有一篇评论,说王蒙从《布礼》到《蝴蝶》用了没几年时间,实际是同时,《布礼》是 1979 年下半年发表出来的,《蝴蝶》是 1980 年上半年写的,挨得非常近,并不存在从《布礼》到《蝴蝶》有一个蜕变似的。我也有一个越写越放肆的过程,包括今年的《一嚏千娇》《球星奇遇记》。《球星奇遇记》简直放肆到极点。

王　干　说是通俗小说,是您自己说的?

王　蒙　我自己说的,这也许是一个障眼法而已。

王　干　我看不是通俗小说。

王　蒙　我把《要字8679号》称为推理小说,吸收某些推理小说的手段,《球星奇遇记》也吸收了通俗小说的写法。而上海《文学报》居然可以在不知我的"通俗小说"为何物之时就发表一篇短评,《从王蒙写通俗小说说起》,太可笑了。总体来说,近年来我不大写以含蓄风格为主的作品,但不等于完全没有,只不过不引人注目,像《木箱深处的紫绸花服》就写得很含蓄。

王　干　这篇很有意思。

王　蒙　这篇写得含情脉脉,至今我还能写那样的作品。1988年初的《夏之波》尽管也有放肆的东西,但整体上相当节俭,写得相当含蓄,很多话只是说到"欲说还休"的程度。至于我写的微型或准微型小说,那就更是含蓄了,像《在我》《他来》《筝波》,都在一千五百字、两千字左右,一句废话也没有。但人们却不注意到这些作品。

王　干　这可能是因为您的小说求同,大家不注意,一求异,大家就关心了。您刚才的问题实际是风格与个性。一个作家可以有多种风格。以前有个概念叫"风格即人",这是布封的名言。我认为这个判断不妥,风格不是人，应该说个性是人。一个作家可以变出各种各样的花样、风格，但一个作家的个性是不能改变的。你可以这一篇写得很幽默，那一篇写得很悲剧，这一篇比较严肃，那一篇比较潇洒或啰唆，但一个作家的个性则必须充分表现出来，如果表现出来他就无法改变，一改变就会丧失他自己。一个作家就是要最充分、最饱满、最自由地表现自己、把握自己。

## 自由的限制与限制的自由

王　干　您刚才说一些作家起初写得含蓄、诗意、温情，后来写得比较放肆，原因也比较复杂。莫言写《透明的红萝卜》就比较含蓄，情绪和感觉也有节制，越到后来写得越潇洒。

王　蒙　越写越撒得开，撒欢儿。

王　干　这便是自由与限制的问题。一个作家在有好多限制的时候往往表现出对诗情、温情的憧憬与向往。这种限制来自各方面，比如一个人起初搞创作的时候，如果不好好地写，不写得严肃点、严谨点——

王　蒙　作品就发不出来。

王　干　莫言现在这么写这么玩可以,但他当初就这么写可不行。

王　蒙　知名度越大,自由度越大,自由度大能充分扬长,也容易充分耍丑,有时还不如拘束一点能藏拙。另一方面,也可能知名度越大,自由度越小,大概这就叫背包袱——心理压力。一个人的处女作如果搞一个很怪的东西,就很难通过。但你有了一定的实力后,往怪里弄就能杀出去。

王　干　当然,这种自由也可能变成一种限制。因为发得太容易,写得太容易,反而会限制他对艺术的精益求精。

王　蒙　没有匠心了,惨淡经营的劲儿没了。

王　干　这个时候作家的天资和素质就显得很重要了,有的作家只有放开了,才能写得很潇洒,很辉煌,很凝重,越写越好。有些作家,给了他更多的自由反而会是一种负担。他既不情愿惨淡经营,觉得好歹也是一个名作家,也用不着惨淡经营,但他缺乏那种挥洒自如的才能,这时如果写得很随意,作品就会越写越水,越写越糟。这种作家的天资、修养、性格以及文学观念就适宜惨淡经营,就适宜在限制当中求生存。比如陆文夫,让他很放肆地像莫言那样写,陆文夫就不是陆文夫了,陆文夫只有在苏州园林的结构当中才能表现出那种艺术的匠心以及对世界、对人生的理解。说实在的,一个作家希望写得随心所欲,实际上是对自己提出了更高的要求。打一个比方,一般人学习画画,往往都从工笔开始,都比较认真,但到了提高的境界,成为大手笔时就随心所欲,甚至会觉得他不太严肃。有那样才能那样品格的人可以大写意,可以泼墨,可现在有些人没有那种素质却也那么干,就不是同一个层次水平。创作自由现在对每个人都是平等的,作家应该认清自己有怎样的才赋,是适宜工笔,还是泼墨,自己要对自己有数。像汪曾祺、林斤澜就不可能像您那样放开来写,就不能写得像您那么放肆。现在有些人本来没有那种才情,够不上泼墨大写意的资格,如果一定那么干,只能画虎不成反类犬。

**王　蒙**　你说的这些引起我的兴趣。我也放肆一下,对周围的同行品头论足一下,会不会得罪朋友,也难说。你刚才说到陆文夫,陆文夫是一个很有意思的人,他写作的数量不多,他的故事的基本模式,我完全同意你的说法,但他有些特点是别人所没有的。一个是他作品里既有历史的沧桑，又往往有江苏特别是苏州的民俗、风物、行行业业、三教九流的特点，还有就是他的小说具有一种人间性，他的作品里很少写特殊的人，既很少写英雄豪杰、高官、叱咤风云的人物，也很少写极端丑陋、极恶阴暗的坏人，他往往写普通人，所以他的小说很好读，有很多生活的趣味。他的小说往往能掌握一种不温不火的火候，很符合古训，怨而不怒，哀而不伤。我觉得他的成就主要在这一方面，而不是小说本身的取材和结构方面，在这一点上，是普通的、平平的，看完了以后也掀不起什么大浪。但就你说的，陆文夫善于用他自己，他不挥霍自己，也不强迫自己做自己做不到的事情。我还可以谈一个人，就是蒋子龙。蒋子龙起初是苏联文学的模式，当然他不是那种抒情性的，而是苏联写企业家、改革家的模式。

王　干　公民文学。

王　蒙　公民文学？你说得好极了。蒋子龙是一种公民文学模式，这一模式已经差不多了，当然是否枯竭还很难说，一个作家这方面不写了，也许过几年又回来了。蒋子龙也在尝试新的东西，最突出的表现就是他的长篇《蛇神》。但《蛇神》是不是意味着他找到了自己？是不是意味着他开辟了一个新的天地？至少目前还在未定之中。高晓声写了一批带有嘲讽性的真正从生活底层从生活深处撷取上来的现实主义的力作，又写了几篇很有趣味耐人寻味的小说，像《绳子》一类的小说。其后的一些作品，请他原谅我，最主要的特点不在变或者不变，而是两个字：枯燥。既没有讽刺的锋芒，也没有那种哭笑不得的幽默，也没有那种耐人寻味的情趣。我的老友张弦，我甚至觉得他的《银杏树》是他作品一个阶段的休止符。《银杏树》写得相当好，在某种意义上说，《银杏树》写得深刻，主题不像以前那么简单。《银杏树》写的不光是中国的妇女而是整个人类在那种道德、伦理文化圈当中的两难处境。什么叫对？什么叫不对？简直无法解决。张弦当时表示要写国情小说，就是要在他的作品中注意反映中国的国情，但很可惜，从《银杏树》后，他基本沉默了，声音已经听不到了。也许他在变新的东西。我觉得张洁并没有完全找到她自己，看她的近作和新作，她常采取一种特别自由、特别放肆甚至故意刺激人的方法，有一个小说标题就非常长非常长，好几百字。激烈的尖刻也动人，但同时我很怀疑她是不是能完全驾驭住她自己，是不是能驾驭住她抛出来的那些语言。语言和文字也像一个精灵一样，写那种含情脉脉的作品好像与精灵手挽手在草地上或黄昏花园的小径上漫步。而到了"满不论"的时候就有点"胡抡"了，就像拿一个绳子拴一个重物，然后把它抡起来，抡起来就有一个危险，就是抡的这个东西会把你带走，使你的主体性失去了，和精灵赛跑了，甚至像断了线的风筝一样，不知被牵引到什么地方去了。能够达到高度的自由并不是那么容易做到。

## 模式、个性与内驱力

王　蒙　还有个作家值得思考，就是冯骥才。冯骥才在这些作家中的路子是比较宽的，他可以写"文革"中的惨剧，也可以写运动员，写一些艺术本身的题材，如《雕花烟斗》，也写人情味很浓带有些伤感的小说，如《高女人和她的矮丈夫》，也可以写一些教育意义很强的小说，甚至教育意义到了硬性教育的程度。这几年他忽然又写起三教九流，如《怪世奇谈》，对此也毁誉不一。对作品本身我不想发表什么议论，我弄不清楚冯骥才的最佳状态是什么，弄不清楚他现在正在进行的努力能不能使他得到最好的发挥，能不能最好地表现他的本色。他在"文化热"当中为了作出自己的贡献取得一席之位而不得不相当吃力地拉一些东西，或者临时去趸一些东西，因而不是那么游刃有余，不是那么得心应手。这也许是偏爱，从我个人来说，我觉得《雕花烟斗》《高女人和她的矮丈夫》更有真情。

王　干　《感谢生活》也不错，尽管对这部小说有争论，但我觉得这是冯骥才的路子。他现在去搞风俗文化，就像他这么大高个当体操运动员似的。他不适宜去搞什么《三寸金莲》，他不是这个料，就像摔跤运动员不能做体操，体操运动员也不能踢足球。冯骥才目前的选择至少没有能充分表现自己，他的"自我"在小说里显得非常局促，一点也不自由，一点也不潇洒，一点也不从容，好像那些"文化"将他淹没了，将他"异化"了。

王　蒙　这也有两种可能，一种是他自己没有达到真正的自由，没有真正地将这些材料征服。最近人们又研究胡风的思想，胡风讲创作主体与客观材料之间的搏斗。冯骥才在搏斗中是否可以说并没有取胜，而是被一些天津的文化风俗如小脚、阴阳五行所淹没，甚至显得做作呢？但我又想法儿替冯骥才辩护，他自己已经树立的形象变成读者接受他变化的心理障碍。就像一个非常出名的演员，演的都是天真可爱的小姑娘，忽然演起一个女特务，人家怎么看怎么不像。张瑜在《知音》里演小凤仙,大家都说张瑜演得不好。我觉得小凤仙不是主要人物,也没觉得演得多么不好,我也没这方面的经验,特别不知道清末民初的妓女到底什么样子。但我相信妓女不可能都像《日出》里的陈白露,又单纯又知己没有什么不可以。我觉得是张瑜自己打败了自己,因为人们太留恋她在《小街》《庐山恋》里的形象了。是不是冯骥才自己打败了自己?当他煞有介事地说小脚、谈阴阳五行时,我就觉得他不是冯骥才了,由于我跟他个人很熟悉,就感觉根本不是这个大个子,如果换一个穿长袍马褂的,即使是汪曾祺式的喜欢喝酒喜欢吸烟家里挂满了中式的字画的人写这样的文章,人家也更容易接受。冯骥才的这几篇作品我还没有认真看,作不出结论,但这些方面都值得人们思考。前不久我和一个外国人说起风格变化时,外国人也说,一个作家如果突然改变自己的风格,会引起一大批读者的抗议。冯骥才的情况恐怕是这样的。我们所说的创作的自由不仅是环境上、法律上的自由……

王　干　(不只是)外在的自由。

王　蒙　还有内在的自由,这确是对作家的考验。在这种自由的情况下，他有可能写出他最好的东西来，也有可能暴露他最不足的东西，这样的例子不少。还有一个作家也属于不大变化的这一类，即张贤亮。他写苦难的历程除《早安，朋友》外基本上写得很沉重，又充满思考，而且他的作品几乎老是离不开——说得俗一点就是——落难公子和慧眼识君的佳人的模式，他没有摆脱这一模式。也有人对张贤亮的作品加以讽刺，《灵与肉》里白捡一个特别好的老婆还不满足，《肖尔布拉克》也能捡一个好的妻子，在《绿化树》里虽然不是妻子但上帝总是赐给他一个好女人，有人对此友好地嘲笑。但张贤亮有一个好处，就是你骂他他从来不生气。这里面也有一些并未达到他的水平的作品，比如《男人的风格》。

王　干　还有《龙种》。

王　蒙　《浪漫的黑炮》也是。但总的说，张贤亮还是一步一个脚印地写下来。《早安，朋友》他并不擅长，这并不在于写了多少所谓"性"的东西。他对当代青年了解得如此可怜，这实在是他对自己才能的一次浪费。你刚才说到刘绍棠，关于找老婆的方式，我们这些作家背后议论，颇有笑话，说张贤亮的人物主要是"碰"和"捡"，刘绍棠的人物主要是从运河里

"捞",我没统计过,但有人告诉我,说他的短篇里、中篇里、长篇里从运河里往上捞的媳妇有好多,我不知有没有六七个,如果我说得过多了,损害了刘绍棠的名誉,我可以赔他一点钱。(笑)反正捞上的媳妇特别多。上次我们曾谈到观念的局限会造成作品的某些不足,这也可从另一个意义上来说,刘绍棠的作品甚至刘绍棠的文学活动如果用悲剧的话来说,令人遗憾的恰恰不是他在作品中宣传解放的观念、开拓的观念、四维空间的观念、新方法论的观念,遗憾在于他宣传一些老的观念,他经常用"忠""孝""目无长上""忤逆"甚至"对党忤逆"这样一些思想观念。认为没有新观念就不产生好作品我是完全不赞成的,我不赞成进化论的观点,但反过来用自己的作品为一些老观念作注释,或有意显示我的观念之老,也不是很可取的。刘绍棠写的数量非常多,也不乏精彩的民间语言,刘绍棠的成就首推他写的京郊农民的语言。但他对时代、对人物的把握并不深刻。

王　干　您讲的观众与演员的关系,往往形成一种定势。当一个演员改换一下自己的形象,观众就可能怀疑,发出不满、抗议的声音。

王　蒙　冯骥才《怪世奇谈》的最大障碍就是"你是谁"？你冯骥才到底是谁？一个作家能否让人一眼望穿？刘绍棠的作品"你是谁"非常清楚，他就是运河边上古道热肠非常富有农民情趣尤其非常富有京郊农民语言素养的刘绍棠。你读到他所有的作品都可以肯定：这就是刘绍棠。这是一种情况，还有一种情况就让人太抓不准，变化多端是可以的，但变化多端当中要让人感觉到你的灵魂、你的心跳、你的脉搏。我喜欢老评论家萧殷，他是我的恩师，他用的一个说法就是"让人家感觉到你的体温"。冯骥才写了这三部以后，我感觉到冯骥才失去了什么，一个喜欢冯骥才的读者就不知冯骥才在变什么魔术，已经感觉不到他的体温、他的脉搏。

王　干　这三部小说，其他人也能写出来，不一定是冯骥才。《高女人和她的矮丈夫》，包括《啊！》《雕花烟斗》，其他人是写不出来的。《三寸金莲》最大的缺点就在于没有表现出作家的个性。一般作家都能写，甚至有的人会比冯骥才写得更好。我认为我们的作家个性还不鲜明，还不能或不会充分发挥自己。中国作家完全靠内驱力写作的人很少，靠个性写作的人更是少了。所以作家喜欢跟潮流走。当然，一个作家要发现自己也很困难，发现自己然后表现自己是不那么容易的。如果一个作家充分表现自己的个性就不会与其他人的声音混淆起来，也不会被划入什么"文学""派""主义"当中。

王　蒙　你提出作家的写作应该是十足的，我喜欢开玩笑的构词方法，起码是在九足的内驱力驱使下进行写作。这确实是金玉良言。我们现在有些作家因为是作家才写作，包括中国专业作家制度和一个人成名之后约稿的态势，往往使作家把一些没有经过深思熟虑的作品拿出来。

## 女性作家的自足与不足

王　蒙　谌容、林斤澜、陆文夫都有些相像的地方，不轻易进行自己艺术能力不及的实验，作品写得很规矩，比较审慎地用自己的才能和自己的笔。我觉得谌容的最大功力在于选材，她选择题材的功力是第一流的，她特别敏感。

王　干　能够抓住社会关心的热点。

王　蒙　比如《人到中年》写中年知识分子的待遇，既是社会所关注的，也是人民群众所关注的，也恰恰是谌容本人最擅长的，她自己也是中年知识分子，真是几方面的契合点。《减去十岁》的选材也好极了,我跟她开玩笑说,看到你写的《减去十岁》,我简直要嫉妒你了,这么好的题材让你给写去了。还有《关于仔猪过冬问题》,结构非常有意思,在短篇小说里别开生面,是多米诺骨牌似的结构,没有一个人物贯穿下来,这个影响那个,那个影响那个,一个推倒一个,可惜人们对她的这一结构没有给予足够的评价。《散淡的人》写老知识分子入党的问题,《等待电话》写退在二线的老干部的心态,都写得特别真切。如果说整个生活是一个大西瓜,她下刀下得非常准确。

王　干　她与社会心态同步。

王　蒙　对。据说,最近她又写知识分子感到的经济压力了。永远抓在热点上,穴位准极了。

王　干　现在整个社会心态疲软,她就来一篇《懒得离婚》。

王　蒙　但一个作家的长处同时也会给他带来短处,这是没办法的事情,我对谌容也有感到不满足的地方。有时既缺少激情,又缺少灵气,她整个的故事非常好,选材和结构也非常好,但在谌容的作品里找不出一个让你浅吟低唱、徘徊不已的段落。

王　干　谌容的作品，包括张洁后来的作品，如果有什么缺点的话，就是写得太男性化了。那种女性作家的优势没有发挥出来。张洁起初的小说为什么动人？就是发挥女性把握世界的特性。这是男作家无法企及的。谌容在《人到中年》里还有一些女性的细腻和委婉。但后来，她们的小说都出现了"雄化"倾向，这个词可能不太好听。她们对男人认同的情绪太强烈，这也带来一定的优势，因为男人社会性因素比较强，所以谌容能及时传递社会生活的信息。但这是以丧失女性的细腻、敏锐，那种欲说还休的含蓄、脉脉含情的感觉为代价的。中国女作家都有类似的情况，都有向男性认同、"雄化"的倾向，这可能与女性的自卑感有关，缺少一种自信，不能全部发挥女性在文学上的优势。她们觉得要像男性这样有理性，有力度。张洁历来写得放肆，潜台词是：我们女人干嘛要那么温温柔柔、卿卿我我？为什么不能像男人一样说粗话一样"他妈的"？这会影响她们艺术个性的扩展，但同时也会有新的意义。比如谌容，由于女性的天生敏感，一下子就能抓到社会性的热点。谌容小说之所以缺少这种低吟浅唱的场景与她的男性思维方式有关。不管她们承认不承认,她们实际上还体现了一种女权主义倾向。也许她们会否认自己是女权主义者,但这种倾向客观存在。

王　蒙　这很有趣。有几个女作家写得相当男性化或者越来越男性化。我不知道张弦的作品算不算非常女性化的作品,他的小说充满了对女性的体贴。

王　干　女性读者对张弦的作品会格外感到亲切。

王　蒙　我马上想到铁凝。铁凝的小说也同样经历了这么一些变化,但她的变化我也没有完全掌握,对现在的铁凝我还没有完全掌握。最初的铁凝,就是《哦,香雪》为代表的那种诗意,那种质朴是非常优美的。

王　干　《哦,香雪》是一篇很有情趣的短篇。

王　蒙　我到现在还记得,她写一个很小的村庄的很小的火车站,火车从这儿过一下,因为它太小了,所以火车不好意思不停一下再走。在铁凝的眼睛里连铁轨、机车、小站、村落、香雪都充满了生命。我对谌容的作品最大的不满足就是找不到类似这样的生气洋溢或者叫作气韵生动的语言。当然这种说法是非常不科学的,如果用谌容要求铁凝,用铁凝要求张洁,用张洁要求宗璞,用宗璞要求王安忆,那就全乱了。

王　干　宗璞的小说很特殊。

王　蒙　宗璞是很慎重,非常文雅的。

王　干　一个隽秀的作家。

王　蒙　她的小说是不会被忘记的。铁凝写《灶火的故事》时,与现在不同。她后来写的《村路带我回家》《麦秸垛》也都很好,我现在看铁凝的作品,觉得铁凝非常有才能,而且应该说也是非常严肃认真的作家。她并没有从优美转向放肆,而是从短到长,从生到熟,从灵感到着意经营。但有一个问题在我脑子里始终没有得到解决,她虽然没有从优美转向放肆,但她从优美转向膨胀,这个"膨胀"不带任何道德的含义。她现在的作品越拉越大,在这个非常大的作品里,总的浓度、总的信息量、总的感情分量是不是相对减少了? 她的作品似乎淡化了,或者似乎掺了水似的。尽管她也还俏皮,但俏皮的果实并不那么多。这一点,我想听听你的看法。

王　干　这种情况在王安忆的近作中也有。人们至今觉得《哦，香雪》《雨，沙沙沙》比较好，包括张洁《从森林里来的孩子》。人们一提起这些作家往往还会提到她们的这些作品，而对她们近期的作品往往不以为然。铁凝是一个有灵气有力度的女作家，她不像南方女作家那么细嫩那么脆弱。铁凝的《麦秸垛》写得相当好，她把知青的感觉与农民的感觉融合起来写，写得好极了。王安忆的《小鲍庄》是以一个知青的感觉去看小鲍庄的，而《麦秸垛》中那种双向观照的视角则展开了充分的信息量。

王　蒙　复调小说。

王　干　最近铁凝有长篇《玫瑰门》，王安忆有长篇《流水三十章》，我感到她们小说背后背景的东西太少了，淡化了，稀化了，水化了。她们在最初创作《哦，香雪》《雨，沙沙沙》的时候，在小说字面上的信息量之外还储藏很多的信息，就是背景特别丰厚。

王　蒙　最初她们确实有一种不吐不快，如果不写就活不下去的内驱力。而现在呢？这种内驱力还有那么强大吗？铁凝与王安忆都有这个问题，但表现得不一样。铁凝令人不满意的，就是为俏皮而俏皮和很原始地描写生活当中的一些现象。王安忆让人不满足、不够成功的地方就是琐碎。

王　干　水分很多。

王　蒙　它们没有多少文学价值，也没有经过多少艺术心灵折射就写上去了。她们最大的问题就是写作的职业化。

王　干　她们原来是知青，是业余作者，写作时没有职业化倾向。而现在，她们的这种职业写作倾向特别严重。她觉得3万字不够，要写5万字，短篇不够，要写中篇，中篇不行，还得写长篇。

王　蒙　她们多产作家的形象也已经固定，这是中国特有的把作家"养起来"的优越制度的结果。打一个刻薄的比喻，鸡在田野里觅食、争斗，顺便下出蛋来为人所用，这是一种情况。机械化养鸡场里，鸡就只剩下了个任务：吃饱以后必须无休止地下蛋了。

王　干　如果王安忆、铁凝一段时间没发表小说或发表得很少，就会觉得没有声音。她们小说背后的背景越来越少。作家写一篇小说实际不能将要说的话全部说尽，只能够讲三分之一或者更少，而现在一些作家把要讲的话全部讲完以外，还要竭力挤一下，没话找话说。这可能与给予她们太多的自由有关，就是缺少限制。自由反而会带来一种灾难，因为写多少废话，也能发表，也能拿最优厚稿酬。

王　蒙　这是很难避免的。当我们看到一部作品也许会想：这个作家为什么要写这个作品？如果回答是因为他是一个作家，因为他非常会写，因为他写得熟练，因为他越写越好，这些回答是令人愉快的，但确实又是充满危险的。如果说他为什么写这个作品，因为他痛苦，因为他梦想，渴望一种东西，或者因为他不吐不快，不吐就活不下去，给人的感觉就不一样，我不知道这算不算你说的背景的东西。张辛欣的变化也很有意思。也许我们的观点太奇怪，带有一种向后看的倾向。张辛欣的作品基本可以这么划，就是她在逆境中写的作品，都比她在顺境中的写得好，她最早也写过非常优美、诗意的作品，即《在一个平静的夜晚》。

王　干　还有《我在哪里失去了你》。

王　蒙　《在一个平静的夜晚》完全是苏式的。描写穷困艰难的小人物由于自己的正直和善良而在生活里得到诗意的报偿。这可以说是张辛欣的第一阶段，第二阶段可以说是她的辉煌阶段，她开始用恶声吐露对生活、人生的艰难的怨恨，以《在同一地平线上》为代表。尽管这些作品一时不能见容于某些人，还搞了一段批判，以致搞到后来每一篇张辛欣的作品都要批判一下，如《疯狂的君子兰》。

王　干　还有《清晨，十五分钟》。

王　蒙　《疯狂的君子兰》对异化、对人的庸俗和浅薄的反讽是有深度的，一直到她写散文《回老家》，写得都相当好。完全可以看出她在那种处境里的那种心情，淳朴、随和、可爱的一面。

王　干　善的方面。

王　蒙　我感觉她最后一篇好作品是《封·片·连》，以后的作品，尽管《北京人》造成了一时的轰动效应，所显示的文字功力和纪实的贡献也很大。但她进入绝对自由失去压力之后，有点掌握不住自己，有点抓不着自己，迷失了自己，浮躁难安，以至于不知道要写什么。

王　干　我觉得《北京人》的贡献不在于对小说，它对现在的纪实文学热有一种先声的作用,开了先河似的。《北京人》的价值不在于文学。后来看张辛欣的小说就看不出张辛欣的贡献来。

王　蒙　也许张辛欣把自己丢了。她从被压的一个小人物一下变成风头人物,周游列国,而且在世界许多地方得到稿酬,得到优待。这确实是一个考验。

王　干　她现在有点失重了。

王　蒙　自由对每个作家来说都是一种幸福,也是对一个作家的考验。我还希望你谈一谈张抗抗。

王　干　张抗抗具有女作家细腻的情感,也有力度,她不仅靠细腻的情感来写作,还有思考、思想的力度,表现出一种理性的精神。从她的《爱的权利》到《淡淡的晨雾》,直至今年出版的长篇小说《隐形伴侣》,都体现了这些特点。但对张抗抗我有一点不满足,她既缺少张承志那样一种宗教情绪,精神化推向极致的偏执,也缺乏梁晓声那种世俗英雄主义的色彩,还缺少谌容、张洁对社会现实生活的敏感,灵气也不如铁凝、王安忆,但她又包含上述作家的一些特点,缺点在于她没有特别鲜明的艺术个性,可能她还没有完全找到自己。张抗抗是一个很严肃很有潜力的作家，我虽然没写过她的评论，但她的作品我看过不少，我老感觉张抗抗下一步应该写出震撼人心的作品，但到现在也没出现，所以，我仍在期待。但她并不让你失望，其他一些女作家就会有起伏不一的情况，你期待她该写出好作品时，她却一下子写得很次了，甚至残雪也有点叫人不那么兴奋，她的长篇《突围表演》就不如她的中篇、短篇好，给人一落千丈的感觉。

王　蒙　力量达不到。

王　干　张抗抗给人这样的感觉：我最好的小说还在后面。您刚才讲到刘心武、蒋子龙，他们和张抗抗一样都是在"文革"中开始创作历程的，"文革"那种讲究时代精神、讲究观念、讲究文学的教育作用对他们发生影响，不论他们怎么想摆脱这一模式，都很难，终究会留下一定的胎记。这种胎记烙在他们思维里，至少影响他们在艺术上的建树，这是一种先天性精神营养不良。他们都很聪明，都很敏锐，但他们的小说总缺少一种混沌感、凝聚力。刘心武、蒋子龙、张抗抗这些年来也真不容易。

王　蒙　张抗抗的作品有两个显著特点，一是启蒙主义的热情,她的作品里主题思想是鲜明的,是一种人文主义的启蒙,关于个性解放,关于科学民主,人和人之间的互相尊重,理想的追求,美的追求,她使我联想起刘心武。还有一点就是张抗抗的创新意识特别清楚,她的作品比较明确地用什么方法,比如这篇作品用人称的变换,那篇用心理的独白或意识流,这一点又特别像孔捷生。张抗抗是一个相当清楚的女作家,她的不足之处在于她太清楚了,她的人文主义启蒙和目标明确的创新都太清楚,就形不成一种全面的高涨,形不成一种真正的激情。这非常有趣,刘心武非常有提出问题解决问题的意识,蒋子龙至少在前一阶段有强烈的公民意识,张抗抗有明确的启蒙意识和创新意识,祖慰有非常明确的更新观念意识,马原有非常强的叙述意识,他的叙述本身是一种趣味,是一种学问。这些作家极为明确的追求造成了他们作品的特色,但有时又造成了他们的不足,就是这种清楚地意识到的目标往往并不是文学的总的目标,最大的目标应该进入一种忘我的境界,忘记了启蒙,忘记了创新,忘记了公民,忘记了叙述,忘记了技巧。还有几个作家有鲜明的技巧意识,比如高行健,他的作品就是要有新的技巧。

**王  干**　马原、高行健主要是一种技术小说。

王　蒙　这些作家容易掌握小说某一方面的性质,这些是好
　　　　的,但缺少更大的冲击力。不过也很难说,不能把
　　　　作品的冲击力绝对化,认为只有那些死去活来的作
　　　　品才是最好的。高行健说现代意识已经越来越排
　　　　斥感情上的难分难解。

王　干　这是后现代主义文学的一个特征。

王　蒙　他嘲笑说,过分感情化的东西基本上是由自恋倾向
　　　　造成的。他讲的也有一定的道理。张抗抗与刘心
　　　　武、蒋子龙在整体上还是理性太强,在小说中,理性
　　　　与激情是一对矛盾,理性的激情往往会掩盖激情的
　　　　理性,一部作品不能让人仅仅把握到作家的理性所
　　　　在或激情所在,在理性的过程中要投注超出理性的
　　　　激情,在作家所布满的激情中又要能抽象出象征的
　　　　意义。张抗抗等人偏重理性,目标感太强,我们看
　　　　张抗抗还有孔捷生,他们的启蒙意识与创新意识都
　　　　很突出,刘心武的启蒙意识与说理意识突出,谌容
　　　　的题材意识突出,林斤澜的技巧意识突出。所有这
　　　　些,成就了他们,多少也限制了他们。文学可能需
　　　　要这些意识,文学可能更需要贯穿、穿破、超越乃至
　　　　打乱所有这些"意识",而只剩下真情,只剩下活生
　　　　生的生命,只剩下智慧和人格力量。

十年来的文学批评

1989 年 1 月 3 日

北京朝内北小街 46 号

## 批评的位置

王　干　我们今天谈的文学批评，主要指当代文学批评，不是泛指文学批评，不是文学研究。当代文学批评处于一种中间地带，处在文学理论与文学创作之间。最新的文学理论往往由批评家掌握后对作品提出批评或要求，文学批评是连接理论和创作的桥梁。处于这样一种状态，文学批评有它的位置的危机。在很多学校里，当代文学研究和批评都不算学问，认为纯理论研究是学问，研究古代文学、外国文学是学问，研究训诂小说是学问。

王　蒙　这里有一个因素，起码过去是这样。搞当代文学、现代文学受政治的影响太大，变化太大，相反研究杜甫、李白、罗贯中、施耐庵、王实甫、关汉卿倒让人觉得是学问。

王　干　它比较稳定。

王　蒙　研究现代文学就有问题了，一会儿是鲁迅受胡风的蒙蔽，一会儿解释成"四条汉子"[1]怎样诬蔑鲁迅，这

---

1　出自鲁迅《答徐懋庸并关于抗日统一战线问题》，指周扬、夏衍、田汉、阳翰笙四人。

当然是最突出的例子了，当代文学就更麻烦了。1962年、1963年我在北京师范学院担任中文系教员时就有一个想法，希望学生少学点这些东西，干脆都学古汉语、古代诗词歌赋，这里面至少有些有用的知识。

**王　干**　刚粉碎"四人帮"不久，学校里最吃香的是古典文学，接着是现代文学热，而现在特别是前两年包括社科院的一些人又对当代文学评论感兴趣。说明当代文学提供了供大家评论、研究的多元现象，这些新鲜的内容是古代文学、现代文学里少有或没有的。好多青年批评家都是现代文学、古代文学转向当代文学批评的，南帆原是研究古代的，许子东、王晓明、陈思和、黄子平以前都搞过现代文学研究。当代文学批评在"十七年"[1]基本处于创作的附庸位置，没有自身的独立品格和独立价值，起初是依据以《在延安文艺座谈会上的讲话》为代表的文艺理论，到后来基本依据一种政治的需要、政策的需要来进行文艺批评。

**王　蒙**　一时的口号，甚至是某一时期的社论精神。

---

1　指十七年文学，"十七年"指从中华人民共和国成立（1949）到"无产阶级文化大革命"（1966）开始这一阶段。

王　干　根据当时的意识形态来判定作品，这与当时的文艺批评标准"政治标准第一、艺术标准第二"是有关系的，也难怪人们特别是一些老先生对当代文学不屑一顾甚至嗤之以鼻，这是可以理解的。当代文学批评地位的确立是和新时期文学分不开的。进入新时期以后，当代文学批评的影响渐渐大了，特别前两年的"批评热""文化热"，还涌现了一批中青年批评家。新时期初期，文学批评发挥了不小的作用，有特殊的贡献，呼唤现实主义，呼唤人道主义，呼唤"双百"方针，与当时的创作潮流呼应。

王　蒙　支持"伤痕文学"，支持拨乱反正，反对"黑线论"[1]。那一段时期批评家和作家团结得特别紧密。

王　干　共同作战，联合行动。

王　蒙　1978 年、1979 年一直到 1980 年初，《文艺报》动不动就开个座谈会，有时《文学评论》也不甘寂寞，也开座谈会，讨论几篇小说，大家慷慨激昂，把"左"的教条主义猛猛地骂一通。

---

1　语出 1966 年 2 月《林彪同志委托江青同志召开的部队文艺工作座谈会纪要》，指资产阶级的文艺思想、现代修正主义的文艺思想和所谓三十年代的文艺的结合。

王　干　随着文学的发展，批评与创作发生了分化，有时甚至对立。特别是您的《夜的眼》等"集束手榴弹"以及高行健的小册子[1]出现后，批评与创作已经不再是同一个声音，尽管批评内部也在分化。这表明批评在进步，它不可能老与同一个作家保持同一态势。到1986年，双方尽管不太谐调，但总体上还是能对话的，只是局部有分歧。但1986年10月的新时期文学讨论会后，批评与创作出现了对峙的状态。

王　蒙　我同意你这个估计。

王　干　到1987年、1988年，特别是一些青年人，很简单随意地为一个作家、一部作品唱赞歌叫好的情况越来越少，挑剔性的文章多起来。这表明文学批评不愿做创作的附庸，它谋求一种独立的艺术品格、独立的艺术位置，而以前的批评对作家基本是一种认同。我最近写了一篇《批评的沉默与先锋的孤独》，对李陀的观点提出不同的看法，李陀希望青年评论家与新潮作家一起行动。

---

1　指《现代小说技巧初探》，一部介绍西方现代派的文章结集。

王　蒙　继续鸣锣开道。

王　干　我认为这不可能。一是批评没必要跟在先锋后面
鼓吹,不可能每出一个先锋就肯定一个,批评需要
拉开距离。批评前几年热情肯定的那些作家很快
成了明日黄花、过眼烟云,像流星一样在文坛消失
了,当时的批评是不遗余力地鼓吹的。另外对于一
个先锋性、超前性的作家,连批评家也不能理解他,
如果立即被批评理解了,他就不是先锋。西方的好
多前卫作家都是使双枪的,既搞创作又搞理论,既
写非常新潮的作品,也能写阐释这些作品的新潮理
论。比如雨果在浪漫主义处于先锋时就写过不少
理论文章,伍尔芙、罗布-格里耶都写过不少优秀的
理论文章。我们以前的文学批评为什么没有生命
力?新中国成立以后的作家作品评论缺少生命力,
我觉得当代文学批评有一种错误的思维方式——
经典意识,而这种经典意识正是从古典文学作家那
里拿来的,比如李白、杜甫都是经典作家,唐诗、宋
词都是经典,我们必须用研究经典的方法研究它。
当代文学袭用了这种经典方法,就搞错了对象,当
代文学处于发展过程中,也不知谁是经典,那么多
作家的作品,成为经典的是相当少的,如果都用一
种经典意识去笼罩它们,把它们全部当成经典,就

会走入一种误区。说这部小说是力作，那部是史诗，而事实上这些小说很快就被人们遗忘了。当代文学批评不要采取一种经典的态度，当代文学的主要任务是淘洗出经典来，一般的评论家对经典采取仰视的态度，老是要看到它的好处，老是揣摩它的意味深长，而当代文学的绝大多数作品都是非经典性的，你这种仰视就会发生错觉，就会误把芝麻当西瓜。我认为当代文学批评家要与作家采取一种对话的姿势，采取平等的态度，甚至有时还要采用俯视的方式。因而当代文学需要一种反经典意识，也可以叫经典意识，就是要淘洗出经典来。这些年来，当代文学批评家很悲哀，他们每年都能说出一连串的好小说，但留下的很少，这与别林斯基就不能比，尽管别氏说的不完全对，但他的眼光还是十分犀利的。

## 批评家的类型

王　干　当代文学批评有这样几种类型：一是学者型的，像唐弢、金克木等老一辈，年轻点的有鲁枢元、赵园、黄子平、王晓明、陈思和、南帆；一是编辑型，他们的眼光与学者型不一样，因为他们手上有一份刊物，总要提倡些什么，体现约稿意图，像阎纲、雷达（后来搞专业去了，但思路仍是一种编辑型的）、周介人、陈骏涛等；还有一种职业型的，每个省作协都有创作研究室，中国作协也有，创研室的人他们的工作就是干当代文学评论，他们发现好的小说，然后再写评论，差不多都是这种职业要求和职业习惯，社科院搞当代文学研究的同志也大多是这一类型，当代文学评论是他们的专业；还有一种作家型的，像您、汪曾祺、刘心武、李陀的一些评论文字。

王　蒙　是一种感想式的。

王　干　作家的评论往往把他的创作体验与别人的作品融合起来谈。

王　蒙　陆文夫有时也写，刘绍棠也写过。

王　干　高晓声以前也写，前几年这种作家写的评论特别多。现在可能理论上的新概念、新词儿多了，有的作家可能有点怵，写得少了。

　　　　现在上海的青年小说家陈村也写评论。还有一种评论就是自由撰稿人式，他写作不是为了体现刊物的意图，也不是受制于某种领导指示，也不是出于一种职业需要，也不是为了研究，他写评论主要是一种兴趣，有感想要对作家、作品发。这种评论不揣摩任何意图,完全出自一种内心的自由的需要。愿意写谁就写谁,想写多少就写多少。吴亮以前是自由撰稿人,但吴亮后来也职业化了。这种自由撰稿人的批评现在仍然很多。这几种批评类型都各有自己的长处和不足。学者型的批评喜欢古今中外地谈论文学与作家,上通下联地考察一个作家、作品,学问性很强,有时感受力差一些,当代文学批评强调感受力、穿透力,缺一不可。学者型的评论做不好就会显得知识大于作品本身。这方面处理较好的青年人是黄子平。

**王　蒙**　黄子平文章写得不错,但有时曲笔太多,一句话绕好几个弯说,有时闹出一些笑话,不是他的笑话,而是读者的笑话。我去福建,南帆跟我讲,黄子平写的关于"伪现代派"文章,意思是否定"伪现代派"的说法,认为"伪现代派"的说法是不成立的,如果有"伪现代派",就得先树立"真现代派"的范文,离开了范文都是"伪"。由于他的文章写得太绕脖子,以至于很多人看了一下没有完全看懂,就振振有词地说:黄子平在批判"伪现代派"了!有一位老作家向我报信,说:你知道吗?黄子平跟你过不去了,他在一篇文章里把你咬住了。后来我一看,黄子平是引用别人的观点,委婉表示不同意他的观点。由于绕脖子绕得太厉害了,绕得我们性急的读者都看不出要干什么了。

**王　干**　黄子平本想消解这个概念,绕是一种解构的方法。李国涛后来在《文艺报》发的《何必曰"伪"》,本是与黄子平商榷的,可黄子平看完以后,说"李国涛深得我心"。

**王　蒙**　这是很有趣的,黄子平轶事将来一定要写进去。

**王　干**　编辑型的文章往往比较敏锐、新鲜,但太近功利,往往与自身刊物的利益太密切。像报纸吧,有太多的"提倡性",拉不开距离。作家型的批评好处是感受性强,但有时自说自话,把自我感受强加在其他作家身上。虽然批评家有时也这样,但作家更厉害,他完全是感性的发挥,缺少理论的规范。职业型评论家的特点在于对当代文学发展的脉络比较清楚,但有时是为写评论而写评论,如果两个月不写评论的话,评论家就觉得工作没做似的,所以就不能很从容地研究作家作品,作出公允的深刻的判断。有时作家还会来找评论家,或者刊物来找,说我们上面的小说不错,你看一看写一点东西。最近的"作品讨论会"之风很盛,参加者无非三类人,一类是领导,一类是职业评论家,一类是记者。有的领导也没看作品,就说几句鼓励的话,主要发言的是评论家,记者是负责报道的。这种讨论会效果很难说,作家在场,一般说好话的多,直言的人很少,怕情面上过不去。作品讨论会,已成为提高作家档次的一种手段,职业评论家缺少选择的自由。评论首先是选择的艺术,丧失了这种选择的自由,尽管偶尔仍能写出一些好的批评文章来,但如果让他自由地从容地去选择,会写得更好些。自由撰稿人的批评往往来自阅读的过程,是非职业化的,文字一般比较活泼、流畅,但缺少理性的把握,也有些"自说自话"。这种文章的特点在于没有匠气,敏锐、新鲜,是文学批评队伍的轻骑兵。但由于没有从事批评的理论准备,也缺少与作家、与整个当代文学的联系,往往理论深度不够,缺乏整体把握的力量。

王　蒙　你的回忆很有意思,我们国家的文学评论常让人感到在概念上弄不清楚。在很大程度上,在一定时期内"评论"与"领导"的概念混同起来了。甚至有的人从理论上提出"党对文艺的领导是通过评论来体现的",比如周扬同志长期负责文艺方面的工作,他很有威信,他也是大评论家,他的一个报告可以作三个小时、四个小时,要引述许多的文学现象,戏剧、舞蹈、音乐讲得较少。这就牵扯到一些理论问题，比如关于"塑造英雄人物""时代精神""写真实""主观战斗精神""深入生活""世界观改造与创作方法的关系"等，这些问题都进入了党的领导范畴，评论就变成领导的一种方式。各地的宣传部门、作协以至报纸方面的负责人，他们的谈话都是评论，是一种评论。

**王　干**　这是一种领导型的批评。

**王　蒙**　或奉领导之命写的评论。由于领导的一次讲话不可能变成一首长诗、一篇小说，就必然变成一种评论。中国长期以来，评论代表领导的观念源远流长，以至于近年有些领导同志非常热心建立评论组，搞个评论班子能够最完满地体现领导意图。这可能是我们国家特有的评论。1978、1979 年，评论在与创作携手共进的时候，也往往带有领导意图。领导与领导之间也会有不同意见，但是为现实主义、"伤痕文学"开路，毕竟也是一种"领导"。1980年以后，最严重的是到了 1982 年，这种领导意图以及按领导意图团结起来的一批编辑型的评论家，就开始与青年作家创作上的努力发生分化，"蜜月时期"过去了，甚至曾经闹得非常严重，认为"面临一场不可避免的大辩论"，开始感到文学出现了摆脱解放区、苏联文学模式的势头，问题非常严重。实际上作家也分化了，评论家也分化了，有些上了年纪的评论家写的文章也少了，甚至写的文章人家也不特别欢迎，他们开始有一种寂寞感，对评论上出现的日新月异的花样相当不满意，相当反感，相当受不了。三轰两轰，特别是1984、1985这两年，涌现了一大批四十岁以下的评论家，不管什么型的，陈思和也好，王晓明也好，周政保也写过不少文章。这里面偏大的是鲁枢元，他主要研究创作心理学。

王　干　上海有一批，北京也有一批。

王　蒙　这一批出来以后就把领导型的评论挤到一边去了。这部分人的见解也不一样。比如周政保的文章在价值观上强调继承性，强调历史文化，强调对人民忠诚的情感，强调文艺的教化作用。

## "方法论热"与科学主义

王　蒙　你说的过程里还有一个现象没怎么提，就是1984、1985年达到高潮的"方法论热"，这实际也是学者型评论家搞的。方法论热基本上是"闽派"为主，林兴宅画了好多图，到现在我对他的图还是感兴趣，把

《阿 Q 正传》画成图,林兴宅好像还写过"接受美学"的书。

王　干　《艺术魅力的探寻》。

王　蒙　它把文学作品的信息分成好多部分,用系统论的方法研究。林兴宅有句名言,他自己也解释不清楚,别人驳也驳不清楚,我认为这句话有一定的价值:"最高的诗是数学。"这从"魔方"的一面来说,可能讲得通。所谓"最高的诗是数学"就是人类智慧的至高境界有一种理性和诗情的高度相通。

王　干　就是到了"一"的状态,数学与诗合二而"一",是一种智慧与情感的极地,不是每个人都能达到的,最高境界的数学也很可能是诗。

王　蒙　是的。人类智慧、人类逻辑推理、人类对世界的高度概括构成了一个形而上的境界。

王　干　精神乌托邦。

王　蒙　对。我为什么欣赏"最高的诗是数学"呢?也讲不出什么道理,就在于它表达了刚才你说的精神乌托邦的魅力，必须承认文学有世俗的魅力，文学这一点和数学不一样，文学想洗涤掉世俗性，这是不可能的。但它也有精神乌托邦的魅力，有一种高高在云端的魅力，有一种象牙之塔的魅力。就是象牙之塔，钻得简直不知钻到什么地方去了。

王　干　有人把这叫宗教感，反正是一种哥特式建筑的尖顶，文学要有一种尖顶意识。

王　蒙　我们常说的精神高峰。

王　干　但文学不能仅有尖顶，还有好多东西在支撑它，世俗的和与世俗连在一起的东西，还有不怎么世俗也不怎么尖顶的东西。方法论热反映了中国人对科学主义的热恋。近十年出现过科学主义运动，1978年开科学大会，我当时感到跟科学救国似的。

王　蒙　科学的春天。

王　干　看郭沫若那篇文章，好像有了科学就有了一切似的。以前是阶级斗争救国，后来是科学救国。

王　蒙　当时有个提法，"四个现代化的核心是科学现代化"，现在看来也不那么单纯。社会的发展是全面的，不可能抓住一面就万事大吉了。这里牵涉《矛盾论》的思想，就是抓住主要矛盾，一切迎刃而解。现在哲学界已开始讨论这个问题，是不是抓住主要矛盾，其他矛盾就能迎刃而解了？

王　干　有时候主要矛盾就搞不清楚。

王　蒙　有时候主要矛盾抓住以后，其他矛盾非但没有迎刃而解，反而更尖锐了。

王　干　有的上升为主要矛盾。

王　蒙　这样的例子太多了。

王　干　中国人善抓一元，抓住一元就可以牵一发动全身。方法论热的出现是文学发展潮流推动的，因为一段时间内文学理论不够用，与多元丰富的文学创作比显得贫乏，迫切需要呼唤新的理论和新的文学精神。加之中国人缺少建立理论体系的习惯，人们迫切地想建立一种体系和理论框架，理论界兴起了方法论热，当代文学批评家也凑热闹，但主要是一些搞理论的同志。要建立体系就必须借助方法，而老祖宗的方法也不够用,西方的方法也有些旧,就想借科学主义来完成体系的建立。我觉得用自然科学的一些方法来研究文学非常有趣,但显然不能穷尽文学所有的可能性。

王　蒙　科学主义也是一条路,用刚才的话说,它也是魔方的一面,魔方的一个颜色。我还读过一篇文章,就是用弗洛伊德的学说(当时也算新方法)来分析李商隐的诗,作者我记不清了,那篇文章也是很好的。分析李商隐自己对情感的压抑和压抑所达到的升华。方法论热最高峰时期,西北有《当代文艺思潮》,东南有《当代文艺探索》。很巧合,这两个刊物同时停了。

王　干　很有意思的是,我在两家终刊号上各发表了一篇诗论。

王　蒙　我至今觉得遗憾,至少要有一个留下来。现在文艺刊物受商业压力太大,福州觉得可以再办,但觉得更难办了,订户又少。近来,批评家特别是一些年轻的批评家越来越感觉到不能仅仅当作家的同盟军、吹鼓手、开路先锋,而要讲自己的意见,当然并不是所有意见都能讲得成功。与此同时,也有越来越多的作家反唇相讥，或在作品里用不屑一顾的态度讲一讲，说对满嘴新名词、满纸新名词或绕来绕去绕脖子的批评最好不看，越看越糊涂。产生这样一种分离的现象，我倒觉得蛮有趣。你说的五种批评……

王　干　六种，加领导型。

王　蒙　这主要是从评论家身份上来说的，我个人更爱看学者型的批评。我有一个想法，就是像《文学评论》这种刊物，应该多些学者型的评论，如果登自由撰稿型或职业型的批评太多，不一定适合。现在批评的所谓阵地越来越多，"报屁股"文章尽管也是批评，但还是要有一些区别。

## 批评的泛化和庸俗化

王　蒙　我们说到某些文学评论常常和领导意图混合，还有另一种，就是批评和庸俗的利害关系结合起来，这种评论也很厉害。我看过一个文艺座谈会的报道，这地方的宣传文化部门的领导也参加了，他提出一个问题，说我们这儿为什么没有拳头作品？首先我要声明，我是不大赞同拳头作品的说法，把工业上的名词用到文艺上来，就很难讲，比如一篇杂文不能说拳头作品，一个长篇就一定是拳头作品。

**王　干**　也不一定。

**王　蒙**　一首群众歌曲不算拳头作品，一个大合唱就是拳头作品？这很难讲。现在回过头来，这个地方讨论为什么没有拳头作品，讨论的结果，有许多当地的作家愤慨地说，为什么没有拳头作品？就因为缺少拳头评论。甚至有人还举北京作家群的例子，说为什么北京中青年作家影响那么大？主要是北京不但有一批作家而且还有李陀、曾镇南、雷达，当时还有刘梦溪、刘锡诚，他们替北京作家讲话、欢呼，这是公开发表的意见。有个人还引用我对张承志的评论，说王蒙曾经用什么热烈的语言捧张承志，而我们这儿的评论家这么温暾水，这么舍不得捧我们省的作家……这种讨论很奇怪，我们的作家为什么在一起讨论这个问题？这就和讨论中国作家为什么没有获得诺贝尔文学奖一样，甚至更次一点。因为诺贝尔文学奖的目标还稍微远大一点，有人把目标降低到在作家协会评奖当中得一次奖，甚至降到被《小说选刊》《小说月报》选登一次等等。

**王　干**　甚至被《文艺报》评论一下。

王　蒙　这种庸俗空气对评论的影响很大，使人弄不清哪些是评论家真心诚意写的评论，哪些是碍于情面应付的。老作家孙犁甚至为人写过这么一篇序，说这个人怎么好怎么好，对我非常之好，他写了一本书，我也没有看，但实在不能不替他写序，所以我就替他写序。

王　干　序文就这样写的？

王　蒙　就这样写了，而且就这样发表了，就这样列在书之首了。这大概也属于作家写的评论。

王　干　作家评论的一种方式就是写序。

王　蒙　就像我们第一次说到文学是什么的时候，说在泛文学的概念里请假条也可以成为文学。现在还有一种泛评论，就是评论的高度泛化，开一个会，大家说几句客气话，也叫评论。报屁股登一个序跋也叫评论。

王　干　一个消息也是评论。

王　蒙　大学、中学的讲台上，教师讲课也是评论。起码要解释,要提供有关资料,要作出一定评价。从这个意义上说,我国的评论队伍更是举世无双,比创作队伍还要庞大。在这样一种泛评论当中,如何淘洗出经典作品来? 如何出现真正的文学评论? 我们的文学评论有各种各样的式样,比如一篇杂文里写对小说的感想,也可以作为评论。

王　干　现在还有书信。

王　蒙　我们既承认这种泛评论,又要对评论有狭义的要求,指更严肃、确实经过研究、确实用一种比较负责的态度对一个作品的思想内容、艺术价值作出自己的评价,作出自己的阐释,作出自己的发挥。对评论应该提出更严格的要求,否则按目前的状态下去,批评会过于泛化。

王　干　有的人写这种泛化批评是出于礼貌的需要,出于朋友的交情,有时是因为熟人的关系。这种泛化批评够泛滥的了,打开各种文艺性或非文艺性的报刊,都可以见到这种泛评论,这种泛评论主要是表态,说小说写得很好,人物写得很成功,语言很有特色。经常出现这种通信——某某:你寄来的书我收到了……这种庸俗化倾向与文学的庸俗化是一致的。

这是一种功利性太强的表现，是希望早点出大名，成大器。中国评论家的地位让人悲哀，不像国外的评论家都是大学里的教授，把作家全部得罪光了也不要紧，反正也不需要到作家协会领一份工资，更不需要去参加什么会议和宴会。中国当代文学批评的职业批评家全是作家协会养的，目的很清楚，就是让你鼓吹作家，或者只能为本地的作家说好话。这跟体制也有关系。

王　蒙　有些文章写得很泼辣的批评家有个特点，就是兔子不吃窝边草，他决不写本省、本市作家的缺点，看上去很超凡入圣，实际上也露出庸俗气。

王　干　大家都生活在同一体制当中，早不见晚就见，很难完全脱俗。我认为当代文艺批评应该是距离的艺术，必须与作家拉开距离，首先要拉开情感上的距离，再拉开审美上的距离，还要拉开阅读的距离。太近不容易判断，缺少时间的沉淀。有的作家作品还没写好就给评论家看，意思是帮我鼓吹鼓吹。

王　蒙　有的是编辑。有的编辑计划把某篇作品推出来，要造成反响。作品刚出一校样就赶紧请权威的评论家连夜赶写评论文章，然后连作品带评论热炒热卖一下子出来,收到很好的效果。我也上过这种当。一个作家来找我,一个编辑也来找我,要我无论如何给他的作品评两下,寄的清样模模糊糊,我眼睛又近视,我非常费劲地看完,因为与这个作家、这个编辑有点友谊,觉得不能推脱,不能对人这么冷淡,结果连夜赶出来。可是他们用同样的方式已经约了三篇评论,到后来是四篇评论配着一部作品。我感到上当,我根本用不着那么赶,我用不着浪费我的视力和时间,我完全有更多有意义的事情要做。

王　干　我也碰到过类似的情况,就是对熟人、朋友的作品,想写些文章,但又觉得火候不到,有时候碍着情面也写一些。在中国没有哪个评论家能一篇这样的评论也不写,能完全脱离尘世的俗务。生活中除了经济的需要,还有很多感情的联络,这也可能正是文学俗的一面,这是批评没有经典性的一个原因。作家也非常奇怪,一方面瞧不起评论家,一方面又特别重视对他作品的评论。最近出现的否定性、挑剔性的批评,也是批评家新的方式。

王　蒙　一种反击。

王　干　或是对自我位置的寻找,要确立自我的形象,如果批评老跟在创作的屁股后面转，批评的独立品格是什么呢？为什么很多中年人搞当代文学的成就并不大？像现在这样，青年批评家也跟着干下去，马上就会重蹈中年人的覆辙。好作家、好作品是少数的，你每年都唱赞歌，到最后你的声音就没有了，那些作品被淘汰后，你评论的文字也随之消失。所以，批评要保持距离。中国当代文学评论缺少对三年前五年前作品的评论和研究，最近有人开始做这个工作，但绝大多数人忙着赶，9月份的作品10月份不评就好像过时了似的。

王　蒙　别人没有评，我头一个评，有点抢头彩的意思。

王　干　有时读一部作品，当时有点感触并没有想去评论它，但过几年以后重新再看，往往会更清楚、更深刻一些。

王　蒙　你这个意见太好了，就是能搞三年前、五年前的作品讨论。现在常常有这种文章，一年过去了，回顾一下，常常有这种"1980年中短篇小说漫评"，每搞一次评奖也漫评一次，这样太热。关于评奖，也曾经有人提过，能不能稍微冷处理一下，比如1989年组织评委会，评三年以前的作品？这比马上说今年获得丰收,或今年是小年会更好一点。我希望将来建立一种更有权威的评论和更有权威的评奖,这样的评论和评奖应该要求文艺作品经过一段时间考验。现在如果回过头来不是以五年为期而是以十年为期来看的话,也许会给我们很多的启发。我不知你有没有兴趣把1979年曾经引人注目的作品拿出来看一看,包括得奖的作品,哪些作品还是有生命力的,哪些作品已是明日黄花,大势已去?

王　干　好多小说已经没有生命,我觉得短篇评奖的距离拉不开,评奖的数目太大,一年哪有那么多好小说?以后评奖可能评人。

王　蒙　评小说集。

王　干　评人也是办法。比如可以设新人奖,奖励该年度最突出的青年作家。也可以设佳作奖,奖励这一年创作状态最好的作家。这比那种泛泛的评要好,比规定数目也要好一些,一定要选二十篇,没有二十篇怎么办?凑数。其实,评奖也是评论的一种方式。现在的评奖缺少距离感。

王　蒙　也缺少公开性。我早就建议,评奖可以卖票,一块

钱一张,凭票旁听,不是经费不足吗?评委开会的
时候确定篇目,作家本人愿意旁听也可以,新闻记
者旁听也可以。现在越保密,传说越多,似乎变成
了幕后的交易。结果真的幕后交易是幕后交易,假
的幕后交易也变成幕后交易,最后弄得不清不楚。

王　干　传说很多,传得很大,互相猜疑。

## 批评的三种方式

王　蒙　不谈评奖了,还是回到批评上来。

王　干　文学批评大约有三种方式,感觉印象式(作家型)的
批评、自由撰稿人式的批评,以及部分职业评论家
的批评。许子东的评论也比较典型。

王　蒙　他有一本书书名就叫《当代文学印象》。

王　干　这在海派批评中比较突出。吴亮也是感觉印象式,
李劼尽管谈了好多理论命题,但整体上还是一种感
觉印象式的。雷达、曾镇南也是一种感觉印象式
的。这种评论的特点就是反应敏捷,出手很快,语
言也有文采,主要将当时的阅读感受描述出来。

王　蒙　我很喜欢感觉印象式的评论，我自己写的也是感觉印象式的。但看多了以后，有一种不满足。甚至担心写了许多年感觉印象式评论的评论家，他最后究竟能留下什么。我甚至要说感觉印象式的评论是少数人的特权。两种人拥有这个特权，一是老先生，他非常有经验，又特别自信，学富五车，他看一个作品以后，这么翻翻，那么翻翻，这么看看，那么看看，马上就洋洋洒洒讲上一通，或写上一通。

王　干　散步式的。

王　蒙　他的意见不一定正确，甚至能明显感到他意见中的荒疏，但即使是有荒疏的部分，整个的意见仍很有特色。真是一个非常有学问的人，用刘心武的语言说就是在深井里打出一点水来，水仍然是非常清凉非常诱人的。另一种则是创作家，因为他本身不是职业评论家，只是作为同行，这根神经相当敏感。他读了一部作品很喜欢，或不喜欢，或者别人没有看到的东西，只是作家的"自说自话"，并不完全符合作品的客观实际，但有些借题发挥的东西，以他对某个作品的评论为载体，发挥一通他自己在创作当中、人生当中、读书思考问题当中的一些心得，有时候还是很有特色。最典型的是孙犁。孙犁作为一个大作家,他写文艺评论也有一种不容商量的口气。他看了两篇立刻产生一种印象,就写评论,他要用笔重新勾勒一下你这个作家和你的作品的形象,他用一种描写的语言来谈对你的作品的认识,有些意见非常精彩。比如他非常赞扬铁凝的《哦,香雪》,在铁凝发表了《没有纽扣的红衬衫》,各方都赞不绝口的时候,孙犁是写的文章还是谈话我记不清了,就用了两个字,他说我感觉《没有纽扣的红衬衫》写得"铺张",这就非常好。由孙犁来说"铺张",确实很有价值。任何事物都有它的背景,这并不是说我们把对人的尊敬延续到他的文章里,因为在孙犁的文章后面有孙犁本身的巨大背景,他有《铁木前传》《风云初记》《荷花淀》《芦花荡》作为背景。年轻的职业评论家如果不停地写这种感觉印象式的东西,他们对自己的要求就太低了,而且也无法满足读者、研究者和作家对他们的要求,你如果把批评当一门职业的话,就要严格得多。

王　干　要有点绝活儿。

王　蒙　你的考证要高于第一个印象,要尽可能把自己的评论放在更深思熟虑、更科学和掌握更多材料的基础上。

王　干　也就是在更广阔的背景上进行。不过,这种感觉印象式的批评是中国文论的特点,我们中国的文论全是感觉印象式的,诗话、词话……

王　蒙　眉批、旁批。

王　干　点注。司空图的《二十四诗品》就是以形象来说明风格的。如刘熙载在《艺概》里讲李白的诗,就是用一个字"飞"。用一个字就概括一个作家。这种中国式的印象批评缺少概念的准确性,什么叫"飞"呢? 只能琢磨意会。

王　蒙　用比喻说明比喻,以诗评诗。杜甫《戏为六绝句》就是用诗评诗,这很有趣。

王　干　中国文论的特点就在于此。宗白华先生的《美学散步》就是这种风格,写得很好,我非常喜欢。他是看了大量古今中外著作之后来谈美学的,所以谈得特别透。他是用中国式的感觉印象方式写的,一句话饱含了很深的寓意,仔细揣摩觉得趣味无穷,奥妙无穷。这种感觉印象式批评最近被人称为批评的儿童态,是初级阶段的批评。我觉得这也未必准确。感觉印象式的批评仍有品格高低之分。

王　蒙　相差太远。

王　干　西方的维特根斯坦的哲学著作就有点类似《道德经》，也是箴言式的。

王　蒙　微言大义。

王　干　西方的哲学、文论可能是一种返璞归真，从体系很严密、结构之间衔接很紧的体系化转向非体系化，也可能是对散点透视感兴趣。但我们今天的批评尤其是职业批评家不能满足于这种感觉印象式批评。这种文章好看也好写，这些人也有灵气。

王　蒙　也有文采。

王　干　不足之处是缺少严密的理论体系，不能给人更深的思想。

王　蒙　缺乏严密的体系是要求比较高的弱点，还有更低的弱点，就是没有深思熟虑，对作家作品没有完全把握就急急忙忙发表看法，以至于经常修改自己的观点。头两年是对这部作品发表这个意见，刚过几年再看这个作家的另一种类型的作品，只好修改自己的观点。

王　干　　感觉印象式批评的最大弱点是缺少科学性。第二
种批评是理论型。如果感觉印象式批评家手中抓
的尺子是心灵的镜子的话，那理论型的批评家手中
抓的则是理论的刀子，是西方文论的解剖刀。这把
刀是西方各种各样的主义、学问，什么结构主义、后
结构主义、女权主义，什么语义学、叙事学、符号学，
他拿这些解剖作家、作品，看作品能不能验证某一
理论。比如能不能对上精神分析学，能不能用解构
主义进行描述，这种批评的优点在于背景比较广
阔，不简单地依仗感觉，不无条件地推崇印象，有时
甚至放弃感觉印象，更多的是以理论来观照作品，
容易取得深度。作家也喜欢看这种文章，因为作家
写作的时候往往处于不自觉的状态，当批评家用严
密的理论来解析他的创作现象时，作家就会感到震
惊：当时我没这么想啊！我根本没考虑那么多！这
种批评能比较客观、比较冷静地阐释作品的本来意
蕴，比印象式的批评多了一点科学性，逻辑性较强。
这种理论性的批评也有弊端，尤其是近来西方各种
文论大量涌来，这类批评出现了帽子特别大头特别
小的错位现象。比如有的作品精神分析成分很低，
根本就没有那么深的内容，而批评家硬要塞给它一

顶心理分析的帽子,这时候的批评就与作品的实际内涵不相称。写作这种文章的人往往看过大量的理论书,所以在进行批评时唯恐浪费他们的知识积累,拼命给作品找理论桂冠。有时为了适应他的理论不惜将作品切割,取适合他理论的部分,而舍弃另外的部分,只见树叶不见枝干。另外他们有的不能很好地感受作家的底蕴,显得特别冷,非要把作家瓜分成几块,割断作品的内在的有机联系。这种理论批评最近几年还是呈"看涨"趋势,因为前几年的感觉印象式批评已经泛滥成灾了。感觉泛滥的不单是作家,批评界也是如此。有些批评家评论,也不怎么看作品,翻翻感觉就来了,就敢写了。有时连主人公的名字还没搞清,就去写,真敢写。这完全是一种对感觉印象式批评的亵渎。

王　蒙　(笑)

王　干　第三种批评是一种混合型的,季红真、王晓明、吴方等人的批评都是。这种批评既不是单纯的感觉印象式,也不是纯粹的理论型。季红真的批评基础是历史文化社会学的,但也融进了一些精神分析、语言批评的因素,这些都是在社会批评的底色上进行的。

**王　蒙**　南帆的批评属于不属于这种？

**王　干**　南帆与季红真有相似之处，他们都不推崇感觉，也不硬套理论。在南帆的评论里，很少用一个现成的理论去套作品。现在有一种浅薄的批评方法，就是先找西方文艺批评的一个观念或一种方法，然后再找个作品来套。我觉得太简单，一个作家，你要取他这一点时，往往会忽略另外的一点，南帆好像不搞这种"深刻的片面"，他有学者型严谨的一面，也有印象批评的一面。

**王　蒙**　也有鉴赏式的批评。

**王　干**　南帆的鉴赏力不错。他原先是搞古典文学的，是徐中玉教授的研究生，功底很好。他虽是学者型的，但能贴近作品。南帆要说有什么不足的话，就像您说谌容的小说一样，在南帆的文章里看不到那种激动人心的华章，缺少一下子吸引人的文字，缺乏爆发力。他的文章结构严谨，逻辑分析很清楚，略略让人感到不足的是缺少闪光的亮点。

**王　蒙**　他的评论给你一种相当认真负责的感觉，不是那种随意的信口开河的人。

王　干　南帆的文章写得很老到，在青年人当中如此沉着老练，使我觉得他太老到，好像一个老学者似的。

王　蒙　（笑）

王　干　黄子平也是一位混合型的批评家。他的感受力、穿透力都很强。他那篇《同是天涯沦落人》的批评方法非常独特，我当时听他的构思以后就很激动，觉得他思路很开阔。后来可能在此基础上产生了"二十世纪中国文学"的设想。他这篇文章远远超过当时的方法论热、观念热，把整个文学印象作为一个整体进行考察，从当代上溯到现代以至古代，很有意义。后来黄子平的批评有些变，他开始回避判断，起初是用描述的方式，后来用消解的、游戏的做法来消除判断。

王　蒙　他自己在做文字游戏。但有个例外，他评林斤澜的小说《沉思的老树的精灵》与其他所有的文章不一样。这篇文章充满了感情的共鸣、理解。当时我看了黄子平的文章非常感动，一个评论家对一个作家如此体贴，如此同情，如此诚恳。我对林斤澜说过，我都要落泪。与后来的文章有智力优越的游戏不一样，也不是说所有的文章都要那么诚恳、动情，用高行健的话说,写得太动情就是一种自恋。(笑)一个评论家冷静一点,拉开一些距离是可以的。

王　干　吴亮最近有一本《秋天的独白》的小册子,便有一种自恋倾向。吴亮写得最好的是他的对话,从对话走向独白,吴亮好像在退化。他的对话写得相当好,前不久我又翻出来看看,仍觉得很好,尽管好多问题在今天已经不新鲜,但对话里仍有光芒,这种在矛盾悖反状态中展开的对话有多重阅读的立体效果。吴亮后来自说自话到空谷无人的地步。《独白》的文体是一种语录体。

王　蒙　这种语录体使我感觉他急于让自己长出胡子,穿上比身体大许多的衣裳。因此,打一个比喻,随便讲两句话,就成了文章。有些话有深刻内容,有些话普通到没有任何意义,比如:你不要渴望别人了解,别人不会了解你。像这样的话实在没有意味。

王　干　我觉得吴亮在退化,他的对话那么饱满,《独白》表面上很自尊,实际内心缺乏丰富的激情和思想。一个作家或批评家很自信的时候不会采用语录体来写作的。尽管独白能写出好文章,但独白有高低之分。吴亮写的一些作家评论是感觉印象式的,但有的太感觉印象式,缺乏对作品的仔细研读。吴亮是一个很聪明很有天分很有才情的批评家,如果过于依仗自己的聪明,也会自我"殇"掉。王晓明最近写的文章很有分量。

王　蒙　他批评三位女作家的文章还是有道理的。

王　干　《疲惫的心灵》。

王　蒙　他也比较敢于尖锐地提出问题。

王　干　王晓明的特点是后发制人。比如尽管评论张贤亮的文章已经很多,但他的《所罗门的瓶子》却成为一种压卷之作。他的力量在于"聚",在于炒陈饭而炒出新意。当然,要发现一个新作家,发现一部新的好小说也不容易,要有敏锐的艺术感受力。尽管这种批评比较粗疏,也不是人人都能做到。王晓明就不喜欢也不太擅长作这种即兴的批评文字。

王　蒙　这里有一个矛盾,就是评论家被约稿不一定是好事。有时一个报纸和刊物有意图,就去请评论家给写。但不约稿的话,那些新的批评家想让自己的稿子发表出来也不容易。

王　干　现在好些,批评的自由度相对大些。

## 需要有深刻思想的批评

王　蒙　文学评论是各式各样的,对作品本身的评论是评论的一种,而且是比较简单浅显的一种,是书评式的评论。有时候人们谈文学评论实际是希望从文学评论当中得到一些对生活的评论和对思想的评论,生活的评论当然也包括社会的评论。文学现象在这一点上和生活本身一样,它本身并不能直接告诉你什么思想,哪怕是充满议论的作品,也不是论文,也必然有意无意留下了许多空隙,不可能像一篇哲学著作一样把各种论点非常严密地组织好。人们评论一部文学作品,最引人入胜的地方之一就好像评论活着的人,就好像评论一种真实的生活一样,而不同的人对同一种生活可以作出很多不同的评价,特别是在今天。社会问题、心灵问题、精神问题、哲学问题,在今天,人们都面临着那么多令人困惑的问题,这些令人困惑的问题就从作品评论起,能说的话特别多。我感觉我们缺少这种思想评论。有的很有趣,比如刘索拉的《你别无选择》,为什么那么多人急着给《你别无选择》定性?说这是中国真正现代派的开始,在此以前都不是真正的现代派。这是一种评价。另一种评价说是开了中国嬉皮士文学的先河。还有一种说法说它是一部不成功的仿作。

王　干　是"伪现代派"。

王　蒙　我觉得难道我们就不能换另外一个角度谈？比如关于青年时期人们的追求，对艺术的追求。我在看《你别无选择》的时候并不觉得"现代"到什么程度，"纯净"到什么程度。我觉得这对一个读者并不是最有意义的，最有意义的事情就是它表现了目前这样一个时期一部分青年躁动的心灵：那种似乎有所追求但又常常追求不到甚至不知道自己在追求什么，不但受到外部的干扰也受到内部的干扰的情绪。也许我想得太庸俗社会学了，但现在写社会评论有几个写得漂亮的呢？比如从《你别无选择》看当代青年，甚至看艺术心理，其实这都是好的题目，关键在于有没有这个思想。徐星《无主题变奏》里面非常突出的是一个价值观的问题，就是现在的城市青年到底追求什么。韩少功翻译了《生命中不能承受之轻》后，媚俗这词大家也喜欢用。《无主题变奏》实际就有对媚俗的嘲笑，非常尖锐的嘲笑。作品里许多内涵不是作家通过他的作品完全表达出来的，也不是一般读者都能看清楚的，评论家应该更有远见卓识一点，总可以把文学现象、一个作品的现象和历史、文化，和社会的变动，和各种思潮的涌起、沉浮、碰撞连起来，叫作借题也好。有些评论就是借题发挥，实际是评论家用自己的角度来解剖书里的人物关系、结构、语言、情绪状态，来发表他对人生、哲学、社会的看法。

王　干　是以评论为心灵的载体。

王　蒙　也是思想的载体。刘绍棠曾讲过，他最怕作家摆出一副思想家的样子，他甚至感到那面目可憎。这话有一定的道理，指的是那种装模作样、救世主式的作家。作家最好别摆出一副思想家的样子。评论家也可以不摆出思想家的架子，但评论家应是思想家。

王　干　这是借评论来表达自己对社会、人生、青春的看法。

王　蒙　以至政治。

王　干　西方的批评特别是形式主义评论，与您说的这种人本主义批评正好相反，更注重文本本身的结构，语言本身的结构，尽量使评论家的思想看法逃避出来,能够完整地把作品里的内涵还原出来。这是阐释学批评的一个重要特征,要求"终止判断,消解意义"。

王　蒙　这也是一派。

王　干　做起来也不那么容易,尤其是在今天的中国更不容易。但现在有的批评家太能发现意义,有的作品本来没有这个意思,完全是阅读结构本身的问题,他一定要把自己的想法强加到作品中去。我觉得批评主体与作品主体应该有契合点,碰撞起来产生的意义要超出文本。现在搞社会历史批评的人缺少深刻的思想,这是因为没有深沉博大的哲学作背景,也没有自己理论上的建构,但老喜欢把作品纳入机械反映论的模式,所以意义太多。这篇写的什么,反映什么,到此为止,深不下去。有的作品只有一种淡淡的情绪,有的只提供一种结构框架,结果用过多的意义来阐释就显得勉强。一个批评家所批评的对象总是有范围的,不可能面面俱到。他的思维结构、理论结构、文化结构、心理结构、情绪结构只能选择一批作家、作品作为他的批评对象。一个批评家对任何作品都能发现意义,就像全国通用的粮票一样,那这个批评家肯定是没有个性的,肯定没有自己的风格、自己的思想，甚至没有自己的阅读结构。就像一个作家只能在几块时空当中进行操作、发挥，一脱离特定的时空就不行。我们有些批评家什么作家、什么文体都可以评一下，太泛化了，完全是一种表态式的批评。

王　蒙　我无意于把阐释意义规定为所有批评家的守则。还原是一种方式。

王　干　完全还原是不可能的，只能保持一种态度。

王　蒙　任何批评都不可能还原。如果《红楼梦》还原的话只能是《红楼梦》本身。而《红楼梦》的价值在于有一种解释不完的意蕴。现代人可以用现代的观念解释，古代人用古代人的观念解释，可以解释得很洋、很土、很玄妙，总得有一部分评论有深刻的思想。

王　干　现在的评论缺少的不是意义的分析，而是缺少深刻的独特的思想。

王　蒙　这种思想本身要求评论家有很多见解，没看作品就已经对社会、对人生、对政治、对科学、对宇宙、对艺术有许许多多自己独特的体会、体验和探寻，他又接受一部新的作品的刺激，以这部作品或验证或修正他的看法，就会产生新的认识。眼下有这样思想深度的东西还不是很多，相当少。甚至你觉得评论家本身急于对作品表态，而没有自己的一套东西。有的评论家写过许多评论，每篇评论都写得不错，都是八十分以上，但把他这些所有的评论看完以后，你觉得这个评论家在美学上、社会学上、文化学上有什么样的大致的思想走向呢？就很难说。这是一面。反过来还有另一面，就是一些非常具体的、文章本身的问题没有能够成为评论的东西。有一次非常奇怪，有个日本人他说要写一篇评论，研究从维熙作品中的花，因为从维熙的作品里经常提到这种花那种花。还要评论王蒙作品里多种多样的梦。这是非常普通的题目，绝不是高深的题目，但在国内似乎没有人屑于做这样的小题目。

**王　干**　也有。但批评界喜欢提问题，还喜欢阐释理论，就是用"我"的理论来阐释作品。分析花、梦这些微观题目，分析艾青诗中的"太阳"意象，都是很有意义的题目，但不少报刊对此有点不以为然，认为这是雕虫小技。

王　蒙　大的没有思想理论的深刻分析与挖掘，缺少"别车杜"[1]那样的思想评论、政治评论、社会评论，小的雕虫小技也没有，关于语言的评论也很少。

王　干　孟悦分析您的《来劲》那篇文章看了没有？

王　蒙　看过。是下了不少功夫的。还有一些很小的题目也为评论家所忽略。比如短篇小说的命名，就是题目。有的人的题目就很有味道，有的人的题目确实是一览无余，戴晴发明了单字题，比如《不》《盼》，这个单字题别人用得很少，这和戴晴的风格又有什么关系呢？

王　干　实际是一种情绪的抽象，"不""盼"，都是一种情绪。

王　蒙　刘心武早期小说的题目就是整个作品的主题思想，《我爱每一片绿叶》《这里有黄金》《爱情的位置》。

王　干　《醒来吧，弟弟》。

王　蒙　和论文的题目是一样的。研究题目非常有意思。

---

1　指19世纪俄国文学批评家别林斯基、车尔尼雪夫斯基和杜勃罗留波夫。

好像很少有人写这种文章，作一些细致的拆解——
将零件拆开研究研究也很有意思。

王　干　您的小说题目也很有意思。

王　蒙　我三个字的题目特别多。

王　干　《春之声》《夜的眼》《夏之波》《深的湖》《心的光》。

王　蒙　三字经。评论家中自觉不自觉地有一种趋同倾向，
一段时期大家不约而同地用一个调子、一套名词。
这一段时期是捧一批思想解放的作品，不论老评论
家，小评论家，大家说的都是这一主调。

王　干　开会用的语码都是一样的，什么"媚俗""终极
关注"。

王　蒙　都是刚刚翻译过来的。有两个东西引起我的反感，
一个是《百年孤独》来了以后掀起了一股"百年孤独
热""百年孤独狂"，那个时候的评论用的词儿都和
《百年孤独》的影响有关系。最近有人写文章，一上
来就说：犹太人有一句话，人一思索，上帝就发笑。
好像评论家直接是从犹太人的著作中看来的，他就

不说从韩少功翻译的《生命中不能承受之轻》引来的。

**王　干**　小说家也是这样的。

**王　蒙**　上次你说的西西弗斯神话也是。

**王　干**　去年这个词出现的频率高极了，有的人的文章里反复出现。

**王　蒙**　这种趋同现象一个时期一套术语，一种调子，无论如何不是非常成熟的评论。

**王　干**　这与"新潮"有关系。我觉得对"新潮"这一概念要反思。因为"新潮"就是热闹一阵子，为什么会出现概念换班，就因为赶新潮要一阵一阵换时髦的装饰品。北京人最近形容人的衣服、发型、打扮时髦叫"特潮"。上次我碰上史铁生，我说有人称你为新潮作家，弄不清是褒你还是贬你。因为北京话里的"潮"已不完全是褒义的，还有些讽刺、揶揄的意味。"新潮"含有赶时髦、学摩登等意思，含有强烈的表演意识。

王　蒙　我认为做生意经可以，比如出新潮文学丛书、新潮小说选、新潮诗选、新潮评论选，是招揽顾客的一种办法。这种"潮"的心态是由于我们停滞得太久了，解放以后几十年，艺术思想、审美小说写法上停滞太久了，因此凡是和原来和"旧制"不一样的都被称为"新潮"。现在中国的评论刊物异常多，也像创作刊物异常多一样，也是好事也是不好的事，会使一些没有经过深思熟虑甚至信口开河的东西抛出来。也许经过一段时间会显得更深沉一些，不是急于抛自己、急于兜售，而是在经营、在探讨、在构建思想艺术大厦。恐怕还要一段时间。

王　干　过了这个浮躁期。

王　蒙　过了就会好一点。

感觉与境界

1989 年 1 月 6 日

北京朝内北小街 46 号

王　蒙　你评莫言的文章里,有两个问题我感兴趣,一是反文化,第二个问题是关于感觉,我同意你文章里的见解,但希望你能有所发挥,谈一谈感觉在文学创作中的作用和局限性。长期以来,我们不太重视艺术感觉,有时候根本就没有给感觉以应有的地位。你说莫言的感觉好,我也是这样看的。我曾经当着莫言的面讲过,尽管说我在年轻人的眼光里年龄也相当大,我从来不感觉自己老了。但我在读了莫言的某些作品,看了他那些细致的感觉后,我觉得我是老了。因为我年轻时同样可以写得那么细,也许比他还细,但现在我已经没有那么细致的感觉了。你提出一个问题,就是不能光凭感觉,前不久我还在《文艺报》上读到一篇文章:《感觉的泛滥》,那不是你写的吧?

王　干　李洁非写的。

王　蒙　我觉得这是很有价值的见解。当代文学中单纯地凭感觉或驾驭不了感觉的情形恐怕是有的吧?

王　干　我觉得"感觉"问题的提出,是与以前的"灵感"问题的讨论有联系的。"文革"时不承认作家创作时的灵感,认为只要有生活,有思想,有技巧,作家就能写出好作品来。"文革"结束后,人们开始讨论灵感的问题。我认为灵感是创作冲动的爆炸点,而感觉则是作家的一种状态。所谓这个作家感觉好,反映了作家对生活、人生、历史、世界和其他事物的敏锐能力。感觉往往与敏锐联系在一起,是一种非理性的直觉方式。感觉是作家对人生经验、情感经验、社会经验、生活经验等各种经验整合起来之后浮动在一般理性层次、经验层次之上的一种情绪、灵气和悟性。如果把整个文学比成河床的话,那么感觉无疑是浮动在整个河床上面最耀眼最灿烂最动人的浪花,但如果没有河水的流动,它就会很快消失或者枯竭。也就是说,如果缺少经验的层次的话,感觉就没有什么价值,甚至不可能存在。人生的各种经验和体验是感觉充分表现自由流动的基础,构成了文学最坚实的河床与有生命力的潮汐。我为什么要说"感觉救不了作家"呢?现在有些作家推崇感觉到了把文学等同于感觉的地步,有些人说我就是感觉好,没什么,对其他的东西不屑一顾。这种尊崇感觉、神化感觉、扩大感觉的背后隐藏着一种天才表现欲,他的真正意义在于说:我没看过什么书,就是感觉好。出现这种感觉迷狂症,一方面是由于我们以前不重视感觉这种直觉性的东西,另一方面也反映了很多人有点想走捷径的味道,用感觉来代替经验和知识的积累。感觉是作家各种情感、经验、体验蒸腾出来的,不是可以任意挥霍的,它不是取之不尽、用之不竭的文学之源。当然,一个作家良好的艺术感觉的形成有好多因素,天赋、遗传、地域文化的影响、读书的经历、学识都是发酵感觉的基本材料。我觉得我们有些作家对感觉已经到了痴迷的程度,以为只要感觉好就能写好作品。做一个好作家无疑要有足够的艺术感觉,但仅仅有感觉肯定成不了大作家。

王　蒙　感觉一词在艺术里用得相当普遍。比如一个跳舞的人,同样接受舞蹈理论的教育和基本功的训练,他的各种姿势完全符合要求,但当我们说他缺少感觉时,他自己并不清楚自己最细致的地方到什么程度最合适。

王　干　也就是分寸感。

王　蒙　这些细致的分寸只能用感觉来表达。在艺术当中,舞蹈可以说是最有科学性的,你可以录下像来分析,甚至可以搞出数据来,比如手指到什么角度,但也不行,只能靠感觉。音乐也是这样。音乐是富有技巧性的,但只有技巧没有对声音的感觉以及对声音最细腻地方的分辨就永远成不了音乐家。过去很长一段时期，"左"的东西比较厉害的时候，完全不懂得感觉，完全排斥感觉，也不敢忠于自己的感觉，也不敢细腻入微地把自己感觉的财富充分地调动起来，使用起来。我说莫言的感觉好，就是看了他的《爆炸》，印象特别深。

**王　干**　我特别喜欢《爆炸》这部小说，它完全是感觉的大爆炸。

**王　蒙**　这个小说里写他父亲打他一个嘴巴，他连着写了几百字。我几年前看的，不知印象对不对。就是这一个嘴巴，整个世界在他的感觉当中写得相当好。类似的例子在作品中多极了。我觉得"感觉"有这样几个层面，一是对生活的感觉，一个作家可以写到风霜雨露，写到春夏秋冬，写到声音、形象、色彩等等，都是对生活、对外部世界的感觉。第二是内省力，就是对人的内心世界、对自我的灵魂深处的最细微变化的感觉。托尔斯泰作品里的感觉简直细致到像工艺品一样。第三，就是对艺术本身的感觉，一个作家在写作的过程中，很多时候是靠自己的感觉，这是事实，有时候似乎是很普通的概念，比如说你的作品不够精练，说简洁是天才的姐妹，但有时候一泻千里、挥洒自如、汪洋恣肆也是可贵的，那么界限在什么地方？只能靠感觉，没法靠字数。比如一个短篇写到万字以上是不是就过多了呢？两千字以下是不是就过少呢？绝对不可以这样说的。甚至在结构上也有一种感觉，有时候你觉得他太单纯，需要有一点闲笔，比如很短的小说要凭空说几句题外的话才能有空间，这些都要有感觉。感觉还是相当重要的，但是我也完全赞同你的意见。我觉得有没有感觉是艺术和非艺术起码的界限，如果没有最普通的艺术感觉，尽管你可以写很好的文章，有它的新闻价值、历史价值、社会效益，还有各方面的价值，但它不是艺术。艺术的高下不单纯是一个感觉的问题。这就回到了我们讲过的"文学是魔方"的说法，文学是整体的东西，是全局的东西。仅仅有了感觉的这一面，缺少另一方面的东西，比如经验、人格，包括哲理思辨，没有充足的人生经验与阅历，只有零零星星各种微妙的感觉，这种感觉就会像迷宫一样，作家就很可能迷失在感觉中。这里我愿意谈谈莫言。你的文章谈到了莫言的好多作品，但这些作品像《红蝗》我都没有看。莫言有非常出色的感觉，也有相当可观的艺术勇气，但他毕竟还没有成熟到把这一切感觉、勇气以及中国人常说的才、学、识和经验、经历并驾齐驱融会贯通的程度,所以就产生了一种倾斜。他在感觉上非常满足,但那些谈创作的文章就非常孩子气,实在不像一个大作家,他还不能够将这些东西融会贯通。又加上我们国家处在这样一种状况,刊物非常多,文学作品发表得异常容易,一个人有了名气之后,刊物纷纷要他的稿,他完全可能使自己包括感觉在内处于超负荷的支付状态,求大于供,就会造成"通货膨胀"、感觉膨胀,而其他方面跟不上来。我对莫言早有这种感觉,但这也不足为虑,他毕竟比较年轻,在他创作过程中有一些曲折非常自然。也许过一段他充分喷涌之后,就会感到枯涩,甚至感到恐慌。这样一种枯涩、恐慌完全可以成为他跨上新的阶梯的契机。

王　干　感觉有神秘主义色彩,是非理性的东西,全靠一种莫名其妙的情绪在支配。用中国在古代文论的概念,它是一种"气","文以气为主"。其实,不但搞文学的人要有感觉,工艺也需要感觉,特别是搞手工制作的,比如画画的。气功师发气也不是每时每刻都能发的,每发一次功,他们要休息一段时间才能再次发功。培养感觉便是"养气",我曾提到莫言现在需要"养气"。养气才能感觉得充沛和灵敏。(笑)

王　蒙　"养气说"也很有意思。

王　干　莫言现在就是气虚。

王　蒙　消耗太大。

王　干　"感觉"毕竟有很多先天成分，比如足球运动员的感
　　　　觉，用我们球迷的话说，叫"球感"很好。但球感建
　　　　立在什么基础上呢？首先必须会踢足球才能有球
　　　　感。假如你根本不会踢足球，或者技术很粗糙，或
　　　　其他人与你不配合，那么即使你的球感再好也没有
　　　　用。不过您《球星奇遇记》里的球星是个例外。文
　　　　学创作亦复如此，你的感觉再好，还需要其他的
　　　　"力"使你的感觉发挥出来，使你的感觉综合起来，
　　　　滋生出一种超乎感觉之上的东西。一个小孩的感
　　　　觉特别好，但一个小孩却创造不出艺术作品。感觉
　　　　甚至是一种儿童性的东西。

王　蒙　对。儿童的东西，本能的东西。

王　干　现在过分推崇感觉，与当前文坛的非理性思潮有
　　　　关。某种程度上是一种反理性倾向。反理性是文
　　　　学发展的必然。但把感觉的功能推到极致，用感觉

完全取代理性是不可取的。

王　蒙　如果只剩感觉,就不行了。文学的构成方面太多了,像上次我们说的"摸象",文学不是象的一部分,而是一个整体的"象"。感觉即使非常重要,比如说起着象鼻子的作用,但永远不是象的整体。虽然鼻子是象的主要特征,但光有鼻子还不是象。

王　干　感觉完全是一种天赋。

王　蒙　是一种天赋,你说是小孩的东西是很对的。人什么时候的感觉最好呢?就是他去掉一切杂念的时候,他能恢复到最返璞归真、最年轻、对周围的事物最敏感的儿童态,感觉里最可贵的是新鲜感、分寸感,这是很难传授给别人的。

王　干　不可言传。比如足球运动员在比赛当中突然就起脚射门,而且也就进了,他就完全由一种感觉在支配,只觉得可以而且必须射门了。有时守门员莫名其妙地将非常悬的球给挡住了、扑住了,完全是一种无意识。

王　蒙　有时候甚至是一种本能。

王　干　但是一个人即使素质再好，不经过训练，不经过比赛，还是成不了球星。

王　蒙　作家是天生的，又不是天生的，他需要训练。如果没有学问，没有条件，没有时间，没有训练，没有巨大的劳动，没有人格，仅仅有感觉，是不行的。不过，我刚才说到的新鲜感也很有意思。作家最令人羡慕的地方，也恰恰在于他的新鲜感。比如大海，人类与它共存了不知多少悠悠岁月，写大海的诗呀文呀词呀不知有多少，但一个好的作家看到大海仍然有非常新鲜的感觉，以至于写出来的东西让人感觉是第一次见到海、第一次认识海、第一次感觉海、第一次接触海，这种新鲜感非常值得羡慕。现在文艺评论喜欢用"陌生化"这个词，其实，依我的理解，与其说是陌生化不如说是"新鲜化"，完全的陌生与完全的烂熟都会倒审美的胃口，都是影响美的接受的。至于分寸感，那就更普遍了。可以说一切专家都有这种分寸感，甚至政治家。一个大政治家的决策当然有他的理论的根据、科学的根据、投票的根据、民意测验的根据，但只讲这些根据也可以找出相反的例子来，有的就力排众议。大政治家往往力排众议，比如一百个人中有九十人不赞成，但他还要坚持，而事实恰恰证明他是正确的，这才显出他的伟大来。

王　干　这是一种直觉。

王　蒙　这是一种直觉。为什么他有的时候力排众议,有的
　　　　时候立刻作出调整作出转变? 这里面也有感觉。

王　干　牛顿发现万有引力定律,也是看到苹果落地一下感
　　　　觉来了。但这种感觉与他在物理学上的造诣是分
　　　　不开的。作家的感觉也需要一种积累的基础,包括
　　　　多种多样的积累,知识的非知识的,文化的非文化
　　　　的,经验的非经验的,这样萌生出来的可能是新鲜
　　　　的、别人所没有的感觉。

王　蒙　对一个大作家来说,智慧和人格起码和感觉同样重
　　　　要。一个有感觉而缺少智慧又缺少人格的人也可
　　　　以成为一个作家,甚至可以成为非常出色的作家,
　　　　但他仍是一个有相当欠缺的作家。

王　干　不是一个伟大的作家。

王　蒙　一个伟大的作家往往需要人格、智慧、感觉,如果再
　　　　加上一个条件,那就是经验,他的遭际。智慧当然

包括他的学识，智慧不光是天生，也包括后天的学习。

我还是从你评莫言的文章谈起。下面我想谈上次已经提到但没有展开讨论的问题，就是你说《猫事荟萃》应该算是杂文的问题。对此，我也不表示反对或赞成，因为我没看《猫事荟萃》。但这里面有一个问题，所谓体裁上的划分究竟有什么严格的标准？有的小说又像杂文又像小说，可以不可以？有的小说又像寓言又像小说，至于既像散文又像小说的小说就更多。

**王　干**　那倒很多。

**王　蒙**　甚至有的小说非常像诗。我看过一个英国女作家的文章，我特别喜欢她的话，她说把短篇小说和长篇小说归在一类是绝对错误的，短篇小说应该和诗一类，长篇小说则是单独的一类。她对体裁的论说，虽不是经典，但仔细琢磨也有道理。

**王　干**　她是从另一个角度讲。

**王　蒙**　是从它的精练、集中、容量、信息量和放射弥漫的气氛、氛围等方面来说的。

王　干　是从艺术审美的特点进行考察的。

王　蒙　如果《猫事荟萃》是一篇读起来很精彩的杂文的话，我觉得你就不必批评它不是小说。我觉得这样批评并不重要，对读者来说，除了特别有偏见的读者只看小说不看别的，对一般的读者来说，他要求得到的并不是对某种文学体裁严格的符合规范和定义的范文，他要求的还是一种审美的享受，也包括信息和知识的获得，所谓某种教益。即使没有教育意义，但看了很有趣，看得很活泼，也是可以的。我只是从理论上说，要不要对小说在理论上进行界定？我觉得这个问题本身的提出就有弱点，如果这种界定去掉以后就什么都可以算小说，那也麻烦。

王　干　当然，你说像杂文也可以。但是，小说要不要有个大致的规范呢？我认为需要。小说要有小说的思维方式，当然，如果一个作家因为他的一篇小说或一批小说改变了小说的规范，那我们就得承认他所建立的新规范，承认他是一个伟大的作家，问题是莫言的这篇作品本来就是一篇散文，是完全按照现行的散文思维方式写的，就不能被承认。当然，小说里面有杂文的因素、散文的因素、诗的因素，那当然很好，但如果把小说完全写成杂文，那就肯定不是好小说，只能是好杂文。我主要认为《猫事荟萃》的感觉变形了，它已经不是在叙述世界，而是在用理性的思维宣谕世界、解构世界。我觉得它尽管写得精彩、俏皮、幽默，但作为杂文发表更好。

王　蒙　你认为散文式的小说呢？

王　干　我觉得散文式的小说比杂文式的好些。

王　蒙　觉得散文跟小说亲近些。

王　干　现在的小说概念也很复杂。我原来比较喜欢诗化的小说，写文章鼓吹过。但我现在觉得诗化小说显然不是文学的最高境界，散文化小说也不是文学的最高境界。有一段时间我曾认为诗化小说是小说的极致，但我现在认为它只是小说的一种样式。只写这种小说不能说是最伟大的，一个大作家的小说要有诗、散文、杂文、音乐、绘画甚至相声、流行歌曲、摇滚音乐、迪斯科、霹雳舞乃至足球、体操、冲浪、滑雪等因素，要有超常的信息量和阅读量。我总觉得诗化小说、散文化小说的信息量不够大，还比较单薄，尽管从中可以看到心灵的颤动、灵魂的闪光、人性美的呈现，或者有一种愤怒、惆怅、感伤、欢乐，但格局仍嫌小，至少说明这个作家的胸怀还不十分宽阔。我希望文学作品能够达到一种混沌的境界，这是很高的层次，那里面的内涵一下子难以说清楚。而诗化、散文化的小说往往容易被把握，你能找出它的惆怅何在、愤怒何在、哀伤何在。我认为一般作家都可以达到这一境界，而混沌的境界只有少数人才能达到。

王　蒙　你说的是一种更立体的小说，不是单纯地讲感觉、讲诗意、讲情节乃至单纯地讲幽默，甚至不是单纯地讲人物性格。但你所说的好小说仍然让人有点把握不住。

王　干　散文化、诗化、杂文化的小说也有好小说，我也喜欢读，但不是最好的小说。

王　蒙　最好的小说往往不止一个层面。

王　干　有各种各样的层面，各种各样的色彩，甚至有各种各样的风格，是一种综合体。

王　蒙　这也很难比，比如《阿Q正传》的认识意义、讽刺、幽默都达到了很高的境界。但反过来要求阿Q有诗意，你就觉得它不如《在酒楼上》《伤逝》，特别是《伤逝》这种用散文诗体写的小说，很难那么要求。

王　干　我觉得鲁迅最大的遗憾是没能写出一种综合性的作品，没有把他分布在各篇小说中的各种风格因素、语言特点、审美因素全部综合起来形成一个高信息量的大型集成电路。

王　蒙　这也太难了，整体上看也行。

王　干　但仍有种不满足感。我觉得鲁迅思想的深刻、敏锐超过了同时代的人，甚至我们今天仍然要到他那里去取"火种"。但是鲁迅达到的文学的境界好像还不能完全与公认的世界文学大师、文学巨匠相比，他缺少一种超时空的艺术组合力量。我这话可能不太恭敬。鲁迅身上有被神化的成分。

王　蒙　鲁迅的意义不是纯文学的，鲁迅作为一个启蒙主义思想家、革命家的伟大甚至超过文学家。当然从文学角度看，可以有另外的探讨。你刚才说诗化小说、散文化小说，我想到了另外一个问题，有些风格特别特殊、特别鲜明的作家并不是最伟大的作家，他的语言、文体特殊极了，一下子给人深刻的印象，让你永远忘不了。作为风格作家，屠格涅夫比托尔斯泰、果戈理还要鲜明，但从整体上看就不能说屠格涅夫超过了后者。

王　干　法国有一个作家梅里美，感觉、风格、语体简直太棒了。

王　蒙　太棒了。

王　干　但整体上的感觉还是不如巴尔扎克、雨果。

王　蒙　没有那种磅礴、浑厚。熔万象于一炉只有大师才能做到。

王　干　梅里美是一个很有风格、很有个性的作家，他的作品能够流传下去，但总觉得他不是大作家。

王　蒙　诗歌也是这样。中国古代诗人当中，作为风格作家，李商隐、李贺都是无与伦比的，没有人能够与他们相比。

王　干　词人里的吴梦窗。

**王　蒙**　温庭筠也是。但更高的境界又超出这个境界。所以这涉及文学价值，一种是把塑造人物当作最高任务，还有一种说法就是把形成自己的风格规定为作家的最高任务，对这两种说法我都既赞成也有一定的保留。

# 文学与宗教

北京朝内北小街 46 号

王　干　从泛宗教的角度来看，每个民族都有自己的信仰，尽管说中国人没有宗教感、宗教意识，但如果宗教作为一种精神理想和精神幻象，或叫终极关注，是有的。

王　蒙　这是当下时髦的说法，也译为终极眷注。

王　干　中国人缺少的是西方那种程式化、逻辑化宗教，中国人关于天堂地狱的理解是一种生命意识的宗教，中国文化的道德伦理感特别强。中国的道教比西方的宗教芜杂得多，里面的炼金术、养生术好像有自然科学的成分，还有气功。

王　蒙　佛教也有气功、打坐、瑜伽。

王　干　道教里还有哲学。中国的道教实用性强，而西方的宗教完全是精神性的，从这个意义上来看道教，也可以说它不是宗教。从泛宗教的角度来看，文学就是一种宗教，就是一种对语言文字的崇拜。文学是心灵的框架，是情感的载体。人的惆怅、欢乐、追求、苦恼、对生与死的执着，都需要一种形式来承载它，而文学则是最好的选择之一。一个人在生活中有好多不满足，好多失落的东西要寻找，要对一些东西进行抗拒，有时还要追求一种比生活更美好，更灿烂的人生，于是借助文学来表现他心灵的幻象，在这种意义上，文学也是一种宗教。为什么我国的话本小说、戏曲有那么多大团圆的结局？就是因为生活里太缺少喜剧性的圆满、欢乐性结局，人就把理想性、幻想性的东西通过戏剧、小说来体现。文学主要满足人的心灵的渴望。中国真正描写宗教的小说很少，您的《十字架上》好像是第一次涉及这个题材。

王　蒙　香港有一个编宗教杂志的撰稿人给我写信，说他非常喜欢这个小说，已经把它翻译成英文准备发表，和南京的主教也联系过，这个主教也喜爱这部小说。我一开始写这个小说的时候还怕引起宗教界的误解，以为我在这个小说中对宗教乱讽刺，实际小说本身没有对基督教进行什么批评，也没有对基督教进行赞扬，它根本不是这个内容。

王　干　只是借它的框架。

王　蒙　让我惊讶的是他居然感到满意。在这一点上，我感到基督教比较宽容。历史上以耶稣为题材的文学作品很多，有电影、音乐剧、歌剧，美国有个音乐剧叫《超级巨星》，写耶稣诞生时的情景，人们敢于用文艺作品来表达自己对耶稣、圣父、犹大故事的各种各样的理解和借题发挥。

王　干　南京好像也有人说您亵渎了基督教。

王　蒙　我也听人说过，但我没有收到信。我收到的恰恰是宗教界本身的赞扬。

王　干　奇怪的是西方好多小说都是批判宗教的阴暗、虚伪的，如《巴黎圣母院》。

王　蒙　多着呢，那一年得奥斯卡奖的意大利的一部特别沉闷特别可怕的电影，名字记不清了，比《巴黎圣母院》还要可怕，写精神的禁锢对人性的扼杀。

王　干　我们最近的文学创作和批评开始出现宗教热情，有人认为中国文学缺少的就是宗教精神和宗教感。如果把文学的宗教感理解为狭义的宗教的话，那就非常肤浅。其实在雨果的浪漫主义情绪里就有一种宗教情绪。

王　蒙　《悲惨世界》里的冉·阿让一下子改邪归正，就是因为一个好神父对他的教育，使冉·阿让一下子有了真正献身于基督的精神。

**王　干**　李洁非也是我的朋友。他那篇文章的内容实际还是参照了西方文化发展过程。他认为尼采说上帝死了，是因为宗教对人的压抑太沉重，长此以往压得人活不下去了，所以尼采高叫一声。中国人现在也讲上帝死了，但与此不一样。他觉得中国作家要有终极信仰，要有宗教感，才能产生好的文学、好的文学精神。李劼最近也在谈文学的宗教感，中国文学缺少宗教。史铁生最早谈到这个问题。我与李洁非交谈时说过，中国本来就没有严格规范的宗教，中国的古典文学没有宗教感，也没有哥特式的尖顶，能说中国古典文学不好吗？比如屈原，他就没有宗教，不也很伟大吗？如果宗教感是尖顶文学，是塔的话，那么还有好多的东西在支撑尖顶，也不是每个作家每部作品都要表现宗教情绪。我觉得用宗教还不如叫精神理想更好一些，因为现在宗教这个词相当模糊。文学上的宗教热与社会上的宗教热也有关系。

**王　蒙**　我觉得现在对宗教问题难以进行较深入的讨论，解放以后这几十年，宗教学、神学研究很不发达，每个人心目中的宗教指的并不是同一个东西。比如具体的宗教，三大宗教、四大宗教，这是具体的宗教。

还有指宗教所体现出来的具体的人、组织和活动，比如西藏的喇嘛是宗教界人士，北京西什库的天主教堂也是具体的宗教，道士画符捉妖，和尚化缘做法场，也是宗教。《文化神学》这本书非常时髦，和1985年的《百年孤独》，1987年、1988年的《生命中不能承受之轻》一样时髦。我个人可以讲点小的经验。解放以后我们学习唯物主义、马列主义，带有强烈的无神论倾向和一种对宗教的相当严峻的批判，我的小说《青春万岁》就把我参加打击一贯道，揭露帝国主义利用天主教来残害我们的同胞，把这些写进去了。这在历史上都有过。鸦片和天主教几乎同时推到中国来。教会是世俗的东西，而宗教是超俗的东西，这是一对矛盾。和尚也一样，和尚也有花和尚，也有当间谍的和尚，也有国民党特务，也有非常好的和尚，还有少林寺的武和尚。《青春万岁》里可以说有相当浓厚的反宗教情绪，但是1982年，我到纽约圣约翰大学参加当代文学讨论会，有一位学者找我聊，说他最有兴趣的是研究我的作品里的宗教色彩。我一听就特别惊讶，我的作品出了宗教色彩，那太可笑了。他说我的《杂色》里写一个人在那样一种精神不振百无聊赖毫无希望自轻自贱的情况下，喝了一点哈萨克人的马奶酒，唱了几个歌，在长途跋涉经风雨的情况下，忽然感到世界已经完全不一样,感觉到那匹可怜的马化作一条神龙,接着许多描写,鲸鱼在蓝色海浪里穿行,众星辰在身边退去,老马变成神骏,他说这无非是一种宗教显灵的描写。他说我的类似显灵描写很多,他正在做这个题目。当时听了我也没往深处想,只是觉得西方用词古怪,他怎么把一种理想、信念都当作宗教呢?所以对宗教的解释也有一种泛解释。我虽然没有研究宗教神学,觉得起码有这样几种意思,比如宗教有永恒性,艺术追求永恒的境界、表达对永恒的向往,这也是艺术特色。陈子昂的诗,"前不见古人,后不见来者。念天地之悠悠,独怆然而涕下。"这是一种对永恒的期望,既向往又不可能达到,这就是终极关注。如果这么理解,"天地之悠悠"就是他的宗教,也就是他的永恒。我不知道别人走向写作道路是怎么样的,反正我走上写作道路的各种情绪因素之一,就是痛感生活的转瞬即逝,我总觉得生活当中要留下一点东西,留下一点痕迹,因为许多岁月过去了。我开始写作的时候才十几岁,但我想许多日子过去后,等我四十岁、五十岁、六十岁翻过来看看,我还能回到青年少年的时代。所以我为《青春万岁》写的序诗第一行就是:"所有的日子,所有的日子都来吧。"人们对艺术的追求包含着一种对永恒的向往。最近我写一篇文章,非常讨厌"过时"

这个说法，我说真正的文学就有永恒性。我举一个例子"昨夜星辰昨夜风"。时间给你规定了，就是"昨夜"，你唐朝读是昨夜，你1989年读的时候还是昨夜，给你的体验就是"昨夜星辰昨夜风"。

王　干　永远是昨夜。

王　蒙　你读的时候不会想昨夜是什么时间。假如算算李商隐说的昨夜，已经离现在一千几百年几月几天，那就不是读诗。比如林黛玉的年龄永远是十三四岁，十五六岁，林黛玉的年龄绝不是八十八岁，你绝不会想象林黛玉二百八十岁，或者五百四十岁。

王　干　这就是情感因素在起作用。我上小学的时候，觉得一位女教师特别年轻、特别美丽，对我比较好，现在已想象不出老师什么模样，但觉得那位女教师永远年轻、永远漂亮，连名字也记不清了。人的情感里存在一种永恒性。

王　蒙　再比如献身的东西，可能在基督教中最明显，基督最后为人类而钉在十字架上。

王　干　佛教也有，普渡众生。所有的宗教都教人行善。

王　蒙　这说法中国也有,如文天祥的"人生自古谁无死,留取丹心照汗青",还有"朝闻道,夕死可矣",可以把"道"和"死"联系在一起。如果这样泛论下去,描写共产党人的作品的献身精神最厉害最厉害就是《国际歌》,那种唱着《国际歌》走向刑场的场面,不但在小说里有,生活里也确实有。

王　干　比如《刑场上的婚礼》。

王　蒙　那就到了至高无上的程度。

王　干　真是一种终极。

王　蒙　但我觉得如果说这是宗教,它和我们一般所说的宗教仍有很大的不同。所有的宗教至少有两个致命的弱点——比如讲到永恒性,讲到献身精神,用你的语言就是塔尖精神——我们可以把宗教和艺术联系在一起来说:在艺术与宗教对立方面,宗教的反世俗性和禁欲主义,对世俗生活是贬低的,世俗生活的一切悲欢离合特别是人的欲望,都被宗教贬为无意义或被排斥,而艺术恰恰充满了世俗性。文学有塔尖,同时也有塔基,有世俗精神,我们不可以设想整个文学里没有一点永恒的献身的终极的东西,但也不能设想整个文学里没有卿卿我我，没有成败利钝，没有生老病死，没有各种具体的阴谋、斗争、挫折、奋斗、享受。文学里提倡禁欲主义的也很多，但文学总的来说是表现人的各种欲望，而不是对所有的欲望抱谴责的态度。

王　干　弗洛伊德主义与文学联盟那么紧，就是反禁欲的表示。弗洛伊德强调力比多对文学的作用。好像浪漫主义文学更富于宗教性，因为浪漫主义要寻找人的精神理想，而现实主义的世俗性很强，要求现实主义作家也在作品中表现这种对理想的宗教性的虔诚是不实际的。而现代主义作家更多是对宗教的绝望，带有调侃的成分。

王　蒙　这是一种嘲讽，因为原来那些至高、至善、至真、至极事实上就不存在。看文学，哪怕是用泛宗教的观点，也绝不可能用宗教的精神来解释一切文学现象。如果解释屈原还能勉强讲，因为屈原有一种忠君爱国精神，这也是一种宗教情绪。有许多东西是不能解释通的。

王　干　当代作家中张承志的宗教感极强。

王　蒙　这是你说的宗教感，不是神学的宗教感。

王　干　真正神学的宗教感那很难说。当然文学与宗教联系还是相当密切的，像但丁的《神曲》。

王　蒙　所以，把有没有宗教感——哪怕是从最广泛的最唯物的意义上——作为解释判断文学价值的一个主要标准，这和其他的、我们在第一次谈话中分析的现象是一样的简单，都是用价值标准的单一化来衡量文学作品。这和过去所说的文艺能不能体现时代精神有什么两样呢？你可以说时代精神就是我的宗教。

王　干　最近人们开始强调作家作品的宗教性、宗教感，表明人们希望作家在小说里能注入更多的人生内容、精神内容，能注入更多的情感性内容，这就比强调观念、强调技巧更有意义。这里所说的宗教，据我理解就是要注入自己的情感、精神，是对人格完善的要求，这比片面讲观念、讲形式、讲技巧更有意义。

王　蒙　对。

王　干　如果换一种说法也许会少些误会，用我的说法就应该叫作家有自己的精神建构。用宗教容易引起歧义。我觉得中国作家需要强化精神建构意识，要有终极眷注。

王　蒙　我说过文学上最容易[产生]悖论，你可以没有任何思想，就听别人说，然后想办法反驳他，他的每一句话都可以反驳。如果说宗教情绪构成作品的特征的话，那我立刻说反宗教是一切文学作品或相当多的文学作品的价值所在。在文学作品里对宗教的虚伪性批判，对造物主的埋怨、责备、反抗，是很多的。中外作家恰恰在文学里表达了对当时在社会上占正统地位那种宗教压制的反抗，反宗教情绪、怀疑宗教情绪、无神的情绪非常厉害。另外，和宗教情绪不一样的是酒神精神。前一段"酒神"也很热闹。还有游戏精神。

王　干　游戏是最反抗宗教情绪的。现在强调的是对前一段的玩观念、玩技巧所进行的调整。

王　蒙　李洁非批评中国人学老庄学得热起来了，把一切都看成游戏，一切都飘飘然，一切都此也一是非，彼也一是非，一切无是非，连一点正宗的东西也没有，这是对的。但李洁非的文章一下子铺到他自己没有完全弄清楚的程度。

王　干　　他是强调一种形而上的东西。

王　蒙　　把一切形而上的东西都看成宗教，是非常狭窄的，
　　　　　哲学可以是形而上的，数学也是形而上的。我曾经
　　　　　作过一个比喻，作为精神现象，宗教、艺术、哲学是
　　　　　有某些接近，但又有很大的区别。人生好比粮食，
　　　　　哲学、宗教、艺术都是粮食发酵的产物，粮食发酵以
　　　　　后分子式是非常接近的，有的成为酒，有的成为醋，
　　　　　有的甚至成为泔水。从分子式来看，泔水、醋、酒非
　　　　　常接近，但又有相当明显的区别。

王　干　　宗教说到底还是一种精神胜利。

王　蒙　　有时候非常矛盾。别人的作品还没有像托尔斯泰
　　　　　那样刻薄地揭露教会，但在《复活》里他一面揭露教
　　　　　会，一面又引用《圣经》的一些话，所以列宁说托尔
　　　　　斯泰是基督狂。

王　干　　牛顿是很伟大的物理学家，他设法解释宇宙的第一
　　　　　推力，说是上帝的手。

王　蒙　　宗教里还有忏悔意识。特别是基督教。刘再复在
　　　　　新时期文学讨论会上提出忏悔意识。忏悔也是文

学当中的永恒母题。《红楼梦》从忏悔的角度来解释，也是完全可以的。鲁迅的某些作品也有忏悔意识，最强的是《风筝》。

王　干　是写对弟弟的一种内疚。

王　蒙　事情很小，但写得非常沉重。

王　干　《一件小事》也是忏悔，它甚至带着知识分子的原罪感。

王　蒙　但不如《风筝》更强烈、更有情感。这一类的作品太多。包括我的作品里，也有。

王　干　张贤亮的小说也有忏悔的倾向。

王　蒙　至少有这个因素，但不是绝对。

王　干　张贤亮的忏悔里有一种炫耀。

王　蒙　忏悔也有炫耀成分。忏悔意识再解释一步就是拯救灵魂。我公开在文章里讲过，唯物主义也要拯救灵魂。有时候在文学上搞悖论，几乎成为搞文学的

"捷径"——这是用的林彪的语言。一个对文学没有很多研究没有下过很深功夫的人,只要有一种逆向思维的热情和技巧,就可以在每一篇文章里针对他人的每一个论点提出相反的观点,总能占一部分理。

**王　干**　这就叫深刻的片面。

**王　蒙**　前一段讲,现代意识就是上帝死了,就是信仰主义破产,不但是信仰主义也是理想主义的破产,甚至是人文主义的破产,是真善美的破产,讲一种冷静的怀疑精神、批判精神、否定精神。我们的社会、我们的文化、我们的文学在近几年表现出来的否定精神是很突出的。比如 20 世纪 50 年代的作品里有一种盲目乐观的调子,在文学批评里也有这样一种绝对论、必然论、命定论,似乎一切都是铁的逻辑、斯大林式的逻辑。因为斯大林的文章有一种不容分说的从一个结论推出另一个结论的强硬逻辑。我记得最初看《辩证唯物主义和历史唯物主义》时还是解放前,还是一个小孩,我真是佩服极了。"由此可见什么什么",对一切都是肯定判断,都是不容置疑的,而且善恶、真假、黑白分明得很。这几年时兴否定,在否定的情绪下,也容易形成一种轻浮,形成一种玩世不恭,这种玩世不恭可以是中国老庄式的再加外国嬉皮士式的再加上中国自古有之的游民意识。

**王　干**　痞子。

**王　蒙**　毛主席早在《湖南农民运动考察报告》里就讲,中国很多事一开始都以"痞子运动"的方式出现。"流氓无产阶级"这样一种情绪在我们的创作、评论里都有。

**王　干**　*流氓意识成为社会公害。*

**王　蒙**　流氓意识不仅在文学里有,还存在于人与人之间,比如用耍无赖的方法搞政治、做生意。在这种情况下又产生悖反心理,又要求真诚,甚至要求狂热,要求有信仰,要求有信仰主义。现在忽然有几篇文章大谈宗教,这本身是悖反心理,又是对悖反心理的悖反。第一个悖反是因为一度宗教被简单否定,第二个悖反是这几年的嬉皮士意识、老庄意识以至流氓意识越来越泛滥。但整个来说,在文学上一下子捕捉到什么观念什么提法,往往最后都解决不了问题,留不下什么。我们可以设想一下,在 1977 年至 1979 年的时候,强调的就是讲真话,写真实。讲真话是有意义的,特别是当这个社会形成各种有意或无意地说谎的条件的时候,讲真话是有意义的,如果把讲真话当成文学的不二法门,也很不够。后来有一段时期把现代意识讲得非常凶,1985年的时候寻根一度也很厉害,讲寻根一直讲到批评五四运动的程度,说中国文化产生了两次断裂,一次是"五四",一次是"文革",把"五四"与"文革"放在一起说。所有的这样的想法、说法、提法都有一定的意义,也都反映了思想的活跃,但没有一个是文学的关键,用毛主席的说法叫主要矛盾。我很怀疑文学有没有主要矛盾,现在开一个药方想解决文学的所有问题是不可能的,片面强调宗教与寻根、改革的说法一样,都是一种把文学现象、文学生活简单化、一厢情愿的意见。看到这种种念头表现出来,也很有意思,这些观点的表达都带有急躁的情绪。那时候看寻根的文章也是相当急躁,我最近看了一些讲宗教观念的文章,也显得迫不及待,但文学的问题是很难用一种迫不及待的呼吁或棒喝解决的。

王蒙小说的悖反现象

1989 年 1 月 11 日

北京朝内北小街 46 号

王　干　您在 1988 年共发了五篇小说,《一嚏千娇》《球星奇遇记》是中篇,《夏之波》《组接》是短篇,《十字架上》发表时注明的是短篇,但更像中篇。

王　蒙　从字数上说不够"中"。

王　干　一个短篇里有如此大的容量很难得。现在衡量中短篇往往是以字数为标准的。3 万字以下叫短篇,以上叫中篇,10 万字以上叫长篇。

王　蒙　外国好像只有长篇和短篇。

王　干　巴尔扎克的《高老头》《欧也妮·葛朗台》更像我们说的中篇小说,但都是长篇小说。

王　蒙　这没关系,爱叫什么叫什么。

王　干　我觉得这五篇小说表现出四个悖反。第一个悖反是纪实性和超现实性的悖反。您的小说里纪实性很强,在《十字架上》里,有真实的作为现实生活中的"我",访问各国参观教堂的"我",这在您的生活中能够找出印证。但"我是耶稣"的"我",那个上十字架上的"我",显然是一种超现实的我,这就组成了非常有趣的现象。在《一嚏千娇》里，老喷和老坎的故事显然是虚构的，但在他的故事中间所隔离的那些文字，议论到张辛欣、刘心武、张贤亮，完全是纪实性的内容。《球星奇遇记》的故事完全是超现实，但里面又有好多纪实性的细节，完全是现实生活中刚刚发生的事情，现实与超现实的内容交叉渗透就非常有意思。一般说来，写实性小说与幻象性小说是两股不同的小说流向，而您把两种相反的小说作法糅到一起来写，也可以说是一种实验吧。

王　蒙　也许可以用另一种方式表达，叫入世的和出世的。我的很多作品表明我是一个入世的人，我从小不管参加革命也好，参加劳动也好，是入世的，而且在一些作品里对那种非常清高的说法还提出过怀疑。在多年以前的《深的湖》里，我就曾经提出对契诃夫对牡蛎非常反感的质疑，后来在《一嚏千娇》里又提过。遇罗锦有一篇小说，说是她去欣赏红叶，但她的爱人买鱼去了，证明她爱人的庸俗。对遇罗锦的私生活我不想讨论，我想讨论的是，又想看红叶又想吃鱼怎么办？最理想的不是赏红叶而不吃鱼，也不是吃鱼不赏红叶，而是吃完鱼后又赏红叶。

王　干　或者赏完红叶以后再吃鱼。

王　蒙　说明入世和出世都是人性，都是人生需要，把世俗的东西那么贬低，那么高高在上视世俗如粪坑，够伟大得没边了。也许我这两年不那么年轻了，对新的事物反应慢了些，过去更快，比如《风筝飘带》里描写广告牌是什么样的，冰棍是什么牌的，绝对是最新的式样，街头新闻，口头新闻，吃喝拉撒全有。我曾经和张承志讨论，说他的作品缺少可触摸性，里面充满了理想、青春、信仰、愤怒，这都是合理的，但也应该是可以触摸的。王安忆的小说就比较有可触摸性，但王安忆的小说又缺乏理想与热情的光照，缺少张承志的那种震撼力。她写的人物叫作"庸常之辈"嘛！反过来，我出世的要求又相当强，甚至我最忙的时候，骑自行车走的时候都想把车停下来然后看看大街想想自己扮演什么角色，有一种一下子把自己从生活中抽出来反观的愿望。

王　干　反观。

王　蒙　反观人生，反观自我，出世，实在是一种精神享受，如果没有这种精神的享受，如果不能摆脱俗务，不能摆脱世俗，如果不能想一些神秘莫测的、遥远的、不可捉摸的东西，就受不了。小时候我特别喜欢白居易的诗，白居易写了那么多反映民间疾苦的诗，但也写了"花非花，雾非雾"，到现在没有人能解释清楚到底写什么，是灵感？爱情？它的力量都无与伦比。一个作家，一个诗人如果不能感悟"花非花，雾非雾，夜半来，天明去"的妙处，就没有起码的灵气，起码的文字细胞，这可能是我个人的偏激看法。

王　干　第二重悖反是信息的集聚与主题的消解，您的小说里信息量特别繁多厚重，有时一篇小说集结了古今中外的大量信息，有政治的、经济的、科学的、外交的、民族的、商业的、体育的、艺术的，比如关于汽车的牌子您能说出一大堆。

王　蒙　（笑）

王　干　生活里的新潮服装、新潮音乐、新潮舞蹈您小说里都会出现，北京的新土话您也能用上一串，国外的各种信息也充斥在您的小说中，"文革"的语言词汇也能融进小说里，有时还夹杂一些英语、广东话。所反映的生活的面特别宽，既谈到解放前的地下党斗争生活，也有新中国成立初的情景，也有"文革"的故事，还有今天的五光十色纷纭复杂的改革场面。《夏之波》既有国内的改革场景，也有国外生活的描写，您把这些反差极大的信息聚集起来组成一个大拼盘，但信息膨胀的结果，使您小说的主题消解。您1988年的小说里已难找出一个完整明确的主题，您的主题呈放射状态。当时《春之声》就呈现出这种倾向，使人们抓不住把柄来对它进行主题分析，以前组织小说的思想没有了。《一嚏千娇》实际是按照解构主义的方法来结构的。不知道您有没有接触过这方面的理论。浮现在您小说上面的是大量的信息，隐藏在您小说深层的却是对意义的反动。您已经不再找一种确定性的主题，对生活也不采取一种确定性的判断，而是用一种多向度的互相矛盾互相冲突的方式来组织小说。我认为主题的丧失是小说的一种进步。以前的小说往往是主题思想决定人物性格，人物性格又决定故事情节，一句话便可以概括几十万字的小说。因为故事是为了塑造人物，而人物又是主题的化身。

王　蒙　这也很难讲。我认为作品必然会有意义，但有互相冲突、互相抵消的一面。如在《一嚏千娇》里，我自己就说，一般地说老坎是"左"的路线的受害者，而老喷是"左"的路线的执行者，老坎是弱者，是被损害被侮辱的弱者。但在我的小说里，两方面的意义、三方面的意义都存在。我想起《一嚏千娇》里有一个细节，就是老喷到海滨疗养院养尊处优地过了一段以后,回来讲话就说从"三大革命"第一线回来,实际是走到哪儿都有宴请,吃得嘴上全是油。我很快插上一句:那些批判不正之风的人也是吃得满嘴的油。这两方面的情况同时存在。莫言在最近一个座谈会上说得更露骨:谁也甭说谁,你看到一个人㧅着一个妞乱搞男女关系,你不要义愤填膺;无非你没有机会,如果你有本事也㧅上一个。你看人家大吃大喝也不必义愤填膺,你小子如果有这种机会吃喝也不见得比别人少。原话可能不是这么说的。这话既像是悲观,又像是嘲笑,又像是天下老鸦一般黑,又像性恶论,又好像绝望,又好像是调侃。莫言的这种说法也不见得就准确,但起码比把人生严格划成黑和白两部分可能实际一点。也有不止一个人说我是折中主义者、相对主义者。我不知道你怎么看?

王　干　您这种哲学实际是消解哲学,取消世界上确定性的意义,不承认有真正的恶,真正的善。善和恶在您那里是可以转换的,在今天看来是善的,明天就会成为恶的;在这个人看来是善的,在那个人看来可能就是恶的。这种哲学不再寻找非常稳固非常永恒的终极真理,生活里本来就没有终极真理。这与折中、相对不一样,消解没有调和的成分,是以对两方都采取否定的方式出现的。这种哲学在外在艺术形态上表现为一种幽默风格,其实幽默也是一种人生态度。维特根斯坦说过,幽默不是一种心情,而是一种观察世界的方式。您对事物缺少明确的判断,而是寻找多种可能性。世界的道路不是只有一条,怎么走都有合理的成分。您对意义进行消解是为了表现多种可能性。第三个悖反就是故事的隔离与结构的丧失。在1988年的五部小说里,您对故事都采取了隔离的手法。《球星奇遇记》是写一个奇奇怪怪跌宕起伏悬念丛生的传奇故事,您的用意不在故事本身,也不在人物形象的塑造、性格的刻画上。"球星"身上就缺少刘再复所说的二重组合的特性。您小说的目标不在故事怎么样,也不在人物性格怎么样,您可能是利用故事的框架来表达人生经验。您对故事的隔离非常有意思,在长篇小说《活动变人形》里您就已经采取隔离手段,主要通过作家主体出来议论,故意使小说产生陌生化的效果。今年的几部小说里隔离手段更趋丰富和熟练,各篇隔离的手段并不一样。《夏之波》的隔离是通过故事隔离故事,一个是爱情的故事,一个是改革的故事。

**王 蒙** 爱情没有故事。

**王　干**　我说的故事不是情节性的。现代小说里,情绪也是故事。一个是写精神的冲突,一个是写现实的矛盾,故事发生的地点一在国外,一在国内。一个是反映青春时期的忧郁、感伤、惆怅,一个是反映现实的骚动、不安、喧嚣、嘈杂。这两类相互矛盾相互对立的空间搅和在一起,轮流交替出现,就表现为一种复调结构。这种隔离就不单纯是讲改革的故事,也不单纯是讲爱情的故事,整体上构成的既互相参照又互相补充,既互相冲突又互相调和的复杂情态,增加了小说的信息量,也造成了一种审美的陌生化效果。《十字架上》的隔离,是现实的"我"与"精神的我"的相互隔离,就像您刚才说的"尘世"与"灵魂"的组合。短篇小说《组接》的隔离就更加技术性。您写作这篇小说可能受到法国"新小说派"的启发,是一种扑克牌小说。《组接》分头部、腰部、足部、尾声四个部分,前三个部分各有五个片断,本是五个人生的故事,但您把故事的外在标志抹去了,人物的姓名也没有了。

**王　蒙**　真正的"活动变人形"。

**王　干**　本来是五个故事,由于某些人生的外在特征消失了,就产生了多重组合的可能。

王　蒙　我写的时候原来不想写头部、腰部、足部,而想一、
　　　　一、一、一、一,然后二、二、二、二、二,然后三……

王　干　既相互隔离又多重组合,如果把头部用 A 表示,腰
　　　　部用 B 表示,足部用 C 表示,尾声用 D 表示,最自
　　　　然的顺序有五种人生,人生用 R 表示,就是:

$$R1 = A1 + B1 + C1 + D$$
$$R2 = A2 + B2 + C2 + D$$
$$R3 = A3 + B3 + C3 + D$$
$$R4 = A4 + B4 + C4 + D$$
$$R5 = A5 + B5 + C5 + D$$

　　　　　如果再任意组合,那就会有无数的人生,小说
　　　　就提供了人生经验的多重可能性。为什么又说结
　　　　构丧失呢?《组接》这部小说实际就没有结构。一
　　　　般的作家小说家都喜欢惨淡经营结构,在您的小说
　　　　中,隔离的结果就使结构丧失了,结构存在于读者
　　　　的阅读过程中,读者愿意按照什么样的经验、什么
　　　　样的情感、什么样的方式去组合小说就可以有一种
　　　　结构。如果说《组接》对结构的消解基本上还是不
　　　　自觉的,而是为了组合的有趣和变化,那么在《一嚏
　　　　千娇》里您则有意消解结构、消解故事。《一嚏千
　　　　娇》本是一个完整的故事,老喷、老坎和老田之间的

故事完全可以写成一个政治加爱情的故事,也可以写得甜甜蜜蜜,风风雨雨,也可以悲悲戚戚,大起大落,可以煽情,可以愤怒。但您把故事淡化了,消解掉了,通过您的议论、作家自白隔离读者了解故事的可能性,甚至在小说中直接宣称"本篇小说作者本来是努力于制造间离效果的"。还穿插了好多对文坛现状的议论,感慨调侃,使老坎和老喷的故事变得若隐若现,小说的结构便丧失。一般说来,小说无非依照故事情节,或人物命运或主体情结这样几种结构来组织,而您现在完全按照一种非结构的方式。

王　蒙　像论文。

王　干　文字像论文,但论文的结构更严谨。反过来,老坎和老喷的故事对您的"论文"也是一种隔离。如果把老坎和老喷的故事去掉,小说就成了杂文、创作谈或随感,它的妙处在于议论消解了故事完全可捉摸的意义。另外,结构的丧失还表现在文体的芜杂,里面有诗歌,有对话,还有模仿残雪的段落。一般地说,小说是一种语体、语调的大杂烩,这也丧失了小说的结构。现在看来您对小说的复调化特别感兴趣,通过隔离来保持陌生化的效果。

**王　蒙**　这些理论我不太熟悉，但隔离不仅是一种结构，有时候是情感现象，有时候是审美现象。一个人情绪都集中在一点上的时候反倒没把它表示出来，中间插一个什么东西好像和它风马牛不相及，反倒更能表现出这种情绪。我记得很年轻的时候看契诃夫的话剧《万尼亚舅舅》，看万尼亚舅舅的爱情纠葛、生活纠葛最尖锐的时候——因为几个男人都爱上了教授的妻子，忽然有一个人问，原话我记不太清了，说在非洲撒哈拉沙漠一定很热吧？医生说，是啊——很热。底下的观众都笑了，笑完以后就感觉所有的痛苦，无法排遣、无法解决的痛苦似乎在这几句话里都表现出来了。我还可以举个更通俗的例子，有一个很有名的相声，描写两个农村里文化不太高的人搞对象，中国人加个"搞"字说明文化素质、风俗习惯还不能很胜任愉快地谈恋爱。相声里描写两人见面，沉默了半天，忽然一个人问："你看过大老虎吗？"这也是一种隔离。从我个人来说，特别佩服外国小说里那种八面来风一般的叙述。

**王　干**　陀思妥耶夫斯基那种叙述。

**王　蒙**　这是一种美，是一种感情的爆发，是感情爆发前的一种转移。在某种意义上，这种隔离常常更符合生活本身,因为生活本身就不是一个单线条。如果说人生就是故事,中间就不知有多少故事在互相隔离,互相阻断,互相交叉,互相冲突。这是一种意味。伍尔芙的文体我也很喜欢,也有这一特点。约翰·契弗的小说也有这种情形。《万尼亚舅舅》里有一句话我至今记得,一个人说,今天天气真好。万尼亚回答说:这样的天气正好上吊。(笑)横空出世,你不知道它是从哪里来的,一下子切入。本来,舞台的布景完全是斯坦尼拉夫斯基式的,完全是苏式的,特别的美,突然插这么一句,极有反差。约翰·契弗也有这种方式,比如叙述雷雨时扯到一个和雷雨最没关系的事情。这也是一种经验,一种技巧,一种情绪,是一种"识尽愁滋味,却道天凉个秋"。

王　干　这是辛弃疾的词。

王　蒙　"而今识尽愁滋味,欲说还休。欲说还休,却道天凉好个秋。"无须一条线直说下去,甚至还可以反过来说。

王　干　这种隔离是语言上的隔离,而我刚才说的是结构的隔离,像《夏之波》里爱情的故事与改革的故事毫无关系。

王　蒙　《组织部新来的年轻人》也有，一是林震与赵慧文的
感情很朦胧很伤感，送她出门时，有一个老头推着
车喊道："炸丸子开锅！"后来刘厚明跟我说，只有写
了"炸丸子开锅"，才是王蒙写的，任何人在这个时
候不会加一个"炸丸子开锅"。也有人问我，为什么
要加"炸丸子开锅"，我回答不上。还有一个，就是
他们听《意大利随想曲》，写得很有感情，收音机放
完，下面就放剧场实况，他们就把收音机关了。也
有人跟我提，你用不着交代"剧场实况"，破坏情绪，
我也说不上什么原因，觉得必然是剧场实况，而且
再也不能是《意大利随想曲》了。《意大利随想曲》
完了如果没有一个剧场实况，就像林震和赵慧文感
情缠绵以后没有"炸丸子开锅"一样，如果感情一味
缠绵下去，小说就变成琼瑶的小说了。

王　干　这是一种反差，只有"炸丸子开锅"的叫声才能表现
出他们情感缠绵状态的程度。没有剧场那种乱哄
哄的实况转播，哪有《意大利随想曲》的抒情优雅？
尽管非常突兀，但双方对比鲜明。您小说中的第四
个悖反就是语言的扩张与叙述的死亡。近几年的
小说发展是从描写到叙述，以前的小说特别是那些

现实主义的小说要求作家的倾向要从作品当中自然流露出来，作家写小说基本是以描写为主，柳青就是比较典型的。新时期开始后，作家开始注意叙述，有人甚至认为小说是叙述的艺术。您有一种语言的扩张欲，喜欢把各种各样的名词、动词、形容词进行重叠，有时为了修饰一个名词能加三个五个以至更多的形容词，定语和状语尤其庞杂和漫长。这种语言的扩张也表现出您对世界的事物和人物多种可能性的理解。人们要求语言精练、准确，甚至必须找到只能表达这个意思的唯一的词，才能表达此时此刻的情景。这种语言方式的背后隐藏着一种思维定式，就是认为世界只存在一种终极真理，当然一个动词、形容词用得好，也非常传神。您现在的这种语言的扩张实际是一种反叙述，就是把您的感受与信息融合在一起。

王　蒙　有一个大学教语言的老师对我说，他认为我的排比句与语法修辞规则不一样，因为语法修辞认为排比句子的关系应该是相近的，或者是渐强的。比如我们过去常用的"伟大的、光荣的、正确的中国共产党"，"伟大、光荣、正确"都是歌颂党的，或是递进式或是组合式。而我最喜欢用的是把矛盾式的词和句子用在一起，比如你这个崇高的卑鄙的人，我经常用这种方式。这是最简单的，实际我还要复杂得多。

**王　干**　外在形式上您是铺张的，像是中国的赋，有赋的洋洋洒洒的气势。有时十几个排句一气用下来，而这些排句的目标并不很明确，中间甚至相互矛盾，有的句子本身就充满了矛盾，修饰与被修饰之间有矛盾，修饰词与修饰词之间也有矛盾，前一句与后一句也有矛盾。这种语言的极度膨胀，表现出您对语言的嗜好。就像小孩子玩棋子、搭积木一样，这样排列一下，那样排列一下，会有无限的欢乐和畅快。您喜欢玩弄语言，玩弄语言的结果使小说失去叙述的性质。大多数小说客观描写，冷静刻画，而您则大量抒情、议论，有时则像说相声，颠覆了小说本身的结构。您这样铺张语言，放纵语言，在于提供信息量和多种可能性。这就构成了您的语言的绝对个性化，形成了独特的"王蒙体"。您可能就小说的语言本体进行一种实验，就是小说除了描写、叙述以外，是不是还可以用新的方式，比如议论、议论的叙述化、叙述的议论化。

**王　蒙**　还有抒情性的议论。

王　干　这种尝试与您的哲学态度和审美要求是一致的。您破坏叙述、消解叙述的目的就是改变线性的思维，改变逻辑性很强的叙述方式，议论的夹入就冲淡了叙述的一元性、确定性。在您的小说里，叙事者显得非常软弱，小心翼翼，一点也不斩钉截铁，一点也不果断，老觉得这样也行，那样也可以，也可能这样，也可能那样，这是您的"多种可以"的哲学态度的反映，而叙述则不易表达这种可能的、怀疑的态度，议论的自由与随意则有助于这种不定的、多变的信息的表达。不论是对意义的消解、对结构的消解还是对语言的扩张、对叙述的反动，都表现了您的非理性倾向，表现出一种非逻辑的力量。对于您的语言，逻辑已经丧失了意义，分析一下您的语句常常会发现逻辑非常混乱，经常违反同一律、矛盾律、排中律。

王　蒙　违反修辞学。

王　干　您在小说里反语法、反修辞、反逻辑，造成了语言的非理性精神，您的非逻辑、反逻辑、非理性、反理性不像有的作家是通过人物或叙述来表示的，您是从小说的自身的结构呈现出来的。反意义是一种非理性。上述的多重悖反在以往就有不同程度的存在,但在 1988 年表现得最为突出。

**王　蒙**　如果从悖论的角度看,你刚才说的很多都不是我非常有意识自觉去做的。另外的一些东西我倒是相当自觉的,我身上有两种倾向或两种走向都非常鲜明,比如一种是幽默,一种是伤感,本来幽默与伤感是不能相容的。我们读幽默的如老舍的小说,果戈理的小说,马克·吐温的小说,不大可能在他们的小说里找到泰戈尔式的温馨、屠格涅夫式的伤感,也找不到巴金那种激情和缠绵,甚至让你觉得不满足。幽默弄浅了就是油滑,弄深了就是一种解脱,飘飘然把一切都看成儿戏、游戏。幽默的人实际很可怕的,他是用严厉的态度看人生,他是在高高的塔尖上看人生,所以才觉得幽默。置身其中的时候往往感觉不到幽默,人在"文革"中挨打挨斗决不幽默。事情过了很久,互相议论起来,当然议论起来也有非常愤怒的人,也有很多人拉开了足够的距离以后就觉得好笑,起码哭笑不得。可是我非常真实地感受到这两种力量,既有幽默的、讽刺的、解脱的、尖刻的甚至恶毒的情绪,另一方面又有伤感的、温情的、纠缠的、原谅的、永远不能忘却的情怀甚至于自恋,我觉得这两种东西在我身上都有。你说我否定的多,但我相信我的作品里原谅的也很多。甚至老喷也是可以原谅的,比如在一次撤退后他的妻子牺牲了。但并不是完全消解,两种情绪不完全半斤八两,正负并不能抵消。

王　干　消解不是取消,消解是一种冲突和融合,消解意义不是没有意义,而是以更大的意义出现,是消解一元性的、确定性的意义,消解是为了承认多种可能性。

王　蒙　1982 年我写《惶惑》就有消解的成分。

王　干　《惶惑》是写一种温馨和辛酸。我看了心很酸。

王　蒙　不单你同情她,作者也很同情她。她找新提拔的干部去给学生讲讲话,是非常令人感动的。但这个干部没有去给她讲话,也不能说是多大的毛病。因为生活已经变化,他来这儿总结消除污染环境工作,他需要做很多应酬,也要做很多自己的工作,最后他确实没有时间,这是一种遗憾。

王　干　在您的小说里,遗憾是一个重要的母题。

王　蒙　惶惑也是一个母题。《庭院深深》就是一种惶惑,它既有怀旧、念旧、自恋，又有一种解脱。设想儿时的情谊永远纯真是不可能的，设想两个老友时隔三四十年见面以后又回到共青团时代，也是不可能的。但反过来认为经历几十年以后人又全变了，谁也认不出谁来，青年时期的感情全部消失了，同样也是不可能的。惶惑、遗憾，《相见时难》里也有。短篇《惶惑》的主要情感还是同情小学教师，感到对小人物应该更加关切。从赶任务的角度上说，也是为提高教师待遇而呼吁。但我写这样的遗憾难以避免，就像人长大了没有小时候可爱，但人总要长大，人不能为了变得可爱，就老假装自己七岁八岁。我写过对"老莱子"的反感，中国尽孝的故事里有一个老莱子，就是他本身已经六十多，父母八十多，他底下没有孩子，为了讨父母的欢心，他就把自己的头发梳成朝天锥，拿着拨浪鼓像小孩一样在父母面前嬉闹。我觉得非常恶心。老头就是老头，人应该有自己的本色。小孩就是小孩，幼稚就是幼稚，成熟就是成熟，老练就是老练，不老练作老练状，或老成而作天真状，都讨嫌。

王　干　老化就是老化。

王　蒙　人老了就是老了，不要勉强表现自己的青春。《一嗔千娇》的更多同情是给老坎的,我也很清醒地看到,被同情的人也不是没有缺点。谌容在小说《真真假假》里有一句非常"恶毒"的话,又是格言、名言,是智者寒光闪闪的话:"可怜之人必有可恨之处。"

王　干　太恶毒了。

王　蒙　很恶毒也很厉害、很真实,但世界上的事情不是算术图片一样,并不是对所有可怜人都要去恨他,那么解释就没意思了。这是小说里的话,不是政治教科书,也不是道德、法律。

王　干　这话本身也是辩证法。

王　蒙　我还是含蓄地揭露了老坎的弱点,那种贾桂站惯了的心理。说来好笑,《收获》发表的小说里丢了一段,本来有这一段故事就很完整了。最后一节写近几年老喷又帮助老坎一次,但没帮成。但有一个场合两人见面了,我写他俩见面时,大家都为老喷感到尴尬,特别是一个同情老坎的记者就想出老喷的洋相,结果一见面老喷仍然是雍容华贵地和老坎握手,而感到尴尬似乎做了对不起的事的恰恰是老坎,反而是老坎见了老喷脸也红了,也手足无措了,说了一些很不得体的问候的话。老喷听了这些话还没来得及回答,就打了一个嚏喷。旁边的记者颇为愤怒地说:像老坎这样的人居然还能娶媳妇,这实在是人生的浪费。情节上非常完整,以打嚏喷开始,以打嚏喷告终。对老坎是有嘲笑,但还是温情。不恰当地引用鲁迅的一句话,就是"哀其不幸,怒其不争"。两种倾向并不完全存在于一个平面,本身也是一个高低的"坎"。

王　干　比例也不一样。

王　蒙　老坎表现出的可能是性格问题,国民性问题。这些我不想作更多的自我分析。我感到很有趣,我的朋友包括很好的朋友,对我的作品往往是接受其中的一部分,老想把另一部分从我身上抹去,而另一部分朋友则希望把这一部分朋友要抹去的保存住,抹去另一部分。

王　干　这也说明您的作品的内部矛盾性。

王　蒙　我尊敬的一些前辈看了我的《名医梁有志传奇》《活动变人形》就很高兴,预言王蒙又回归到现实主义,又集中精力创造典型环境里的典型性格，或者以更大的胸怀分析一下，王蒙从来没有离开现实主义，篇篇都是现实主义。而另外一些人则说王蒙创新的势头在 80 年代初期之后就逐渐减弱了，可能是由于心灵的疲惫，也可能由于受到压力，远没有 1980 年的锐气了。

王　干　我也听到过这种议论。

王　蒙　其中最有意思的是晓立，她对我的真诚的、抒情的、怀旧的作品都非常欣赏，但对我幽默、夸张、讽刺、混乱甚至油滑的小说老觉得难受，她是真正觉得难过。她一度觉得这些东西是对我的形象、我的作品形象的破坏，因为我在某些作品中那样脉脉含情，那样纯洁、善良，那样赤子之情，那样诗情画意，而在另外一些作品里那样信口开河，那样玩弄文字游戏，那样夸张以至恶毒，她认为不可以。我听到的，有的写成文章，有的没写成文章，不止一个教授和老作家对我语言的所谓油滑、缺乏节制、不规范不以为然。也有人专门欣赏这些，说是语言的瀑布现象。包括对我作品的评论，有些抓住这一点，有的抓住那一点，这都很有意思，我也不想多说。

王　干　说明小说作品本身有多重评论的可能性。我觉得您1988年小说中人生体验比较深的、情感体验有深度的还是《十字架上》，它既有一种具象性，又有抽象性，所开掘的意义相当深。它不是简单的自审，还有他审的成分，很有心灵深度。如果从形式看，最先锋的是《一嚏千娇》，一下子把小说的常规全部粉碎，故事断断续续，有一半以上是在谈文学谈技巧谈视角。我觉得《球星奇遇记》缺少一种隔离化的效应，可能您在有意为之，就是要讲故事。

王　蒙　《球星奇遇记》还是力求可读性，努力运用通俗小说的一些情节，实际是半带嘲笑地来使用球星、艾滋病、007这些新词儿。

王　干　您在《夜的眼》里也写到足球，您是不是球迷？

王　蒙　不是，我对足球最不行。我觉得更大的悖反不是故事与非故事、意义与消解，甚至也不是幽默与抒情。我感觉到的一个悖反就是游戏和真诚。我决不认为我的作品是不真诚的，我的作品有许多真实生命的体验，而且只有死过也活过，也流过血、流过泪、流过汗，底层也泡过，上层也泡过，也欢笑满足过，也痛苦过的人，才写得出我的那些东西。但我丝毫也不否认我有玩弄文字的游戏，有些甚至到了常人所不能接受的程度。前几年写一篇关于张承志《北方的河》的评论，我里面用了一个"他妈的"，我最好的朋友之一邵燕祥就劝我把"他妈的"去掉。1987年上半年还有人闻到一点气味便抓到"他妈的"这三个字进行批判，不是《人民文学》出了事情吗？就有人讲《人民文学》是"他妈的"刊物，因为有"他妈的"主编。（笑）

## 聊以备考

**王　干**　您的处女作是一部长篇小说？

**王　蒙**　对，《青春万岁》。19 岁开始写，写了三年。这是发表出来的。在此以前，我记得上小学的时候在笔记本上写过一个短篇，这个短篇也完全是左翼学生写的，写一个清洁工，那个时候叫清道夫。这完全是从生活出发的，解放前的冬天，走在大街上，有时候看到非常穷的人拿着扫帚在扫街，非常同情他，我就写他生活多苦，没有钱又冷，家里的妻子儿女都等着他。好像我当时还给自己起了一个笔名，叫"艾文"。

**王　干**　在您的创作过程中，对您影响大的作家有哪些？

王　蒙　在我小的时候是冰心的《寄小读者》，这最使我感动。小时候我受中国古典文学熏染最深的还是古代的诗词，我可以背诵非常之多。在我这个年龄或比我更年轻的作家当中，我对音韵，对平仄，对旧诗格律诗的写法可能比他们知道多一些。少年时候，爱看巴金，巴金的那样一种笼统的泛革命情绪非常感人。真正理解鲁迅的作品还是解放以后，解放以前读鲁迅作品，《好的故事》给我刺激特别深，我觉得它写心灵对世界的直接感受，甚至我觉得《好的故事》比《秋夜》写得还要好，它是《野草》中最好的，那种似梦非梦、似幻非幻的感受特别精彩。后来较多地接触俄苏作家，托尔斯泰、屠格涅夫、果戈理、契诃夫、法捷耶夫、爱伦堡、费定，都有很深的印象。1957 年反右时，我最不愉快的时候是读狄更斯的作品，他也是写许多大起大落的人生熬煎最后终于得到胜利，在当时似乎给我一点安慰。巴尔扎克的东西也是 50 年代看的。我看巴尔扎克的东西就像看他用解剖刀在解剖生活、社会。

王　干　您受俄苏文学影响特别大，《青春万岁》可以看出《青年近卫军》的影响。

王　蒙　这两年主要看了西方特别是美国作家的作品，约翰·契弗、约翰·厄普代克、杜鲁门·卡波特等等。国内我的同辈人的作品,茹志鹃的短篇我曾很认真地读过。老的小说里,当然还是喜爱《红楼梦》。

王　干　《活动变人形》一下子使人联想到《红楼梦》。

王　蒙　我有两个计划牵涉到中国古典文学,一个是早晚我要写一本评《红楼梦》的书。我不懂那些考据,就写读《红楼梦》的种种感想。还有一个伟大计划,就是重写一遍《白蛇传》。《白蛇传》是中国最伟大的戏剧,现在还没写完。《白蛇传》所隐藏的容量太大了。戏剧特别是解放后的戏剧把它弄分明了,白蛇、青蛇是正面人物,法海是反面人物,许仙是中间人物。

王　干　其实他们都出于爱。

王　蒙　他们是个怪圈。白蛇爱许仙是真诚的,但她的爱要把许仙吓死,这也是真的。许仙爱白蛇但更爱自己,他要活命,他就不得不求助于法海。法海作为一个和尚,有责任普渡众生,有责任援助许仙不受白蛇的缠扰。这里面内容相当丰富,从象征的意义上,用蛇来象征女人的只有《白蛇传》。外国喜欢用玫瑰来象征女人的爱情,还有鱼,美人鱼,有蛇吗?

王　干　在弗洛伊德看来,蛇是一种性的象征。

王　蒙　弗洛伊德说蛇是男性的象征,我却认为蛇是女性的
　　　　象征,情的象征,爱本身既是一种缠绕,难解难分,
　　　　肝肠寸断,又是怨恨,又是柔软。比如《断桥》里白
　　　　蛇看到许仙又恨他又爱他,小青又要杀他,她又要
　　　　保护他,复杂极了。我想把它写成一个长诗,写和
　　　　尚的悲哀,许仙的悲哀,白蛇的悲哀。

王　干　中国艺术中出现过蛇的形象,戴爱莲的《蛇舞》,艾
　　　　青的《蛇》,堪称二绝。预祝您写出来,成为新的一
　　　　绝。您最希望达到哪种境界? 比如您最景仰的作
　　　　家是不是陀思妥耶夫斯基? 或者其他人?

王　蒙　那是年轻的时候,我现在说不出来。我现在并不效
　　　　仿任何一个作家。

王　干　您写作有没有什么癖好或习惯?

王　蒙　我可以在路上写,也可以在旅馆里写;可以在很漂
　　　　亮的房间里写,也可以在非常拥挤、周围放着各种

杂物,甚至屋里还臭烘烘的环境里写。当然还是要安静,希望有茶喝。

王　干　您在小说里追求一种混沌感,表现出嘈杂的感觉;在诗里追求一种纯净、明静、单纯,有婴孩一般的纯情。您现在写诗,是因为时间紧了,还是情感的需要?

王　蒙　是情感的需要,是寂寞的结果,"从政"以后我只能用诗来排遣这种寂寞,也和时间紧有关系。心灵深处有些东西既不能通过我的公务、工作表达出来,甚至也不能通过小说表达出来,而只能用诗表达。我的诗里并没有那么多的烟雾,但诗本身也形成一种烟雾,你越是最袒露地写你感情最深处的东西时,反而越变得难以理解了。

王　干　您在诗里寻找一块纯粹的绿地,想从乱纷纷的世界解脱出来。您的写作曾经中断了近二十年时间,您觉得这种中断对您个人来说,如何呢?

王　蒙　这很难设想,这是一个无法思考的问题。从政治上说,对我个人很好。因为如果不中断的话,在那种环境里,势必有两种可能。一是得绝对地沉默,这并不太可能。因为我从小就积极参加革命，做布尔什维克，做党员，一心一意跟党走，假如1957年以后我没有被划进去，设想我就清醒地看到这一切都搞错了，我就保持沉默采取不合作的态度，这也不可能。相反的有一种可能就是跟着"左"起来。但"左"到姚文元的程度也不可能，因为我心里毕竟有善良的一面，我下不了手，我现在写小说对很反面的人物也下不了手。但起码柳青式的悲剧在我身上会出现，就是我以很大的力量努力把当时的政策、口号变成我自己的思想感情，再把它写出来，费了九牛二虎之力才把它写出来，可不久发现是写错了。

# 《活动变人形》与长篇小说

1989 年 1 月 13 日

北京朝内北小街 46 号

## 痛苦的《活动变人形》

王　干　《活动变人形》的题材是您的小说中唯一运用的,是
　　　　一部家族小说。您的短篇、中篇从来没有写过家
　　　　族。我不知道您写这部小说时有没有受到文化寻
　　　　根思潮的影响。

王　蒙　很难这么说。我开始写的时候是 1984 年,第一章是
　　　　在武汉写的,1985 年完成的,当时还没有寻根文
　　　　化热。

王　干　那您写家族小说是比较早的。最近几年写家族小
　　　　说的人多了,莫言、苏童、李佩甫等都热心写家族小
　　　　说,他们与您不一样,主要不是依据生活经验,而是
　　　　借助想象来虚构。国外有好多家族小说。《红楼
　　　　梦》也可以称为家族小说。《活动变人形》有没有自
　　　　传色彩在里面?

王　蒙　当然有自己非常刻骨铭心的经验。在某种意义上,
　　　　所有作品都有自己刻骨铭心的经验,所以都是
　　　　"自传"。

王　干　这部小说要比您其他小说沉淀得更深厚、更刻骨铭

心。您的小说往往是信息的东西比情感的东西多。

王　蒙　对。

王　干　但这部小说里情感的因素远远超过信息的因素。您在这部小说里付出了很多个人的情感。

王　蒙　可以说是我写得最痛苦的作品，有时候写得要发疯了。写《球星奇遇记》时，我自己写着写着就笑了，最得意的是蜜斯酒糖蜜见到恩特以后向他表达多么爱你时突然来一句"咿儿呀呼哟"，前面全是欧化的句子，"我的达令"，忽然"咿儿呀呼哟"，我简直得意极了，至今为这个得意不已，我认为除了我以外没有任何一个人在西式求爱抒情独白里加上"咿儿呀呼哟"。

王　干　这是矛盾的反差。

王　蒙　人家感到油滑、放肆甚至堕落也在这里。

王　干　对语言风格的破坏。《活动变人形》的开头使我一下联想到托尔斯泰的《复活》的开头，那情景、语境极为相近，都是写春天，小说都是一种自我反省的情绪。这部长篇小说的结构非常奇怪,从头至尾没有完整的事情,但结构上大起大落、大开大合,那些单独的章节写得精致、饱满,以至于可以当成短篇进行欣赏,这一章与下一章的距离拉得特别大。我最近把这部小说又重新看了一下,当初看时感受并不深,1986年那个时候中西文化的冲突处于高涨的状态,人们都很有信心,我也对现代文明充满信心。但在今天,中西文化冲突引起了种种困惑,以至于思想贫乏情绪冷漠。

王　蒙　也有种种沮丧、失望。

王　干　重新看了这部长篇之后,觉得倪吾诚表现的那种矛盾、痛苦、郁闷、惆怅,不是他一个人的痛苦,也不是家族的痛苦,而是中国文化处于蜕变时期知识分子灵魂的痛苦的写照。这部小说体现了您非常地道、熟练的写实能力,对生活观察的仔细、深刻,都使人联想到《红楼梦》。特别是您对静宜、静珍的描写有一种《红楼梦》的笔法。

王　蒙　这种语言在我其他的小说里没有出现过,有些带有河北农村的土话和那个时期的语言,旧社会那种小市民的、平民的,又是没落地主又是农村的语言。

还有一些地方戏的话,我现在看戏看多了,才恍然大悟,这种人物说的话,许多都是从地方戏引用来的。

王　干　静宜、静珍完全是中国式的人物,语言是说明她们有知识有文化的底层特色。您对妇女形象的刻画显出了相当的功力,您小说里写妇女不多,我的印象里妇女形象除了赵惠文好一些外,好像您是不善于写女性的。

王　蒙　是的,但《青春万岁》里写了好多女性。

王　干　以后好像就不写了。而《活动变人形》改变了我的看法,您写女性写得相当深刻,特别是开头的部分如果用弗洛伊德学说来研究的话,可以找到很多例证。那种情绪的压抑、苦闷表现到家了。作为作家,在写这部小说时,好像是站在同情倪吾诚的角度,但既痛苦又忧伤,既同情又批判,充满了非常复杂的情绪。这种痛苦、忧伤、同情、批判完全是从灵魂中倾泻出来的。这个时候你丝毫也没有游戏的成分。我感到小说的结构特别好,一般长篇小说都找不到好的结构,进展往往迟缓、沉闷,半天才看到精彩的地方,特别拖沓。您这部小说就没有给人疲沓的感觉,而是集中所有兵力打歼灭战。

王　蒙　(笑)毛泽东思想。

王　干　每个场景都写得很充分,比如吵架就写透了,一次
吵架就使人感到这个家庭吵了多少年。我把小说
合上以后,那种吵架的氛围还在。另外我发现这部
小说里对声音特别敏感,敏感到神经质的地步。

王　蒙　是的,我喜欢音乐,我写《听海》《春之声》,包括《如
歌的行板》,都是写声音。

王　干　特别是写猫在屋顶上的叫春的情景,一下子把我对
猫叫春声音的记忆全部唤醒了。我以前住的房子
也经常遇到这种猫叫的骚扰,一下子仿佛回到了过
去的时代。生炉子的描写也生动极了,我小时候常
生炉子,木材放多了怕浪费,放少了往往要生两次,
我们家常常为此而发生口角。那种烟雾缭绕的感
觉太真切了,用您的话说,完全是可捉摸的。整个
小说的精神痛苦真正让人说不清楚痛苦到底来自
何处。倪吾诚是中国知识分子的一个典型形象。
最近"文学与知识分子"的话题成为今年的一个理
论热点,您在这部长篇里已经对知识分子自身进行

反思和批判。这种反思有它的现实性,倪吾诚的形象所提供的意义在今后好长一段时间内都有其价值,尤其中国正处于与世界对话、中西文化冲突、历史蜕变的时期,那种倪吾诚式的痛苦、倪吾诚式的困惑、倪吾诚式的迷惘将继续存在下去,在我们每个人身上都有一种倪吾诚式的心理机制。对这部长篇我感到有点不足的是:您为什么要把倪吾诚解放后的过程匆匆带过,如果不写不是更好吗? 可能您是要写一个人完整的一生。其实,倪吾诚解放后的经历写起来也会很精彩,各种各样的人生艰难、选择困惑、痛苦失望,都会有,不比解放前来得少。如果您的小说就写到解放前的话,以后还有机会、有条件继续写倪吾诚的下半生。

王　蒙　我以后还可以写呀。这没有影响。

## 长篇小说与短篇小说

王　蒙　我年轻的时候,文学就是长篇小说的同义语。更小的时候,就是 1949 年以前,我还不到 12 岁,读巴金的《灭亡》《新生》《家》《春》《秋》,读左翼作家的作品。我开始走上创作道路时喜欢读的是托尔斯泰、屠格涅夫、爱伦堡。我和许多人走上文学道路不一样,1953 年我刚满 19 岁,开始写的处女作,就是一部 20 多万字的长篇《青春万岁》,这就违背了所有作家的教导。还有一部长篇,就是《活动变人形》。

王　干　中间是不是还写过新疆生活的长篇?

王　蒙　对,但实际没有写成,好多内容我把它放到《在伊犁》里去了。1978 年复出以后,一直想写新的长篇,但一直被各种各样的中短篇题材,主要是短篇所激动。我认为我的短篇比中篇写得好,我曾经有个比喻,说我好像守门员一样,生活里随时都有一种启发,就像不断飞来一个球似的,我忽然左手扑一个球,忽然右手又扑一个球,忽然用腿夹住一个球。我以为搞上这么一段,就不会再想写短篇和中篇,心就会慢慢地沉下来,写更巨大的东西。但是很奇怪,现在还在写中短篇,当然,现在又多了一个客观因素,就是找非常完整的连续的时间比较难,而处于争分夺秒的状态。我本是从长篇开始的,反而变成以中短篇为主的作家,其实也不完全是受时间和客观条件的限制,如果有非常合适的题材,我也完全可以做到今天写一点明天写一点,我很习惯中断而不断线的劳动。

王　干　坐下来就能写?

**王　蒙**　而且接着写。

**王　干**　也不要培养情绪？

**王　蒙**　如果写着写着发现有点乱，就需要从头到尾浏览一遍，这种需要的次数不太多。最后再统一一次，就差不多。当然也有在技术上前后混乱的地方，究竟不是一气呵成的。从这一点上看出些什么问题来呢？是看出我的敏锐？还是沉不下心来？也是一种浮躁心理？或者说是生活给我的困惑太多了。那些比较大的题材就是我原来想写长篇的题材现在想起来都太陈旧，比如有些解放初期和解放前后的革命斗争和活动，现在又不想写。是这些造成的，还是有别的原因呢？最近我看了一些对我的作品持批评态度的文章，也指出这方面的问题，就是依仗机智、敏锐的反应过多，而长期把心力集中在一个对象上比较少，这是不是一个毛病？或者随着年龄的增加就会慢慢变化？我还有一个难登大雅之堂的经验，不能说是理论，要是登上大雅之堂，肯定会被别人驳得体无完肤。因为我毕竟写短篇、中篇、长篇，我觉得短篇靠的是三样东西：一是机智，短篇本身是机智的产物，没有机智，从那么丰富的生活和经验里不可能撷取一个点。第二靠的是诗情,上次我和你说过,就是把短篇小说和诗放在一起。第三靠的是技巧,剪裁的技巧。在短篇里,技巧的作用特别大,而且短篇特别适合艺术的探索。长篇最主要靠的是经验,也就是说生活。《红岩》《林海雪原》的作者都写了成功的长篇,但他们未必就能写好短篇,与其说他们是文学的匠人,不如说他们是独特生活的记录者。《红岩》的作者就坐过国民党的监狱,一般人是不可能有这种经验的。能够从那样的监狱里出来,再加上相当的文字功力,写出来当然能吸引人。

王　干　回忆录也会吸引人。

王　蒙　小说当然更好。《林海雪原》的侦察剿匪的故事也是比较奇特的。有很多特殊经历的人,比如当过间谍、俘虏,甚至在飞机失事当中幸存的经历,都能成为长篇的题材,很难成为短篇的题材。我还有一个想法,艺术的实验、探索在短篇里很容易一下子呈现出琳琅满目的风光、景观,短篇就好比手绢或者头巾,确实可以是各种各样的,可以是三角形的、圆形的、方形的,可以是绸子的,还有鹿皮的、树皮的。

王　干　还有纸做的。

王　蒙　长篇就好比套服,套服的花样也很多,但不管怎么变,上身下身总有,最多上下身连在一起,上身总要有袖子,不管是蝙蝠衫还是其他衫,两只胳膊总要放到里面,夏季无袖衫也是一种袖子。

王　干　大的结构不变。

王　蒙　下身无非两大类,一是裤子,一是裙子,超短裙也是裙子,百褶裙、长裙都是裙子,牛仔裤、喇叭裤、灯笼裤都是裤子,小儿穿的开裆裤也是裤子,连衣裙就是上下身连在一起。

王　干　总要有一个人的形状。

王　蒙　手绢倒不受限制。我愿意搞一个三角形的手绢也可以,我搞一个很大的手绢也可以,我搞一个毛巾帕吸湿性特别强的也可以。短篇与长篇的关系相当有意思,看我们周围的作家也相当有意思。谌容既写长篇又写中篇也写短篇,她的功力我认为主要在中篇。刘绍棠也是,又写长篇,又写中篇,又写短篇,他的拿手戏一下子还说不出来。邓友梅没写过长篇,林斤澜、汪曾祺也没写过长篇。

王　干　汪曾祺不适合写长篇，他那种小说格局是诗体的、绝句体的，硬要用这副笔墨写长篇将非常费劲，费了劲也可能还不讨好。

王　蒙　残雪的笔墨我认为不宜写长篇。那样一种比较变异的心理和非常特殊的对人生的感受需要用一种非常精练的形式将它裁剪下来，然后放在生活的大背景里看，好像一页掀过去。看她的短篇小说就好像一页掀过去，再掀一页，但整个连起来是相当吃力、相当枯燥的，甚至让人觉得不够充实，容易互相重复。当分散成好几个短篇以后，就不会觉得重复。

王　干　都很精彩。

王　蒙　要是把它拉成长篇，不是特别合适。

王　干　一次我与几个青年作家谈，你们不要光写中短篇，要写长篇。我很认真地与苏童、余华、洪峰谈过，他们有点觉得我太迂腐。我认为他们在中短篇里搞的探索实验已经基本圆熟了，技术成熟，而他们的人生经验并非十分丰富，经不起中短篇的消耗，到真正想写长篇时，一是激情会没有，二是材料也会不够,经验用过,再用就没有价值。今天的长篇小说质量不高的一个重要原因,就是作家中短篇写得太多,思维状态没有转过来。您刚才说长篇和短篇是两码事,是用的比喻。如果从审美形态来看也不一致,短篇小说更接近现代诗,而长篇小说则必须有一种史诗性。张炜写过短篇、中篇、长篇,但基本思维是短篇的结构方式,《秋天的愤怒》基本就是一个拉长了的短篇,而长篇小说《古船》虽然有丰富的生活信息量和人生经验,但结构仍是一种短篇的结构,即是被人称赞的"一步三回头"的结构,而一步三回头是短篇小说最基本最常用的手法。时空简单的、机械的、线性的交错和颠倒成为长篇小说的结构方式,会削弱长篇小说所特有的结构力量。长篇小说有它的文体形态、思维形态和结构形态。去年有不少报刊讨论长篇小说,但很少从这方面去研究。还有就是必须从作家主体去考察,从气质上说,有的人适宜写长篇小说,有的人适宜写短篇小说,有些作家的生活经历、文化修养、艺术个性、审美趣味甚至语感并不适宜写长篇小说。正像有的人可以在草原纵马驰骋,有的人可以在溜冰场上一展英姿,有的人只能在平衡木上大显身手一样,每个作家都有自己的艺术天地。正如您所说,长篇小说靠经验、靠材料、靠积累,如果忽视积累就会导致长篇创作的失败。贾平凹的《浮躁》便有点显得乏了一些，我在一篇文章里说，在《浮躁》里我们可以看到贾平凹创作档案的显影。张承志的《金牧场》应该说是写得不错的长篇，但人们为什么会有种种不满呢？主要原因就是他有些重复他过去的情感和经验。有的作家写短篇写得相当好，像高晓声的短篇相当好，但他的中篇实在不敢恭维，几乎没有能够跟他那些漂亮短篇相比的。陆文夫的格局好像也不适宜写长篇，陆文夫可能把它搞得很精致，陆文夫有本事经营小说的结构。高晓声写作小说很随意，短篇写得不错，但这种随意性在中篇小说里就显得有些局促。而谌容写作中篇正好到位，那种感觉和经验处理得极为有分寸。我觉得您很适合写长篇小说，我倒希望您写长篇小说。我总感到您的短篇小说有一种膨胀的感觉，那种信息量，情感因素和文体实验的因素都处于极度饱和的状态，当然这种膨胀使短篇小说内容丰富起来，从这个意义上说，是增加了短篇小说的厚度。但如果您把这些材料和智慧用来经营长篇小说不是更好吗？您觉得您短篇小说写得好，而我觉得您中篇小说写得比短篇好，像《杂色》这样的中篇就相当好，《蝴蝶》《一嚏千娇》《名医梁有志传奇》都是很有特色的中篇。您的每部中篇小说总能投进一些新鲜的意味，都各有自己的特色。再一个就是您中篇小说的信息量与形式之间并没有一种撑出去的感觉，比较和谐相称。如果我们把这几部中篇稍稍排列一下，就发现火候比短篇掌握得更好。再一个原因，就是现在作家中不乏写短篇小说的高手。虽然您的短篇也不错，但短篇里的高手太多，高晓声是高手，陆文夫是高手，汪曾祺是高手，林斤澜也是高手，张弦也是高手，有一批高手。但能够驾驭长篇的作家现在实在太少，比如江苏的周梅森写长篇就得心应手挥洒自如，但写短篇就寸步难行。

王　蒙　四川的周克芹，长篇写得不错，写短篇就没有把短篇的轻巧劲发挥出来，也是非常认真一步又一步地写。

王　干　茹志鹃短篇也写得好。近十年成绩最大的就是短篇，可以这样说，短篇创作几乎穷尽所有的形式探索，短篇小说的文体已经走向成熟。中篇小说也出现了一些好手，像谌容啊……

王　蒙　邓友梅、张洁、从维熙、张抗抗、王安忆。王安忆是中长短都写。

王　干　长篇写得不错。铁凝的中篇也不错。但一般只有几部，不像您的中篇那么多，那么杂。写长篇写得好的人太少了。

## 长篇小说需要全身心的投入

王　蒙　我有个想法，就是搞长篇小说，不管用什么形式，它最基本的还是现实主义的。搞长篇小说想避开或不对社会生活进行比较重大比较全面的概括，是非常不容易的，不管你用的形式是什么，哪怕你是用神话的形式，魔幻的形式，意识流日记、心理独白的形式。长篇小说所反映的社会生活的量应该是比较大的，我不知道这个看法能不能成立。我发现一个很有趣的现象，这十年的文学，我们在短篇、中篇以至诗歌、报告文学中都可以找到佳作或相当好的作品。但长篇呢？有的也有特色，但要寻找解放以后第一个十年所出现的《保卫延安》《青春之歌》这样有影响的作品却比较困难，尽管我们可以讲这些作品的一些缺点。我想这里面有一个原因，就是那个时候人们概括生活的时候比较自信，或者比较简单。

　　比如《青春之歌》是描写一个青年知识分子走向革命的曲折过程，《红岩》是描写地下共产党和革命者以及人民受迫害而坚贞不屈的情景，《林海雪原》是解放战争当中剿匪的情形。这一大块生活的意义，它所包含的思想，它所体现出来的人物关系，包括它的教育意义，读者和作者都很容易认同。据说《青春之歌》当时在日本都有很大的影响，因为日本当时也面临着战后要民主要独立的社会环境，一些年轻人也在找出路。扩而大之说，就是第二次世界大战以后有一段时期左翼作品曾经占了很大的优势，由于希特勒的失败，苏联的强大，由于东欧社会主义国家的出现，由于中国革命的胜利。我 50年代想写的几个长篇，基本上离不开知识分子走向革命的主题。

今天我老是不写长篇，心里回避对我的经历作整体的概括和评价，并不是说我的经验在我的中短篇里已经用完。

王　干　您在中短篇里写的基本上是在您的情感里和灵魂里没有什么积淀的东西，是一种反射性的东西。

王　蒙　对，反射性的。我 50 年代想写这个想写那个，从来没想过写《活动变人形》。《活动变人形》是我的切肤经验，但是这种经验在 50 年代看来是没有意义的。因为这个故事发生在抗日战争时期，既不是描写怎么抗日，也不是描写汉奸附逆。我从来没有想到写这个。我的长篇和中短篇题材的界限非常分明。我自己也没想到写这么一部长篇。几乎所有的人都批评我的《活动变人形》的所谓"续集"的潦草和失败是不可原谅的。有一个人独具慧眼,叶公觉在《小说评论》上有一篇文章谈过。叶公觉是哪儿的?

王　干　江苏常熟的。

王　蒙　常熟的?你是高邮的,你们是朋友啊?认识吧?

王　干　还没见过面。我看到了这篇文章。

王　蒙　他说的有一定道理,我并不想特别自觉地回避。很简单,如果没有这个续集,就无法表现倪吾诚性格的悲剧性。他性格的悲剧性并没有因为 1949 年中华人民共和国的成立而结束,这并不是一个简单的"社会制度问题"。

王　干　如果写得更充分一点,不是更好吗?

王　蒙　我现在回避作更整体的经验概括。如果把他写得更充分一点,倪吾诚就已经不是只和他的家庭有纠葛。因为解放以后的生活很难只是在家里,必然要超出他的家庭,必然要和解放以后的形形色色的人物和历次运动联结起来。历次运动一般地写一写也很容易,比如对"反右"斗争进行一番反思——伤害了一些不应该伤害的人,把敌情夸大了。那就太没有意思了,那样的小说无数的人其中包括我已经写了无数篇,根本用不着在《活动变人形》里把主题从倪吾诚的命运变成反极"左"。倪吾诚的悲剧和政权的更迭、路线的对错没有什么非常密切的关系,他在日伪时期是悲剧,在国民党时期仍然是找不着位置的,解放以后虽然有点所谓革命的经历,但仍然是一个找不到自己位置的人。

**王　干**　他的悲剧是整个文化的悲剧。设想一下,如果倪吾诚活到今天,他又能做些什么?他能在大学里讲哲学?也许现在好一点,现在各种各样的胡说八道都有市场,讲叔本华、尼采。说不定,也可能和路线没关系。也许他能吸引人,开会他也可以猛侃一气。

**王　蒙**　现在凡是能侃的都吸引人。解放以后别的他不能侃,只能侃马列主义,侃来侃去他自己也弄不清是真马列主义,还是比马列主义更马列主义,还是反革命两面派假马列主义。回过头谈我目前回避或还不准备对我的生活经验作整体的概括和评价，这是我给我自己提出的一个非常重大的任务，也就是说在未来我还有待于对我的人生经验进行更整体的概括。从这个意义上说，要看我将来能不能冲破这一关，如果能的话，说不定好戏还在后头哩！

王　干　在您的小说中，您真正把自己灵魂深处积淀的因素投入到小说里的次数并不多。您并不轻易把自己的那种感情投注在这一点上，您显得比较冷。我看您投注比较多的除了《活动变人形》，中篇《杂色》也不少。在《杂色》里，您的心灵在哭泣，在呼叫，在颤动，它不是《球星奇遇记》那种即兴式、游戏式、反调式的。您为什么能写长篇，还有一个很重要的因素，就是您的风格尽管呈现出多种多样，非常杂色，但您的艺术个性如一，就是：潇洒。您的短篇也写得很潇洒，即使一个很精致的小品，仍可见潇洒的个性，中篇就更能看出您当断即断、当连则连的潇洒。这种潇洒之于中短篇创作，倒不显得特别重要。一个人笔力很局促，比如林斤澜，但短篇仍可以写得很好。但一个笔力局促的人写长篇小说肯定写不好，在这一点上您潇洒的艺术个性就成为您写作长篇小说的一个重要资本。因为潇洒不是能学会的，也装不起来，潇洒完全是人天生的个性、气质和禀赋。您这些小说还为您塑造了一个形象，就是"小说魔术师"。这些年来您变换不少的令人眼花缭乱的花招，变得非常快，非常熟练，让人跟不上。比如当初赞同《春之声》的读者和评论家，今天在《一嚏千娇》面前肯定要目瞪口呆，要表示愤怒和怀疑。对《活动变人形》很欣赏的人，看了您的《组接》就会挠头。

王　蒙　《组接》可是真正的活动变人形。

王　干　但形式会让他们不能接受。再有就是您小说里有强烈的读者意识，也有文章谈到。

王　蒙　这是郜元宝写的。

王　干　尽管您写小说也有宣泄的一面，但宣泄也有差异。一种是完全自我封闭的，什么也不顾，陷入一种自恋泥坑，不能与读者交流，陷在那种说不尽的愁滋味当中不能解脱出来。读者看这样的小说完全是听他宣泄和灌输，丝毫没有参与阅读的可能。您的小说在宣泄的同时，会注意一下读者的表情，会与读者交流一下。交流方式多种多样，分析一下也很有意思，有的直接交流，以第二人称出现，有的以议论方式出现,有时则用不确定性的假定性形式让读者组接。您把读者看得很重要,读者进入您的写作过程,您相信读者的创造能力和组合能力。也许您这种反射性的小说以后还得写下去,但我希望您一两年写一部《活动变人形》这样的长篇小说。说老实话,您现在的情绪仍比较强烈,身体也比较好,虽然时间紧一点。

王　蒙　时间紧也不用着急。

王　干　您的心态也比较健康。做一个大作家,身体要好,没有一个好身体,30万字的长篇就写不出来。当您情感经验积累到一定时候却不能写了,那就非常可惜。

王　蒙　写作是体力劳动。我始终认为写作是体力劳动,当我写了半天的时候,我的脖子,我的腰,我的手腕,我的手指头一直到下肢,都感到很累。

王　干　我听说一些女作家写一天也不累,每天写5000字,就像打毛线一样,我碰到所有的男性作家没有一个不写得半死不活的。

王　蒙　你说的有意思。

## 真诚的意义与幽默的限度

王　干　我觉得您的创作始终没有形成巨大的凝聚力,因为您的人生经验太丰富、太芜杂,什么都有,真是杂色,但没有把这种杂色凝聚起来形成金字塔一样的东西,而散散落落的满地都是闪光的亮片。

王　蒙　是的。

王　干　在技巧上,您也用您的作品说明您能驾驭各种各样的形式,什么都可以玩得起来。《活动变人形》里已呈现出一定的塔形,不论从您个人创作的纵向考察,还是从当代创作的横向看,您的《活动变人形》确实是一座金字塔,虽然它还没有达到您所期望的和人们所想象的那个高度,没有那种伟大的辉煌。

王　蒙　你说的也有道理。先说读者,我写作的一种方式就是和读者对话的方式。我既有我所叙述的那些对象,同时又有听我叙述的对象,我所叙述的那些实际是小说中的人物。这个问题似乎很复杂,但说起来也不复杂。比如一个农民,没有什么文化,他跟你叙述他所经历的一件事,往往是一边叙述一边加上他的评议，一边随便岔开联想到其他的事，一边又跟你解释，实际上这就是用和读者对话的方式来展现故事。而且到了关键的时刻，我一定要跳出来，我觉得在我跳出来的时候就不仅仅是小说家，而且是一个抒情诗人。我的第一个"老师"是法捷耶夫，十八九岁时看他的《青年近卫军》我非常感动，这和当时的政治热情也很有关系，我反复看。最使我感动的是小说快要结束的时候，就是写到这些人一个一个被德国人处死时，忽然来了一段"我亲爱的朋友，在我写到这里的时候，我想起你"。到现在我还记得，就是写他在战斗中，他的朋友受了重伤，要喝水。于是在枪林弹雨之中他爬到河边用自己的靴子灌了一靴子水，回来以后战友已经死了，他就把充满士兵友谊和苦味的水一饮而尽。我到现在说起来都非常激动，我觉得太伟大。写青年近卫军的故事一般人都可以写，但忽然加这一段只有法捷耶夫。只有这样的一个抒情诗人，只有这样一个真诚的为社会主义革命和共产主义而殉道的作家才能那么写。这不需要研究什么技巧，什么疏离效果，或者新探索，从形式上怎么分析都可以，但并不重要。可能从那以后，我在写任何作品的时候只要有了真感情，我就想把我叙述的事全部议论一番，然后用绝对纪实就像给读者写信一样，就像给我的爱人我的好友写信一样把这些写出来。说到一些人对我作品的批评，我忽然感到晓立——就是李子云对我的幽默不满也有她的道理。幽默是必要的，我决不认为我国文学作品里的幽默太多，或者我的幽默是一种不真诚，尽管我有缺乏节制的地方，这可能是地方特色。北京作家几乎都受相声的影响，丁玲就说过我的某些段落是相声。不管怎样我是北京人，北京人就够贫的了，到了新疆以后又添了阿凡提式的幽默。但是讲老实话，幽默确实有另外一面，就是麻醉和狡猾。有时因为一个事情一时无法解决，冲突非常紧张，这时候幽默一下，就是一种保护性的反应，甚至是生理性的保护。幽默一下，形势也没有那么紧张了，自己的身心也没有那么紧张了，甚至可以转移一个撕裂人灵魂的冲突。

王　干　一种逃避。

王　蒙　狡猾也可以说是一种智慧。幽默的人，特别是深度幽默的人需要很多智慧。但作为一部长篇小说，幽默太多了是不行的，人们要把长篇小说的幽默掀起来，看看幽默后面的东西，就是要把技巧掀起来，看看技巧下面的东西。长篇小说，用北京人的话说叫要有更多的干货，有更多人生最真切的经验和体验,而在这种经验和体验中,幽默所能起的润滑的作用远远不像在短篇里中篇里。

王　干　您对长篇的看法概括起来就是把灵魂泡到小说里。当然长篇还有另一种创作方法,就是借助材料写作,像您这种类型的作家不需要依据历史材料和素材写作,包括您的中短篇尽管是反射性,毕竟是人生感受出来、体验出来的。今天的好多长篇小说为什么不像长篇小说,就是一些人不具备这一气质,他们的文学道路、写作道路和文学天赋都影响他们驾驭长篇小说。长篇小说的容量与字数不成正比。国外现代的长篇小说都不很长,加缪的《鼠疫》、西蒙的《弗兰德公路》、昆德拉的《生命中不能承受之轻》,都不很长。

王　蒙　长篇小说好像在俄罗斯文学里特别长,现在的苏联文学也仍是这样不厌其烦地从白桦林、从炊烟、从泥泞道路写起。

王　干　现在的长篇小说更精致了,有诗化的一面。我希望写长篇小说能考虑一些诗化的因素。

王　蒙　总的来说,中短篇小说可以是我的诗情、我的思索、我的愤怒、我的嘲笑、我的遗憾,也有我的敏锐、我的技巧,但长篇小说是我的生命、我的血肉。

王　干　短篇小说可以以思想取胜,可以以诗情取胜,可以以情节取胜,可以以技巧取胜。

王　蒙　所以我就很怀疑你建议的那些年轻人能不能写长篇小说,他们的那些漂漂亮亮很容易表现在短篇里。就像马原说的,小说有什么会留下呢?什么也不会留下,留下的不过是故事而已。有这样一种观念就只能写短篇,写中篇也很吃力,更不可能写好长篇。而我所说的长篇呢,技巧可以被外行所忽略,俏皮的话对不懂方言不通你语言的人来说也变得无趣,感动人的是你的生命和血肉。

王　干　一个作家可以玩短篇,玩中篇,玩长篇很困难,在一部长篇里搞纯粹的形式是很难的。马原的语言玩得不错。

王　蒙　林斤澜也喜欢玩语言,把一句话分开说、倒过来说。

王　干　马原写长篇《上下都很平坦》就露馅,把单独的章节当成中篇和短篇,还是相当精彩的,但成为一个长篇，就走形了。长篇小说要有巨大的凝聚力，短篇小说有一个闪光的点就够了，长篇小说有一个点显然不够，它需要人生的面的展开。打个比方吧，短篇小说如果是小溪、池塘的话，那长篇小说是大江大河大海。写作长篇小说，作家的身心必须沉浸到大江大海中去，不能站在岸上欣赏一朵浪花，只有把自己的身心投注到人生的激流中去才能写好长篇。

王　蒙　甚至不怕被激流淹死。

王　干　中国作家本可以写好长篇小说，粉碎"四人帮"不久，很多人的生活经验和情感经验都很丰富，但大家都急着控诉、宣泄，很快把那些经验挥霍完了。今天，一方面是情感衰弱了，那种不吐不快的心情没有了，另一方面又碰上整个价值观念的迷惘，您刚才也说到的。长篇小说总要能体现作家一定的思想取向和价值取向。

王　蒙　用"思考"好一些。比如第一届茅盾文学奖里《冬天里的春天》，是李国文写的，写得也是非常好、非常感人的，内容也很充实。

王　干　当时看形式也不错。

王　蒙　但总括起来里面的思考并不比同期的一个中篇或短篇多，许多思考在一个中篇里也已经表达出来，所谓"反思"，政治上的压力对人的扭曲和人们的希望，都有表达。当长篇拿不出比中短篇深刻得多的思考的果实的时候，读者也会离开。长篇不是短篇的相加。

王　干　更不是中篇的拉长。现在的"长篇小说热"热得不正常，有的作家一年写两三部长篇。

王　蒙　写好了也可以。

王　干　问题是写不好。其实一部好的长篇就把作家撑起来了。

王　蒙　有时候都不要一部，曹雪芹只写了《红楼梦》的三分之二，就处于不可逾越的地位。

王　干　《红楼梦》之后的长篇小说没有一个能与《红楼梦》比的。

王　蒙　长篇的写法可能会和过去不同，篇幅会比过去短一点。有个美国作家提倡写无道具的小说，他认为过去的自然主义和现实主义，为写一个故事，为写人生的悲欢离合，需要不知道多少篇幅来写环境来写房间，写氛围，写屋里的各种摆设，写他们吃的饭穿的衣服，所有这些都和演员的道具一样，而美国的读者懒得一页一页地看这些东西。我的《活动变人形》里的道具并不多，一下子把人物放到处境最激烈的时候。

王　干　大开大合。

王　蒙　《活动变人形》有一点没有任何人评论到，就是我从这个人物的视角写完一件事后，又从另一个人物的立场写，完全是同一事件。一上来就写"图章事件"，从静宜的立场写，读者会觉得倪吾诚太不像话了，哪有给一个作废的图章让妻子去领工资的？这不是为了骗取她的忠顺？从倪吾诚来写就非常合理，他是在什么样的恍惚状态之中给她图章的，他是无意中拉抽屉拿出图章来，而静宜一下子就拿了过来。静宜是非常关心图章的，而倪吾诚穷极潦倒，图章到底是什么样的状况，他自己也不关心，都是可以理解的。后面的很多事情也是这样。吵架事件是写了一章,倪吾诚的体验一章,静宜的体验是一章,静珍的体验和老太太的体验也是一章。

王　干　大家没有注意的原因,可能是这种写法比较普通,特别是长篇小说引进意识流技巧之后,从几个视角写同一件事情是常见。

王　蒙　这不但是个技巧的问题,也表达人与人之间的难以沟通。

王　干　也是对世界理解的困惑。

王　蒙　《活动变人形》里这些尖锐对立的情绪、判断都是以爱的名义。静宜说:我不是爱你吗? 人应该这样这样。从静宜来说,已经做到了她最好的程度,在倪吾诚喝醉了酒犯了病的时候,能给这样的浪子百般的照顾。从倪吾诚来说,也是做到了最好的,他要把孩子教育得好一点,生活得有点现代气息,这也是非常合理的。我觉得我还没有写够。

王　干　在《活动变人形》和《杂色》里,您的身心和灵魂都沉浸到小说中,而其他小说中,您老是游移,不愿往事情更深刻、更尖锐的地方触及,用幽默来逃避。我看到《活动变人形》，怀疑不是您写的，一是这类题材在您以往的创作中从未露过端倪，二是语言方式也是过去所没有的。

王　蒙　河北农村的语言。

王　干　还有那种又矛盾又困惑又苦闷又怜悯又同情又愤怒又痛苦又仇恨又惋惜的情绪交织在一起，在您以往的小说中是少见的。您其他小说的情绪虽然也不是很单一，但主旋律仍可以把握住。

王　蒙　其他小说往往有放有合，比如一下子把感情放出去，很快转两个圈又回来了。

王　干　就是说这种感情可控，感情的流动节奏仍能够掌握，能见到您比较完整明细的对事件的看法，而在《活动变人形》里，您的完整明细被粉碎了，您用全部的身心去感受它。

王　蒙　到这时候，技巧也不起作用，甚至潇洒也不起作用，游刃有余的自得也不起作用。我的某些中篇短篇有自得状，但《活动变人形》里没有了。文学很有意思，这又牵涉到文学的特性，好像是郜元宝说的，王蒙在他小说里表达的和他所隐藏的一样多。

**王　干**　这话很有见地。

## 荒诞的优势

**王　蒙**　文学到底是什么？是自己的表白？还是自己的躲闪？我甚至觉得躲闪和表白很难截然划清。如果完全没有躲闪，也不必有文学。完全没有躲闪，就直接写回忆录。

**王　干**　忏悔录。

**王　蒙**　写宣言。如果在宣言里、忏悔录里、回忆录里也掺进假的东西，那是卑劣，是人格的沦丧。作家最容易被读者掌握心态和脾气，你看一本理论书也好，科学书也好，游记书也好，可以不知道作家是怎么回事，他只是较为客观地把有些事情告诉你。但你看小说、诗歌多了以后，就觉得和作者已经熟悉，已经对他的一些脾气、特点甚至音容笑貌有所理解。当然作家和作品之间也常常有差异。比如张贤亮的作品写得如此痛苦，但你看到这个人几乎整天在说笑话，甚至说一些颇不雅的话，和他的作品一下子连不起来。

王　干　人格和作品有时是两码事。"人本"与"文本"是有差距的。

王　蒙　我为什么躲闪呢？比如关于所谓荒诞色彩，我也写过这类作品，有人就分析，他写荒诞是因为他认为世界是荒诞的。可我给你讲老实话，我写荒诞基本上与我认为世界是荒诞的无关。第一，我写荒诞是我追求幽默、追求喜剧效果的一种形式，因为把幽默夸张到极致，就变成了荒诞，就变成了不可能的事情。第二，用荒诞的形式特别能够挖苦嘲笑，能入木三分，我写完《球星奇遇记》，有些跟我很好的朋友看完以后，说："你太缺德了!"这话并不是辱骂的意思。第三，我只有荒诞化以后才不会被任何人怀疑我写他，这是我写荒诞作品的主要原因。有些消极的、可笑的现象当然有生活中的依据，不可能没有依据，没有生活中的依据，从哪儿来呢？我不大大地变形的话，就很容易变成个人攻击。我不是为了自我保护，而是我认为用作品来泄愤，用作品来进行个人攻击，是我所不取的。现在挺时兴这么干。

王　干　不是连续出了好几起这样的事吗？

**王　蒙**　往往抓住一件事，铺张起来就成了小说，说真的也不是真的，说假的又不是假的，被嘲笑的人也没办法还手，你还手呢，就等于接受这个辱骂，你要不还手，这个作家就会得意扬扬，攻击成功了。我不想这么干，如果我想在作品里顺手刺谁一下，就干脆把人的名字提出来。像《一嚏千娇》里，当然那也不叫刺，调侃一下。这些人都是朋友，而且我认为都是和我有一点友谊的人，我才提他的。完全没有交往的人，我不敢提。因为有点友谊，才跟他开点小玩笑。外国的荒诞派可能没有这种考虑。我也不是荒诞派，我只是用这种荒诞的方式。关于沐浴学的争论，以及一个不会踢足球的人变成了足球大师，都是这样写的。

**王　干**　您有一系列这样的小说，《冬天的话题》《莫须有事件》《风息浪止》《球星奇遇记》。

**王　蒙**　苏联有个汉学家托罗普采夫，他认为《莫须有事件》是一个变奏，写一些不可思议的事件。《莫须有事件》是写创造一个牙病和脚气的联合医疗学会。现在有些人的所谓的"公关"办法几乎全是《莫须有事件》的模式。我写完《莫须有事件》以后，正好到湖南，湖南几个作家就追着我说，你写的和我们这儿刚刚发生的事完全一样，甚至认为我是听别人介绍湖南的事件以后写的，但我把内容变了。其实我根本不知此事。

王　干　荒诞变形之后，本身就有一种抽象性、寓言性。

王　蒙　荒诞的优势就在于它抽象，它不一定针对哪一国、哪一人、哪一时、哪一事。

王　干　它是超时空、超地域，有时也是超文化的。

王　蒙　超社会的，在这种社会制度下可能发生，在那种社会制度下也可能发生，在这种职业里可能发生，在那种职业里也可能发生。

王　干　故事本体的超现实性反而带来更大的现实性。您这些小说可以视为寓言体小说，寓言不在于表现具体的生活实事，而在于概括某种生活现象，某种经验。

王　蒙　对，寓言是一种普遍模式。简单地说，狼和小羊，狼说："我要吃小羊。"小羊说："你为什么要吃我？""因为你喝了我的水。""我没有喝过你的水。""你妈妈喝过我的水。""我妈妈没喝过你的水。""你爸爸喝过我的水,反正我要吃你。"这个模式实际上是一切欺负别人的人和被欺负的人之间的一个模式,是人类古往今来,不分人种、时代,什么都不分的普遍模式。

王　干　有人对您这类小说不理解,认为瞎写,没有现实性的内容。其实,作家写现实也不只是为了反映一种现实、一种现象,还是要从现实性、现象性的内容中升腾出来。

王　蒙　还有第二种批评,说我写荒诞的东西是缺少生活,与之相同的是认为我是概念化的图解。其实恰恰相反,所有的这些东西我都是有切肤之痛的,虽有切肤之痛,又不必或者并不适合于以完全写实的方式实打实地写,倒不如把它甩出去,成为子虚乌有的故事。

王　干　这正是一种超现实主义。苏联电影《悔悟》就是用荒诞的方式来表现强烈的现实性。

王　蒙　那是政治寓言。

王　干　您这些小说目的在于针砭现实，可以叫作干预生活，只不过不像以前那么直接，是间接地干预生活。对目前的长篇小说我是持一种不满意的态度。我觉得现在中篇、短篇都已经走向成熟。如果让我挑这几年的长篇，一是张承志的《金牧场》，我曾对此不以为然，最近我重新思考之后，觉得应该充分认识《金牧场》的价值。张炜的《古船》尽管在结构上没有处理好，但由于他投注了自己的灵魂血肉，与其他小说相比，还是有价值的。您的《活动变人形》，在1986年看时，并没有特别震惊，但经过一段沉淀之后，发觉它的内蕴很丰富，历史感和时代感都非常深沉，是继《围城》之后写中国知识分子的又一部好长篇。张抗抗的《隐形伴侣》虽然也可以，但不能与上述三部相比。莫言的第一部长篇《天堂蒜薹之歌》是非常糟糕的。《文学四季》上发表的王朔的《玩的就是心跳》，本是一个很好的故事框架，但他要搞什么时空交错，已经不像王朔了。我见到王朔，他说以后再也不玩这种花招了。

王　蒙　如果从搞花招的角度搞时空交错意识流也可以，但必须是表述的内在要求，包括情感的要求。情感一定要达到超时空颠三倒四的旋转状态。所以我对自己的三篇小说《铃的闪》《致爱丽丝》《来劲》有兴趣，这是我非常得意的作品。从表面上看是文字游戏，但所表达的对世界的把握是很不容易的，世界一下子旋转了，一下子搞活了。从政治上经济上说就是搞活了。本来中国社会解放以后按苏联模式，一切按部就班，而现在搞活了，也搞乱了。

王　干　《铃的闪》《来劲》就是外在复杂纷纭的现象刺激之后您反射的结果。

王　蒙　把整个语言都打乱了，我将来还要写几篇，这很有趣。辽宁人告诉我，说把它选到中学生课外阅读教材里，这简直笑死我了，可不要误人子弟呀！

王　干　中学生是不是会越看越糊涂了？

王　蒙　我特别感到长篇的吸引力，但没有想好之前绝不写，如果没有想好就去写长篇不如干脆写中篇、短篇。长篇确实需要历史性的沉淀、深思、反省、突进，是打一个大仗。我现在打的是游击战，偶尔有阵地战，还没有进行战略决战。也许该进行了吧？

致读者

北京朝内北小街 46 号

王　蒙　我觉得我们这种谈话是很有意思的,但我常常感到我们谈到的还没有我们忽略的多,它确实是一个谈不完的话题。真正的不管是我们个人所追求的还是我们一代作家所追求的文学到底是什么样子,是无法描述的。正因为它无法描述,它才吸引着我们,吸引着读者。许多暂时的成败得失、印数、评奖,都会过去,但这样一个永远神秘的吸引会继续下去。我还有一个特别感到隐隐激动的地方就是通过我们的谈话,我感到长篇小说的吸引,我不知道从此我会被吸引起来,还是过了两个月又在外在的刺激下继续反射下去呢?

王　干　您太敏感,一有刺激,就会反射。

王　蒙　这种敏感也会变成自己的累赘。

王　干　人的优势也会限制自己。

王　蒙　人人都是这样的。

王　干　我们的"十日谈"就要结束了。对话的双方很有意思,您的年龄大约是我的双倍,这是不同年龄层次的对话,又是长幼的对话。

王　蒙　用不着排辈。

王　干　从从事文学活动与所达到的文学成就来看,您又是我的老师。从姓氏看,五百年前又是一家。

王　蒙　(笑)

王　干　您是作家,我是搞评论的,既有联系又有区别,还可以找出许多我们两个人既矛盾又对应的关系。总之,年龄的、经历的、职业的等等落差使我们产生好多话题,带来了一些兴趣,当然也带来了一些冲突。我们在对话中各自谈了对文学本体的认识,谈了文学与宗教的关系,谈了文学创作感觉的作用,谈了对当前文学创作和评论的看法,并且不太客气地点评了一些作家和理论家。还谈了一些大的热门话题,谈了现实主义问题、文学“走”向世界的问题。当然有的人已经写了好多文章,有的出过书,我们在谈话中可能重复了别人的话,但对话的目的在于沟通,不仅我们在沟通,也是和读者进行沟通。

王　蒙　对话有个好处,平常写文章的时候会很谨慎、很小心,比如对同辈作家的批评本来是应该很谨慎的,因为你对任何人评论不合适的话,都会引起人家的不愉快,甚至会影响关系,影响友谊。由于是两个人说话,就比较随便。反正说完以后就可以把它甩出来。

王　干　对话是当代的一种思维方式,现在的时代是对话的时代,政治上世界各国都在进行对话。实现人与人的沟通和理解,对话是一种非常好的方式,如果每个人都沉浸在自己的思考和苦闷之中,往往不能自拔,陷入像高行健所说的自恋情绪中。而对话则面向整个世界,对话的过程中人会觉得世界很宽阔、很丰富,人在对话的时候是在爱这个世界,对话能使人从比较狭小的天地中走出来。从理论上讲,对话是一种互补,对话过程中有些问题是事先没有想到的,一下子撞击出新的话题,以后我们还会写文章把这些没有阐释得很充分的问题进一步完善。

王　蒙　对话也有个缺点,有时候为了谈得起来,也可能这个问题我是比较有把握深思熟虑地谈的,而另外的一个问题完全像接球似的,你来了我只好说几句。当然这本身也是推动,使你思考,也有可能把一些临时想到的忽然一闪的甚至大谬不然的想法放进去,当然我们也不能要求读者原谅。发出去之后,人家再"对话"或"独白"对我们进行批评,那是很正常的,也是很好的。

新对话一

# 网络不是文学的敌人

## 2016 年 8 月 1 日

### 北戴河「创作之家」

## 朝内北小街的记忆

王　干　28年前,我们曾经进行过一系列的对话,那是1988
　　　　年的冬天。我们俩在北京您家里进行了十次对谈,
　　　　本来叫《文学十日谈》,后来结集出版时叫《王蒙王
　　　　干对话录》。我们俩本来是应上海文艺出版社之约
　　　　才对话的,但他们迟迟不出,因为对话整理完以后
　　　　就是1989年了。后来漓江出版社出了。我们对话
　　　　的时候是1988年,书出版的时候是1992年。

王　蒙　出版是1992年了吗?

王　干　我查了一下,是1992年。时间过去28年了,当时我
　　　　是28岁,您当时才50多岁,比我现在还小,时间过
　　　　得很快。我现在还记得当时我们对话是在朝内北
　　　　小街46号,现在那里的房子没有了。

王　蒙　修路给拆了。

王　干　北小街46号您住过,好像夏衍先生也住过,之前还
　　　　有黎锦熙。

王　蒙　黎锦熙,那个语言学家,现在台湾用的注音符号就

是他创制的，ㄅ（b）、ㄆ（p）、ㄇ（m）、ㄈ（f）、ㄉ（d）、ㄊ（t）、ㄋ（n）、ㄌ（l）……他还教过毛主席，他年纪不一定有毛主席大，但是他教过毛主席课。他是个学问家，解放后在大陆申请入党，跟时代靠拢很紧。他有个女儿跟崔老师[1]是同班同学，他女儿身体非常好，但四五十岁患癌症去世了。我对黎家有很深的印象。原来北京市委文艺处干事，被划为右派，后来编戏曲杂志的钟红，血统是黄兴谱系的，她是黎锦熙的继女，是随她母亲第二次结婚嫁到黎家的，她在北小街 46 号也住过。那个经常用笔名在《读书》发表文章的扎西多，是钟红前夫再婚后生的孩子，她管钟红叫阿姨，听明白这个意思了吗？

王　干　听明白了，有点儿复杂。

王　蒙　钟红原来的先生查汝强我认识，他是北京市委的，当过学（校）支（部工作）科的科长，刚一解放的时候，科长比现在的局长都厉害得多，我就不多说了。后来他是社会科学学部还是哲学研究所的负责人，我不记得了，也是很早就因为脑出血去世了。查汝强和钟红分手，后来又结婚，有了扎西多。

---

1　指王蒙第一任夫人崔瑞芳（1933—2012），笔名方蕤，著有《我的先生王蒙》。

王　干　就是查建英。

王　蒙　就是查建英,所以这个世界太小了是吧。那个小院儿现在已经拆得干干净净,我就觉得很有趣,这里头的各种人物都有关系。张承志说过,他喜欢旧房子,旧房子才有故事。

王　干　大概是2002年吧,小院儿拆的时候,我在人文社工作,经常路过那儿,非常感慨,曾经想写文章呼吁不要拆。我想,北京是一个古都,文化古城,这么有故事的一个小院儿居然就这么拆了……我记得很清楚,当时这个小院儿对面不远是公厕,现在还是公厕。

王　蒙　啊,对,现在还是公厕。

王　干　我们在那个小院儿对谈了十次,每次都是谈一个题目。当时约定是这样的,第一次我主讲,下一次您主讲,像轮流执政一样。而且每次对话的时候,下次谈什么话题,商量一下,大家准备一下这个话题。比如这个话题我比较感兴趣,有更多的了解,我就主讲。我印象特别深的是,当时您工作特别忙,外事活动也特别多,记得有一次好像是陪阿曼领导人?

**王　蒙**　这个记不清,没陪过阿曼元首,陪过希腊总统。

**王　干**　好像是吧,总统还是总理,我记不清了,您还说他送您红枣,我还吃了外国友人的红枣。还有一次是陪日本首相竹下登,您忙里偷闲打电话给我,我当时在《文艺报》借调工作,住在地下室招待所,叫"43旅馆",因为是在43路的终点站。那招待所现在还在。您找到招待所电话,有空就打电话,说"王干,明天下午咱们再谈一次怎么样"。当时我很幸运,能够跟王蒙老师对话,学到很多东西,这28年来,它对我的人生、写作、工作都很有帮助。现在,这本书有出版社愿意再版,希望我们增加一些新的对话。

**王　蒙**　好像之前还有哪个出版社,也想再版?

**王　干**　准备再版,但后来没有出。当时漓江出版社的刘春荣编辑联系过我,是2005、2006年,十年前的事了。刘春荣也是希望我们重新对话,增加些内容,一直等您时间。后来约好时间,您好像临时有什么事,然后这个编辑也离开了漓江出版社,所以这个事儿就耽搁下来了。

**王　蒙**　我有一点印象。

王　干　当时他准备做一个插图版，想法很好，但后来他离开出版社，书也没继续做下去。

王　蒙　这个事儿是这样，早在我到文化部上班之前，就有出版社约——福建这一带的出版社，还组织了一批人……

王　干　有三刘：刘再复、刘心武、刘湛秋。

王　蒙　对，忘了还有谁，反正说要出一本"对话"，我答应了他们，但后来文化部工作非常忙碌。还有我觉得有趣的是，当时我并没有什么机会和你接触，是有一次胡乔木向我介绍你，他看到《读书》杂志上你的一篇谈莫言的作品，对其作品有所批评，但也有很大的肯定，他觉得写得有些道理，跟我提到这个事。现在回想起来就是，我们毕竟是谈话，可以随意一点。比如说从事写作的人很犯忌讳的一件事，就是谈论和自己同时期的写作者。因为写作的人很要命，歌颂不够，文章是自己的好。如果谈到那些写作的人时你表扬不够，歌颂不够，致敬不够，他恨你一辈子。所以就我们谈得相对比较随意，比较敞开。后来也有负面影响，但是我觉得这没关系，有人对你谈的某一点很愤怒，这也没有关系，不是每个人都经得住别人提点儿什么异议的。我们的评价也可能不对，很可能。

## 陈忠实 贾平凹 迟子建

**王　蒙**　28 年时间过去了，现在回想，比如说，最近陈忠实先生去世，全国反应非常强烈……我们那个时候没谈到《白鹿原》吧？

**王　干**　书还没写出来呢，是人民文学出版社 1993 年出的。

**王　蒙**　还没有出来。那时候陈忠实的情况是什么呢，他在"文革"后期就在《人民文学》上发表小说，等到"四人帮"倒台，国家进入一个新的形势后，陈忠实也曾经有某些困扰，很长一段时期他在写作上也很艰难。

**王　干**　1988 年陈忠实刚开始写《白鹿原》，我们对话时他才刚开始写，所以他的《白鹿原》我们那时自然无法提及。

**王　蒙**　《白鹿原》正式出版前，在人民文学出版社的《当代》杂志已经发表过了。

王　干　　1992—1993 年发表的。当时陈忠实在全国还不是
　　　　　特别知名，用一个不适当的比方，他当时还属于一
　　　　　线半作家，没有特别重要的作品，还不是真正的一
　　　　　线作家。但是呢，确实是《白鹿原》以后，他便成了
　　　　　全国的重要作家。

王　蒙　　我现在回想起来，28 年前我们的对话，贾平凹也谈
　　　　　得太少，甚至没有谈到，当时他没有像后来一个长
　　　　　篇又一个长篇。

王　干　　当时他刚刚写出一个长篇叫《浮躁》。他前面还写
　　　　　了一个长篇叫《商州纪事》。

王　蒙　　贾平凹一开始就受到注意的，是他获奖的《满月
　　　　　儿》，那是短篇，清新型，孙犁风格，甚至还可以让人
　　　　　联想到刘绍堂、浩然这一类写农村新事物、新现象
　　　　　的短篇。

王　干　　清新之作。

王　蒙　　我也感觉到，28 年来事物有了许多变化。但这 28
　　　　　年也还有些没什么变化、相对恒久的有意义的东
　　　　　西。比如我们 28 年前谈到走向世界，而且咱们用了

一个在当时很各色的题目——《何必"走"向世界》。其实不是说不走向世界，而是我们根本不用把它当一个口号，你把作品写好了，它走到什么程度就是什么程度，千万不要生硬地为走向世界而费心。费心写不出好东西，甚至变成对外部世界的迎合，或者是装腔作势，不见得有好的效果……像这些问题现在仍然存在。有一些作品包括文学作品因角度而产生的不同看法，产生的一些歧义，这些问题也还存在。比如写多了政治啊，写少了政治啊，脱离了政治啊……我觉得也有意思。

王　干　有些话在当时还是引起了一些议论。

王　蒙　28 年说长也长，说短也短。但是好像这 28 年当中，中国在文化生活、文学创作上，也有一些大家经常关注的方面并没有特别的改变。那时候好像路遥也没有提到，没有呢吧？路遥的那个《人生》出来了没有？

王　干　《人生》已经出来了，《平凡的世界》第一部刚出来不久，第四部到 1991 年才出来。

王　蒙　完整的没有出来。但是，当时陕西作家非常引人注目,我的印象是这样。当然了,你说28年了,有些作家都已经作古了,仙逝了,陕西就很多呀,邹志安、京夫、路遥、陈忠实。还有一些我们谈到的作家也去世了,刘绍棠、陆文夫、高晓声。

王　干　还有张贤亮、汪曾祺、林斤澜。

王　蒙　对,挺多的。也是过了很长的时间,让人有另一方面的感慨。这期间我回忆起来呀,觉得贾平凹的这种创作的可持续性,每两年一个长篇,而且都有相当的影响力,(使)他在读者那里影响不小。

王　干　他属于"票房"居高不下的作家之一。

王　蒙　对,他"票房"很好的——我知道的啊,因为我现在阅读量跟过去不能相比了。我觉得在写作上,从受读者欢迎来说,我印象比较突出的,一个是贾平凹,一个是迟子建。迟子建那个时候好像也还没崭露头角。

王　干　迟子建当时在鲁迅文学院读研究生,和莫言、余华、刘震云是同学,属于新秀。不过,1986年夏天我已经写过她的评论,后来开玩笑说,是第一评。当时她已经发表过《沉睡的大固其固》《北国一片苍茫》等小说。发表这些作品时她才 20 多岁,按今天的概念还属于"少年写作"的范畴呢。

王　蒙　迟子建这一段的写作,也比较受读者欢迎。我觉得她特别善于用比喻,对生活有一种应该说是新鲜的和甘甜的感受。让人觉得她在生活里带几分甘甜。所以她也很能抓住一些读者的心。我弄不太清,你在人民文学出版社工作过,我认为他们的小说都能卖 8(万)到 15 万册,我这个估计对吗?

王　干　每个人不一样,有的多一点,有的少一点。贾平四确实是难得的,他的写作就属于可持续发展的典型,差不多每两年一部长篇。他还是手写,不是电脑敲出来的。他的作品很有市场,除了郭敬明、韩寒以外,贾平四作品的发行量一直是比较高的。

王　蒙　他还不能跟那种所谓畅销书作家比。

王　干　迟子建也是属于作品卖得比较好的作家,但是,按照目前的行情,单本可能一下子卖不到 20 万册吧。

王　蒙　卖不到 20 万册?

王　干　卖不到，累加起来可能会多，一本新书短时间很难到这个数字。

王　蒙　这是你当时的印象。

王　干　啊，是我当时的印象，我离开人民文学出版社也有五年了，那么现在整个图书市场又下了一个台阶。贾平凹自己也讲，以前他爱跟出版社讲版税，10万册、15万册、25万册，现在他说"我不讲了"，他说写一本书，挣的钱太少了，他写字画画比这收入多得多。但是即使这样，贾平凹、苏童、余华，他们都是有"票房"价值的。

王　蒙　余华的"票房"价值很高，但是他出版得少。

王　干　是少，但是余华一部新书出来基本10万册以上，他那个《兄弟》有几十万册。苏童呢也不错。刘震云的"票房"跟他的身份有关，他既是作家又是编剧，还跟"华谊兄弟"跟娱乐圈走得比较近，所以刘震云的"票房"也很叫座。现在看来，茅盾文学奖对小说的推广作用是很大的。像您的《这边风景》，我听小朱（花城出版社编辑朱燕玲）讲有多少，十几万册？也很不错。

**王　蒙**　是这样，那个平装版大概 19 万册，加上精装，差不多 20 万册。它原来呀，第一次就印了 10 万册，当时还比较看好，到它获奖的时候，还有 3 万多册放在那儿，一获奖呢那 3 万多册也一抢而光了。然后又印了 9 万册，前后分了好几次。书店都特别慎重，因为怕压货。出版社还印了 1 万册精装版。说明茅盾文学奖还有一定公信力和市场作用。茅盾文学奖作用是 10 万册，诺贝尔文学奖是 100 万册。我跟莫言谈过，莫言说不止，因为有各种版本。莫言说诺贝尔文学奖还有个影响力，就是在国外的各种版权。那个影响是比较大的。总体来说，图书（市场）下了一个台阶，相对来说，中国大陆情况算好。因为现在一是网络、电脑、手机冲击，一是多媒体冲击，有很多东西，比如现在谈《红楼梦》，很多人没看过书，但看过电视剧。现在有些谈《水浒》《三国》的，也是说的电视剧，你一听就知道说的是电视剧。就跟谈美国的《飘》，包括江青谈《飘》，我听别人讲，她看的是电影。它们反过来对文学有一种挤压，在中国毕竟它的基数大。

## 网络不是文学的敌人

**王　蒙**　中国相对还是有重文的传统。如果从产业角度说，纸质书籍的出版远不如电视剧、电影的生产甚至网络的推广,不如那个影响力大。但它还有一种重要性在这里。我举个例子,2014 年 10 月 15 日习近平同志召集的文艺座谈会。

王　干　　10 月 15 日,您生日那天。

王　蒙　　这没有什么关系。座谈会上,你看他讲的其实主要是文学,里面没讲多少音乐、电影、舞蹈、美术、建筑啊这些。他实际上讲的最多的还是文学。说明文学在文艺甚至文化生活当中,它有一种非常重要的地位。我觉得这事很有讨论的趣味。文学最不直观,是稍微费点劲的。你看《红楼梦》原著远不如看电视剧轻松,出来一个个挺漂亮的,又有音乐又有风景,又有笑声又有眼泪。但为什么我们还是把《红楼梦》原著作为重要的文学作品呢,就因为语言文字是思维的符号,孟子说,眼睛是看的,眼睛能看,耳朵能听,用现在的话讲就是能获得听觉的系统,而心呢,是可以思想的,当然现在谈心思索不如谈脑子思索,解剖学问题我不用讨论它。语言的东西代表思维,只有在读书时,思维活动最强。电视剧可以打着盹儿看,或者一边聊天,一边品尝美味,故事情节你还能知道,但是看书很难做到这一点。一边打盹儿一边看书,一会儿就睡着了;一边聊天一边看书,跟你聊天的人会非常反感,你要是这种态度,我这就走了,我就不接受这种侮辱,你跟我聊天你看什么书?! 我觉得这个很有意思。所以文学在中国仍然显出作用,虽然各国都有吓唬人的话,比如小说消亡、文学消亡,这都是胡说八道、造谣惑众。

王　干　您刚说到文学和其他艺术,我现在也有个观点。文学通过语言文字作为工具来塑造人物形象、命运,写历史现实。现在电影影像是非常发达的,比如,你写某处风景,人家那个摄像机做出来的风景已经很完美了,但我们还是欣赏小说里的风景描写。为什么欣赏小说里的风景描写呢? 这就像您刚才讲的,那个影像是直接给我的,是没经过思维再加工、再生产的图像。我们大脑进行思维,对文字要再生产、再加工,你给的那个图像是你的,我这个图像是我想象、拼接、组合出来的。

王　蒙　就是孟子说的,图像给的是眼睛的感觉,不是内心的激动。

王　干　从这一点讲,比如性描写,很多电影电视拍得很完美,很漂亮,很有激情。但它跟语言相比,跟文字相比，有一个最大的特点：缺少心理深度。再如写性心理的时候，影视呈现的画面有动作，有音响，都是立体效果的，但是却表现不出人物的内心活动。描写人物的心理活动，语言文字的表现力绝对是超过影像的。

**王　蒙**　语言文字是符号化的审美。你对一个情节的感受，对一个东西的兴趣、向往或者怀疑，会因为文字符号的不同而有不同的审美。各个民族的文字符号不一样，汉字尤其和别的文字不一样。另外视频音频多媒体以至于戏剧舞蹈，它们也有它们的符号，我们说音乐有音乐语言，舞蹈有舞蹈语言，但它们不如文学语言这么有概括性。而且文学语言符号化之后，它有一种间隔，并且纯净。比如我们在电影电视上看到热恋中的一男一女，他们说笑、追逐、拥抱等，但即使最美的人，你也能看到他的某种苦难，你看到他眼角上的鱼尾纹、眼皮上的皱褶，可是小说、诗歌里没有。当我们说"执子之手，与子偕老"，这个"老"字非常神圣，非常庄严，非常动人，你不可能从"老"字上面看到衰老、丑陋、萎缩。可文字呈现出的美，再好的演员也难以呈现。90多岁的秦怡你不能不佩服她，包括刘晓庆，她们都很难用影像去呈现"执子之手，与子偕老"。所以文学的弱项就是它的长项。它不可能把所有东西都呈现给你。写一个美女，你不会从文字里看清她的每一根头发，你不可能从文学的描写里头闻到她身上或者她使用的化妆品的气味。所以文学的所有弱点变得最"人化"，或者用马克思的原话，叫作"人的本质化"。我的感觉，千万不要相信文学会消亡。文学的受众比不上其他，哪个都比不上，你说个相声，听的人也比看书的人多，但它的高度、纯度、强度，它对人的精神的推动程度超过一切。

王　干　谈到文学与艺术的关系，1997年江苏开"作代会"谈论文学跟艺术的关系，我用三句话概括，过去好多年了，但是觉得有意思。一是文学是所有艺术的基础，比如你唱歌，歌词是文学，没有歌词，歌只能哼吧？话剧要剧本，电影电视、多媒体都要剧本，都要文字，所以它是一个基础性的功能；二是文学的辐射性，它一方面很简单，没有灯光，没有布景，没有化妆，也没有特效在里面，它看上去就是这么干巴巴的文字，但是这些文字有附属功能，你在文字中能得到气味、风景，同时还能得到脉搏、心跳，这些都能读出来，所以它有一种辐射性的功能，不仅辐射到艺术上，也辐射到我们生活的多个方面，比如政治中要用到文学话语，审美中也要用到文学话语；三是文学的地标性功能，比如我们说到一个地方的文学艺术，要么提到鲁迅，要么提到曹雪芹、李白……我们不是瞧不起其他的艺术家，很少会有画家、舞蹈家在大众传媒中很有名，当我们挑选文化性地标人物的时候，尤其一个时代的、一个国家的、一个地方的文化地标的时候，往往首先选择作家，因为文学的标识性功能与其他艺术不一样。这些年，我们一直面临"狼来了"的呼声，报纸、电视、网络等多媒体对文学的冲击一波又一波。但是我觉得网络对文学的冲击不大，为什么？这个很有意思。这些年的传媒冲击连续不断，最早对文学冲击最大的是什么呢？报纸。晚报出来后，是文学期刊发行量下降的拐点。每个城市都出晚报，这些晚报出来以后，文学期刊的发行量猛烈下降。后来电视起来了，报纸又下滑。网络起来后，电视广告每年下降20%，文学期刊反而没事。比如说文学期刊发3000份的，网络冲击也好，电视冲击也好，还是3000份。

王　蒙　举个例子，"四人帮"刚倒台时，报刊亭里卖的杂志，文学期刊占主导。有些专业性杂志，外科、内科、医学，电影除外，你要是想稍微换换脑筋或者你想学个什么东西，比如《红旗》杂志啊，发行量都特别大。

现在就不如那时候了，现在更多的是时装、美容、足球、旅游这类的东西，生活类的。说明现在群众生活花样比过去多了。我年轻的时候，每周就休一天，那时还经常加班。即使在这种情况下，我能挑选的业余生活，最重要的就是看小说。因为那时候，你说你去踢球，没那条件啊。打乒乓球也不行啊，你上哪儿找一个乒乓球案子去？这都有关系，现在的生活丰富多样了。

再者从个人来说，一个作家和一个艺术家很难相比，中国恰恰缺少大号的艺术家，比如说音乐家，俄国老柴，柴可夫斯基，他对俄国的重要性不下于托尔斯泰。问题是咱们中国现当代，还找不到一个。当然了我们也有好的音乐家，有冼星海、聂耳，他们生活的时间太短，但他们的作品到现在也还活着。中国当代不管怎么说有个齐白石，对他的看法，从美术专业来说有不同，但齐白石毕竟是大家，他对中国对世界来说都非常重要。你想找哪个作家比齐白石影响大，只有鲁迅了，别人就不好说了。

**王　干**　鲁迅是超级符号。

**王　蒙**　文学还有一个特别的地方，它靠语言文字，高小毕业或者上过初中的人都掌握，所以我还有一个说法,说语言和文字这东西它是一个硬通货,比如说大家听交响乐,很多人听不懂,这时候你就要给他讲一讲,交响乐主题是什么,四个乐章,第一乐章是快板,第二乐章是行板,第三乐章是回旋曲,第四乐章是什么什么,你用语言给他转述,才明白。比如那是泰铢,你现在给他换成欧元,他一下就知道值多少钱了,该怎么花呀,花起来方便。绘画、雕塑也是这样,有时候看着一个雕塑,怪里怪气的,如果有个人给你一讲呢,你一下子就明白了。一开始我看亨利·摩尔的雕塑,左挖一个洞右挖一个洞,我有点莫名其妙,不明白,后来我想这跟中国人欣赏太湖石一样。所以,语言文字是硬通货,可以来回兑换,更有利于传播。刚才你那个分析也很对,但是你那个分析又是我的短板——现在又新学的一个词儿——你觉得网络上的文学作品对这个文学事业或者文学生活有哪些启发?

王　干　文学的危机感以前来自晚报、电视,现在有了网络、多媒体。我的观点是,网络也好,多媒体也好,现在看来对文学可能不是一种阻止或者扼杀,它可能给文学插上翅膀。我估计您现在看报纸的时间也很少了。

**王　蒙**　也不少,还可以。还有很多报纸跟我约稿。

**王　干**　我呢就是看的非常少了。我原来每天看几张报纸,现在基本上看不到一张报纸。但像"80后""90后",他们基本不看报,多少天都不看一张报的。所以现在手机微信也好,网络也好,它很重要的特点,就是所有网站都有文学板块。不管是搜狐也好,新浪、腾讯也好,它都必须有文学板块。我们目前的网络文学其实分两块:一是写好了传上去,比如您写了《活动变人形》,好多年以后贴上去,以前大家不知道,哎呀这个东西写得这么好啊,所以这是网络,其实是网络传播的文学;二是在线写作,目前比较流行,比如以唐家三少为代表的一批,其实在线写作也不是什么新鲜事物,后来我也看了,它相当于什么呢,相当于从前说书,惊堂木一拍,话说什么什么,留个口子,留个悬念第二天等听书的再来,等王蒙先生这一拍。那后来为什么说书先生没有了,一个很重要的原因是出现了报纸,报纸后来就连载小说。上世纪30年代,张恨水他们就是。太多的连载小说就把说书的取代了。

**王　蒙**　解放初《人民日报》都是连载小说,比如《新儿女英雄传》。

**王 干** 今天很难想象。连载小说作家,当然最著名的是金庸,他每天都要写,因为读者明天要看。而现在你看,报纸上连载小说很少了吧?几乎没有了,我看不到了。到哪里去了?其实转移到网上去了,那些网络写手充当说书人的功能,报纸几乎不连载了。再过十年,还有什么文学不上网吗?有可能纸质也有,网上也有,就是说现在是网络文学,其实网络就是个载体。所以我就讲,原来我们用甲骨文的时候,不能说甲骨文学,我们用竹简的时候,不能说是竹简文学,后来我们有了活字印刷,就叫活版文学。比如说《诗经》,最早是刻在竹简上面的,今天放在网上,它的价值、意义和刻在竹简上其实没有多大差别。可能刻在竹简上显得更古老更沧桑,更有历史感。所以,我打个比方不一定恰当啊,如果放在以前,网络文学像《三言二拍》,像话本小说,按照纯文学或者正统文学来看,更像诗词,要讲究押韵,讲究平仄,讲究立意等。网络文学重视阅读市场,打赏,什么叫打赏呢,就是付费阅读。比如我看到王蒙先生有篇散文好,我就打赏。很多网络写手靠打赏,收入很高。网络写作有两种收入方式,一种是预定,定期开演,一个月给你多少钱,然后我每天可以看,属于打包性质的;还有一种就是你看了以后问你,你觉得怎么样?你不高兴就不给,你很高兴了也可以给 100 块。

王　蒙　给小费一样。

王　干　它这个有点像艺人卖艺，因为你如果不满意也可以不给钱。

王　蒙　小费也可以不给，但形成规则后就不好意思不给。我最高给过 20 美元，少的给过 2 美元。

王　干　这个呢很有意思，现在强调面对面，点对点。以前我们文学期刊的作品，是没法与读者直接交流的，我很喜欢某篇小说，我要写封信表达也不知道地址，也不知道是北小街多少号，我从出版社转，等转到了作家手里，作家回复后再转到读者手里，黄花菜都凉了，有的早就忘了。现在网络文学最大的好处就是及时交流。比如我看了王蒙先生的小说，惊呼"好"，然后我就在下面留言，很激动，甚至还可以语音跟你讲，王蒙先生写得怎么好，我非常喜欢，然后你一高兴你也回应，互动性特别强。这个有点像什么呢，有点像说书的时候，这个说好，鼓掌，那个说唱得好，赏钱，"啪"一块大洋。网络可以跟观众直接交流，这个直接交流对文学反而是个好事。网络文学最大的特点，一是互动，二是消费功能。原来只是阅读，现在网上看小说是消费啦。另外还有娱乐功能。网络小说很受欢迎，原来我以为是网上炒作，前不久我到四川，有个司机接我，接的时候就说，王老师我能不能停几分钟，我说当然可以啦，我说你要上卫生间吗，他说某某的小说今天应该更新了，我要看一眼。他就用手机看了几分钟。所以那时我知道，这不是炒作。他说某某这个人很有名啊，你知道吗？我说我没看过，我便和他一起看。

　　文学作品刊登在网络上，能让作者和读者直接沟通，就是说两个人在对谈。你作讲座也好，作演讲也好，作报告也好，台下有没有听众，你的心理是不一样的；台下有什么样的听众，你演讲的效果也是不一样的；听众有什么样的反应，对演讲的内容、过程，包括语气、心情、语速都是不一样的。如果听众反应很好，你讲得会更有劲，如果听众没什么反应，你就会调整，会注意那中间的几个听众，就想他们为什么在讲话呢，为什么不听我讲呢？网络写作就是可以直接感受到读者和受众的反应，不像原来的刊物也好，图书出版也好，读者的反应到作家那里的过程很漫长。时间一长，作家忘掉了，读者也忘了。那么通过网络呢，读者和作者之间的交流更方便快捷了。

王　蒙　听你讲这个我得到很大安慰,因为文学是很宽泛的概念,不管什么载体载的都是文学。最早还都是口头文学,像一些传说、故事,按庄子的说法,小说差不多是现在的段子,属于酒肆茶馆的无根之言,引车卖浆之流传的各种段子,各种故事。有的确有其事,有的夸张离奇,三人成虎。你说的是它的普泛性和一致性。但载体对文学内容有点关系,比如口头文学与金庸的书写,尤其中国的书写,要用毛笔,字得好,字太差就没人看了。写诗也是这样。目前为止,网络给人的感觉是浏览性的,不完全是阅读。我记得三四年前,长沙出的那个《书屋》杂志引用国外资料,说在网上读的速度和拿纸质书读的速度是不一样的,网上读速度更快,往往一目十行,飞速翻过。所以我担忧网上浏览时,浅思维代替认真的阅读,或者对情节的关注——谁死了没有?——代替了对文学的欣赏。从我个人来说,我到现在还是呼吁大家读纸质书。我上小学是在敌伪时期,但那时是很好的一个学校——北京师范学校附属小学,那时候学校有个特点,就是不允许看连环画。那时没有网络,能像毒品一样让小学生如痴如醉的就是连环画,什么《小五义》《西游记》那些都不允许看。因为凡是喜欢看连环画的都是考不及格的,绝对如此。好些看连环画的跟吸鸦片一样,跟现在的网瘾一样。所以我觉得这是很有趣的一个问题。

王　干　文学演变很有意思，文学载体的变化也会影响到文体的变化。《诗经》时代，载体是竹简，那个时候要写一部长篇小说是很难的。活字印刷出现以后，就有了《三言二拍》，后来就有了长篇小说，四大名著。现代印刷技术出现之后，就有了报纸，就有了连载小说。而网络出现之后，网上的长篇小说越来越长，因为作家打字快，也不用印刷，读者也不用到书店报亭去购买，直接就可以阅读。读者读着方便，读得快，也催使作者不能慢节奏，这样造成了网络的海量生产和海量阅读。也不用担心，当初连载小说也是数量巨大，留下的也有精品，鲁迅的《阿Q正传》就是在《晨报》副刊上连载的，所以《阿Q正传》的篇幅是分标题的，每个段落的字数也均衡，而1921年的报纸副刊，和今天的网络文学也差不多吧。

# 文学与生命

## 2016 年 8 月 1 日 北戴河「创作之家」

王　蒙　我现在知道的，远远不像过去那么全了。余秀华的诗可以提一下。比如像《狼图腾》这样的销量极大的书。还有，对韩寒、郭敬明这个"80后"啊，也应该提一下。其他还有什么特别的就是，我个人对陈彦的《装台》比较喜欢。

王　干　对，现在评价比较高。

王　蒙　我比较有兴趣。类似的可以提一下。王安忆这些年影响非常大，但是王安忆的东西太多了……《长恨歌》也是这28年出来的？

王　干　1993年发表的。时间过去20多年了，进入新世纪也十多年了，我们重点探讨一下这十几年的文学创作和变化吧。我把新世纪文学概括为四大板块：乡土板块、沧桑板块、青春板块和畅销板块。一是乡土板块，因为中国当代文学80%—85%都是写乡土的。从鲁迅开始，一直到莫言、陈忠实、贾平凹、曹文轩，包括您写的《这边风景》也属于乡土，还有张炜、刘震云、刘恒，中国优秀的作家几乎都要写乡土。王安忆以写上海大都市成名，但她的中篇《小鲍庄》也是写乡土的。韩少功也是写乡土的，《马桥词典》，包括最近写的《日夜书》都是写乡土的。

写乡土呢基本有两种情况。一种是生在乡土写乡土,有一大批这样的作家。像陈忠实这样的,他本身就是乡土中人。路遥,包括浩然,都是人在乡土写乡土。还有一种是用外来者身份,在乡土之外写乡土。鲁迅是在离开乡土后写闰土、祥林嫂,写阿Q的,这是一种方式。从上世纪80年代高晓声写《陈奂生上城》开始,写农民进城的序幕就拉开了。中国三十几年的改革开放,一个很重要的路径,就是农民进城。高晓声写得很早,大约开始于1979年,到本世纪初,这类小说被演绎成打工文学,后来又产生了底层文学,写农民进到城里边,生活在最底层,很艰苦。写进城也有两个路径,一是写进不去,一是写回不去。先是写农民进城后格格不入,跟现代文明有隔阂,进不去。现在有一批小说,大量是写农民回不去。就是说,农民现在在城里,想回家,觉得城市生活不适合他。比如我们杂志这次选的小说,有篇叫《阿加的黎明》,是四川的一个作者写的,很有意思。他写凉山的几个彝族小女孩,被人家骗过去当童工,但是被救出来以后,其中有个叫阿加的小女孩说:我们被骗到这儿至少能吃饱饭,现在把我们送回老家凉山去,我们就吃不饱肚子。所以这些孩子在她们被解救的途中,跑掉了,又逃回深圳的那个血汗工厂去了。

写乡土是一个大板块。再一个板块呢就是刚才我讲的青春板块。自从 2000 年以后,韩寒、郭敬明掀起的青春风暴,对文学界影响很大。有意思的是,原来我们老认为他们是潜在的威胁,搅了我们文坛,现在好了,人家不玩了,现在他们都进入娱乐圈了。票房都还很高,《小时代 1》《小时代 2》《后会无期》。现在新的"80 后"出现了,一些人写得很有特点,像西海固的马金莲,北京的周李立,沈阳的双雪涛,杭州的祁媛,深圳的陈再见、蔡东,从山西"转会"到江苏的孙频,他们向经典致敬和看齐的,都是格律诗,是传统文学这一脉。都是从契诃夫到鲁迅到卡佛,这么一串过来的。青春风暴现在对电影界冲击很大,对老导演的冲击很大。郭敬明的票房有好多个亿,韩寒也好几个亿啊。他们的青春风暴刮到电影界去了,网络也不玩了,玩电影去了。

第三个板块,就是那个沧桑板块。您是写沧桑的,您那个《闷与狂》也是写沧桑的,王安忆的小说沧桑感更强。王安忆、贾平凹的新作都是写沧桑的,包括这一次获茅盾文学奖的作品里,格非的《江南三部曲》,金宇澄的《繁花》,您的《这边风景》,都是写沧桑的。写沧桑也很有意思,一种是从解放前写起,而金宇澄的《繁花》从改革开放前写起,有点《长恨歌》续篇的意思,把上海的故事连起来了。苏童的《黄雀记》写沧桑，李佩甫的《生命册》也是写沧桑。这类小说总是写人生、时代的变迁啊，人生易老天难老啊什么的。张炜最早从《古船》开始就写沧桑了。莫言有时候写乡土，有时候写沧桑。铁凝那个《笨花》也是写沧桑。她写过"香雪进城"系列，后来那个《大浴女》属于青春风暴系列，现在她写的《笨花》属于沧桑系列。沧桑这一块，主要是以中老年作家为主，而且是中长篇为主。最具沧桑感的，是您的《明年我将衰老》。写沧桑的作家往往有历史感，见才情，同时还见功力和深度，对老作家来说，还要见身体。

再有就是畅销板块，以《狼图腾》为代表的畅销书热。近15年中国的畅销书这一块，《杜拉拉升职记》这一类小说，都很热。当然《狼图腾》不是一个简单的畅销书，它具有一般畅销小说没有的沧桑感，具有丰富的文学价值，我们重视不够。它有三个改变：第一，《狼图腾》改变了小说的形态，它有很多引用考据，像论文。你说它是回忆录吗？它确实带有回忆录的写法。你说它是一个大散文，也像大散文，它写人与自然、人与动物之间复杂的关系。所以在文体上是一个突破。第二，它对图书市场也是一个突破。莫言、贾平凹一本书要销售上百万册很难，《狼图腾》不算盗版已经200万册。第三个就是国际化的突破。中国文学真正意义上的国际化当然是在莫言获得诺贝尔文学奖以后，那是被充分国际化的。《狼图腾》的国际化却是没想到的。莫言的小说因为获诺贝尔文学奖而畅销，《狼图腾》没有获这个奖，靠的是小说自身的传播力量。所以这个《狼图腾》的出现，我一直有一个观点就是我们对这样一个文化现象研究不够、重视不够。为什么《狼图腾》那么受欢迎？它的作者不是郭敬明，它不是一个庸俗的小说，也不是一个政治小说，却能够在国内外赢得那么多人喜欢。你看姚明也喜欢，带着《狼图腾》在飞机上看。《狼图腾》构成了新世纪文学 15 年的新板块，从这个意义上说，新世纪文学这 15 年来，还是出现了很多有影响力的作家和作品的。

王　蒙　我接触面没那么广，觉得你的分析很有意思。我对个别作品印象比较深。《狼图腾》不管怎么样，它有种新鲜感，因为我们知道外国也很喜欢写动物，像美国杰克·伦敦的《旷野的呼唤》。美国人写鲸鱼，词源上鲸鱼应该念 qīng 鱼，这些姑且不去谈它，白鲸或者白 qīng，写人和鲸鱼之间的恩怨情仇。至于写狗的就更多。中国缺少这类，不知道原因，看孟子、列子，骂人动不动就是禽兽，我们认为禽兽是对人类的最低评价,可是按《狼图腾》的说法,不见得,说不定是好评价。它认为人有一点竞争的性质,有一点物竞天择、适者生存的愿望,甚至有几分狼性,不见得是坏事。还有一个有趣的现象,姜戎写完《狼图腾》,受到的最大攻击,来自和他一起下乡的知青,说这不是胡说八道吗,根本不是这么回事。我觉得这个也很好玩儿,很有意思,是只有中国才有的现象。外国对文艺的东西有一个默契,文艺是可以虚构的。最近,我在北戴河创作之家,看下载的一个叫《伦敦的陷落》的电影,它是一个组合片,恐怖分子今天占领了伦敦,美国总统被恐怖分子绑架⋯⋯但是它总的来说还是把美国总统当一个正面人物来写。这种东西要是在中国出来可了不得,你怎么能够写一篇小说说你的国家元首被恐怖分子绑架呢,你什么意思啊。国外有那么一种默契,小说的虚构性被人们所承认所包容,但中国不太一样,他说我就没看到这样的狼。这是很简单的一个道理,你看到过这样的狼,这本书就不用姜戎写了,你写不也可以取得相当的成功吗。

中国没有虚构的默契。

还有个纯学术的问题,蒙古族是否拿狼当过图腾,姜戎对这个问题有兴趣,他找蒙古国的根据。《狼图腾》的电影用了蒙古国的一些场景,因为我们国家开放太快，到处高楼，沙化，结果好多场景得到蒙古国拍，漂亮的女演员也是蒙古国的。当然演员没有真正发挥出来，但是起码小说大家爱看，它对人也有某一种启发。电影感动人的是那几匹狼，狼的那种孤独、悲情，你有没有那种感觉？我都替它们流泪，这个现代文明，还有科技，让那个狼，死路一条啊，死无葬身之地，可人家没有罪。让人感动的，尤其狼的目光。他们拍电影的人讲，古今中外拍狼的电影，真正的狼出现在镜头里的很少，大部分都是狗假扮的，狗在外形上像狼，最大的差别是目光，狗的目光和狼的目光相差太远了，狼的警惕、仇恨、悲情、失望和绝望，狗是打死也不会有了，它被驯化得太厉害。所以我觉得这个作品，它的某种特色，有一种无法替代性。我看爱伦堡写物质的东西可以用一种产品替代另一种产品，比如说牙膏，想用黑妹牌，没有，就用"中华"，还有很多种可以选择，即使不太满意，也能起到作用。可是文学的东西是不可替代的，我想看《安娜·卡列尼娜》，找不着，不能换成《欧也妮·葛朗台》。所以《狼图腾》有独特性，作者想尽可能把狼的题材和文化、历史文明、游牧文明、狩猎文明联系起来。这一点我就联想到韩少功的名言——他现在很喜欢发表评论，他说一个事想清楚了写评论，实在想不清楚就写小说。这话说得很好玩儿，当然这话不是那么绝对，但很好玩儿。任何一个事情你想跟他抬杠，马上就能跟他杠上，你可以找绝对相反的例子来，杠死的例子很好玩儿。比如说顾彬，"顾大炮"对中国文学彻底歼灭，一个很重要的理由，他愤怒，说德国作家一天写上一页纸，就不得了了，写两页纸就高产。可是莫言说他的一个长篇小说写多少天？

**王　干**　41 天。

**王　蒙**　41 天 41 万字，这个听着煞有介事，但完全站不住脚。陀思妥耶夫斯基怎么写的呢，我看过他夫人写的回忆录。他喜欢赌钱，和出版社订合约拿钱后马上赌钱去了，轮盘赌，大输大赢，大赢大输，也许一个月，也许半个月，也许一周，钱就用完了。然后再去借钱，然后突然发现交稿日期到了，按规定要交一个 500 页的长篇小说，如果交不了他必须坐监狱，他已经拿了人家的钱，花掉了，又借了，那就只有坐监狱了，这个时候他怎么办？还剩 20 天，他雇一个速记员，疯了，从早到晚滔滔不绝地讲故事，然后速记员刷就给他写下来了。完全投入，也许几天，500 页书就出来了。所以你喜欢不喜欢读陀思妥耶夫斯基的书啊？你发现他有什么特点？他不分段，他一连多少页都是一段。

王　干　还有议论特别多。

王　蒙　因为他是说的，不是写的。他是发表演说，他是哭叫，他是闹出来的，你分不出段。他少拿了多少稿费了。你看看那个香港作家，台湾作家，一个字一段，两个字一段，三个字各占一行。但是陀思妥耶夫斯基的这个风格只能这么写，你让他清风明月，红袖添香，那边还奏个古琴，把笔舔来舔去，弄不好一天写百十个字，那完全就不是陀思妥耶夫斯基了。还有一个爱抬杠的，从陈忠实的经验加以推广，就是一个人一生只能写一部书，这个例子也很可爱。还有更极端的例子，是一个人一生只能写半部书。所以毛泽东讲到《红楼梦》时这样说：中国无非是历史长一点，地方大一点，人口也很多，另外还有半部《红楼梦》。中国的国本啊。中国的长处有三条，第一历史长，第二人口多，第三是有半部《红楼梦》——后来改成"一部《红楼梦》"。我觉得说半部更牛，没必要说成一部。

王　干　半部《论语》治天下。

**王　蒙**　半部《红楼梦》表达文化、写作的才能，你如果把这个作为普遍规律推销那不开玩笑嘛。那巴尔扎克、托尔斯泰都不行了。所以张炜认为好作家不应该只有质，还要有体量。原来北京大学那个吴组缃教授说作家没一点体量真不好办。比如说你有一首诗写得非常好，四言绝句，16 个字你能在文学史上站住吗？写得好的非常多呀，是吧，五言绝句 20 个字，但是如果你只有这 20 个字呢？其实我们 28 年前就说过，文学最不怕抬杠，你说什么我都可以和你抬杠，因为它有反向啊，你找特例啊。

**王　干**　这是文学的魅力，就是你说你有一条成功的路径，但是我有一条相反的路径。我说一个失败的路径，但是又有成功的路径，所以条条大路通罗马，条条小路也通罗马。

**王　蒙**　特例特别感动人。余秀华，脑瘫。脑瘫诗人，本来觉得简直是在开玩笑，在侮辱你，但是脑瘫作为一种疾病，不可轻视，而且绝对不应该轻视。我现在知道，脑瘫并不代表她没有思维，她的精神能力，她的聪明智慧不受影响，只是脸部表情受到影响。

**王　干**　整个肌肉和神经会受影响，比如那个腿，指挥不动。

脑瘫主要影响生理性运动,思维不受大的影响。史铁生是一个非常重要的、优秀的作家,他也是瘫痪,理论上说属于残疾,就是他腿部的肌肉那个中枢神经控制不了。

王　蒙　史铁生是外科性受伤?

王　干　不知道什么原因,好像跟脑部也有关系。因为很多人中风之后的一个特征就是腿动不了,还有就是思维变得很复杂,但说不出来,舌头不受控制,但写出来是没有问题的。

王　蒙　前不久,在《花城》杂志上有余秀华的十几首诗,写得都非常好。有时候中国的事非常麻烦,她说过隔着大半个中国——

王　干　"穿过大半个中国去睡你。"

王　蒙　有些人一看是"睡你"就觉得很不像话了,最后变成一个"睡不睡"的争论。

王　干　余秀华这首诗呢,也是借鉴了其他诗人的创作,原来的题目是"穿过大半个中国去看你",余秀华把它强烈化了,到底还是不一样,"看你"跟"睡你"的效果完全不一样。

王　蒙　幸亏余秀华她是脑瘫,"睡你"的行动性因为她身体的残疾一下子减小了很多,如果她不是脑瘫,而是一个美女作家,又会被网民攻击成"婊子",变成第二个芙蓉姐姐,不知道会是什么下场。

王　干　所以有时候,话从什么人口中讲出来,效果是不一样的。

王　蒙　文学的可爱,文学的魅力,就在于这种个案。刘震云和冯小刚合作非常好,但我觉得刘震云也太不容易了。他在做电影的同时居然也不断写出好的小说来。曾经有人举过这个例子,也是一种片面的说法,说李凖搞电影太多,结果影响了他的文学创作。当然他也不简单,在搞了很多电影的情况下,他写的《黄河东流去》,就非常小说化,不光是得奖的问题,而是写得好。所以这个你找不出规律来。刘震云那种情况很特殊,从写作进入娱乐行业,这也是个人选择,反映了现在文艺青年行业选择的广阔性,和我们设想的以经典作家为榜样,中国就得是屈原李杜唐宋八大家吴敬梓曹雪芹、国外就得是托尔斯泰巴尔扎克的想法不一样。但是有一个事情我不懂,有些非常优秀的作品在中国拍成电影并不成功,不受欢迎,这个非常明显。王安忆的《长恨歌》,拍成电影无声无息。《白鹿原》也是,发行量突破 500 万册了,电影也不行,而且看得莫名其妙。

王　干　这是个很有意思的话题,经典小说改电影有难度。像《白鹿原》《长恨歌》这种体量的长篇小说,拍成电影以后有个问题,就是原来小说的信息量太大,而电影就算拍三个小时,信息量也不够,hold 不住。而有些篇幅不长的小说改成电影,比如《骆驼祥子》,体量不大,改成话剧或电影后,效果却不错。比如余华的《活着》是一个中篇,苏童的《妻妾成群》也是一个中篇,改成电影,《大红灯笼高高挂》效果就不错。但是如果信息量太大,就像您王蒙先生,内容很丰富,像泰山一样,最后非要做成电影全部框进去,这是蛇吞象。

王　蒙　你说得也对,包括《红楼梦》,你看那么多的改编,越剧、电视剧、电影,但是真正能让你满意的还是少。《红楼梦》被改编太多了。

王　干　《红楼梦》信息量太大了,《长恨歌》《白鹿原》也大,变成个爱情戏，爱情戏你说要那些东西干吗，就是个男女戏。所以像《骆驼祥子》，就相对简单一点。《骆驼祥子》主要是祥子跟虎妞，中间再加点社会背景，就好一点。《妻妾成群》《活着》也容易改编一点，因为篇幅不是很大，包括那个《霸王别姬》。

王　蒙　有一个梅艳芳演的电影叫《胭脂扣》——

王　干　《胭脂扣》那个电影特别好，小说也不长。李碧华的小说本身就是那个量，按照我们大陆作家的要求，会觉得李碧华的小说体量不够，但它改成电影正好合适，就是给电影导演发挥的空间跟那个文本吻合，所以这个跟体量有关系。另外刘震云也是有体量的作家，很多年前您还记得吗，他写过一个小说，《故乡面和花朵》，200万字的体量。我觉得每个作家的类型确实不一样，有些必须每天像劳模一样，大量写作，也有些像汪曾祺一样，一生就写了那么一点文字，也挺好。所以作家类型不一样，也就不能简单地说一生只能写几本书。写多少为好，谁也不好说。你说你写三本最好还是写五本最好？这跟你的阅历、情感方式甚至跟打字速度都有关系。就像画家一样，你是画长卷成大画家，还是画小品流传。这个不好说。

王　蒙　你说这个,我又想起一个个案——冯宗璞。她身体不好,"文革"前,她做过比较大的外科手术,"四人帮"倒台以后,她写了几篇东西,水准也挺高的。我记得28年前我们说过她的童话,我特别佩服她的童话。后来她的视力接近半失明的状态,耳朵也够呛,身上的病非常之多,就在这种情况下,一部部还都写得很精彩。尤其是回到你说的沧桑话题,她的《南渡记》写抗战写西南联大,写得那么有感情,那里面有她喜欢的一些知识分子,对她讨厌的知识分子,甚至不无辛辣的描写,她写抗战期间中国的知识分子、大学教授、青年学生浴火重生,写成这样,我觉得这也是奇迹。她完全符合顾彬的要求,一天口述300字,最后改成250字,也有可能,今天说得多一点,到了1万个字……这种坚持……

王　干　这是文学的魅力,文学成为她终身的生命器官。

王　蒙　而且这是她生活的动力。她先生比她小几岁,跟她关系特别好,教哲学,身体那么好、那么年轻却得了疾病去世,她自己还病成这个样子,我觉得文学成为她身体的力量、精神的力量,甚至已成为她活下去的理由。她仍然觉得活得很有趣,活着很重要,我能写文啊。文学跟她的生命完全结合起来了。

王　干　我们这一次的对话好像都是与生命相关的话题。28 年前的对话到今天，一些生命消逝了，一些作家的创作生命还很旺盛，比如您的《明年我将衰老》就是一个宣言式的例子。我们刚才说《狼图腾》时，说到狼的眼睛，那就是一个独特的生命体。余秀华、史铁生、宗璞都是用生命演绎文学的作家，同时文学也唤起了他们生命的活力。我们还谈到了网络对文学的影响，认为网络不是文学的敌人，网络只会延伸文学的阅读，扩大文学的空间，不会是文学的掘墓人，而可能是文学的翅膀和助推剂。用您 19 岁时的一个小说题目来结束我们这次对话吧，"青春万岁"，文学万岁！

《红楼梦》里的世界

2016 年 8 月 1 日

北戴河「创作之家」

王　干　我们这次新的对话按事先约定的,最后一个单元是谈《红楼梦》。很有意思,印象中,28 年前您特别想做两件事,一是好好研读《红楼梦》,二是重写《白蛇传》。关于《白蛇传》,我看过您写的诗。《红楼梦》呢,从《红楼启示录》开始写作,到后来电视开讲,您出了一系列著作。近年来我开始对《红楼梦》感兴趣,可能是受到您的影响,女儿跟我开玩笑说,你现在也到了读《红楼梦》的年龄了,也该读读《红楼梦》。我就开玩笑说,是到了读《红楼梦》的年纪,看来读《红楼梦》还意味着心态老化了,心态平静了,老有所养,《红楼梦》还有养老功能。今天,关于《红楼梦》我向您讨教几个问题。最近我写的文章,您也可能看过一些。余英时有一部很出名的著作——《〈红楼梦〉的两个世界》,把《红楼梦》分成大观园和园外两个世界,大观园是一个理想化的世界,乌托邦世界,大观园以外是比较恶俗的、浑浊的世界。我最近想写篇文章,叫《〈红楼梦〉的三个世界》,从《红楼梦》的创作方法入手,认为它有三个层次或者三个世界:第一个世界就是大观园以外的世界。大观园以外的世界很有意思,可以叫作批判现实主义的世界,写的都是男盗女娼、蝇营狗苟,都是负能量的。你看贾瑞的风月宝鉴,尤二姐尤三姐的悲剧,薛蟠的人命案,贾琏王熙凤坑人的故事,贾雨村买官卖官,葫芦僧乱判葫芦案,等等,这一连串的事情,用以前的概念,属于写阴暗面的社会问题小说,也是高尔基说的批判现实主义小说。另一个世界就是大观园世界。余英时先生称为乌托邦世界,大观园确实有乌托邦的特点,比如都是女儿国,除了贾宝玉以外,都是女性。另外大观园里面山清水秀,风景美好,诗词歌赋,美女如云,都是季令轮换风景更替,什么季节吃什么东西,节令美食,非常美好,有乌托邦的特征。但仔细看看,曹雪芹写大观园不是乌托邦,从写法上看,记叙很详细,像回忆录,或者像《浮生六记》,有点那种感觉。它写得很详细,颇有日记的风格,它是现实版、带自传性质的。大观园也不是清静的世界,薛宝钗跟林黛玉两个人为宝玉明争暗斗,还有史湘云在中间也是不消停。另外大观园里面还有晴雯和袭人争风吃醋。红学界对晴雯的评价很高,我在一篇文章里面认为我们对晴雯的评价太高了。因为什么呢?毛泽东时代搞阶级斗争学说,研究《红楼梦》当然也要找阶级斗争,找了谁呢,谁是被压迫的人呢?晴雯。受了压迫谁敢于反抗呢?又是晴雯。其实,晴雯是一个想当主子而不得的奴才。她一直是想当主子的,她用一丈青去扎坠儿,您还有印象吗?坠儿偷了东西她就用簪子去狠扎一下,这个簪子叫一丈青,是一种毒蛇的名字,晴雯对坠儿用的是黄世仁他妈对喜儿的方法。所以,这是现实世界,只不过是在风光美好的锦绣大观园里发生。我觉得大观园是现实主义写法,如实写,细节特别详细,如茄鲞怎么做,中药几钱几两,一丝不苟,而且还能复原,所以它不是乌托邦,也不是理想国。第三个世界叫太虚幻境。太虚幻境很有意思,应该说是真正的乌托邦。脂砚斋说它对应大观园,但太虚幻境是用象征主义或者用我们今天说的魔幻现实主义去写的。魔幻现实主义的世界,它是一个通灵世界。很有意思,太虚幻境里面出现了十二钗判词,像档案馆,比如金陵十二钗谁什么命运,什么结局,也像预言,像占卜。这样的写作方法跟那个大观园的写作方法是不一样的,跟后面写园外的世界也不一样,我把它叫作魔幻的世界或者通灵的世界。从创作方法考察,我认为《红楼梦》里面有这么三个层次,一个批判现实主义的世界,一个现实主义的世界,还有一个魔幻象征主义的通灵世界。这个观点呢,我正在写文章,想讨教您一下。

王　蒙　没有讨教,你说的也很有意思。大观园有乌托邦的一面,为什么呢,一是它充满青春,第二它充满爱情,哪怕仅仅是萌芽也好。不但贾宝玉跟她们有朦胧的或者明显的爱情,还有"龄官画蔷",也有一种类似的爱情,还有那两个唱戏的同性恋性质的爱情,芳官动不动喜欢扮男性,都是有趣的性心理和爱情心理,爱情的一种变数。所以第一它有青春,第二它充满爱情,虽然它没有条件举行西班牙舞蹈、舞会,这些都没有,但是爱情是压不住的。虚幻地看《牡丹亭》《西厢记》也充满爱情。第三,尤其它还充满文学。《红楼梦》告诉我,文学使相当龌龊的世界增加了幻想,增加了一点美好。《红楼梦》里最快乐的,最纯洁的,最美好的场面,对我来说是芦雪庵赋诗,所以我老说它是:第一它是大观园的青年联欢节,第二它是大观园的诗歌联欢节。诗歌节,抢答节,而且它是大观园的烤肉节。物质文明精神文明两手都要硬,它有那个乐趣,要真饿三天,诗写起来够呛。但是饿极了,又吃饱了,回忆起来,可以写一篇很好的文章。大观园和外界一直联系很多,李妈妈赵姨娘各种举动、现象,贾宝玉的挨打,甚至鲜花着锦、烈火烹油的元春省亲。我老忘不了元春省亲的时候,按照国礼,贾政跪在地上,向他大女儿表忠心,就是对皇上的忠心。比如说请"贵妃切勿以政夫妇残年为念",我每次看到都流泪。因为他真诚,他的女儿已经是皇上的贵妃了,是皇上班子里的成员了,所以你全心全意辅佐皇上,我们死了没关系,我们身体好坏没关系,不用管我们,我们死就死了,你一心一意地服务好皇上……这都不是乌托邦,这是表面的鲜花着锦、烈火烹油之下的一种残酷和悲哀。太虚幻境有点儿意思,但它又不完全是幻境,为什么呢?因为那一僧一道,那个石头,都不是幻境。我很喜欢《红楼梦》里的一句话,满纸荒唐言,它没有认真描写太虚幻境,带有几分调侃性质。我觉得这个你可以研究。批判现实主义很难说。

王　干　曹雪芹写大观园和园外世界的笔法有变化。

王　蒙　他写林黛玉绝不会用园外的手法。

王　干　另外这个园外很有意思啊,我觉得贾宝玉进大观园之前生活已经开始荒淫,但进去之后几乎没有他荒淫生活的描写。从男人的成长来说,很难做到的,他到大观园之后一下子"从良"了,进大观园之前,你看他跟秦钟搞得黏黏糊糊的,跟柳湘莲、蒋玉菡也是情意绵绵。他那个生活又是双性恋,又是……可乱了。但是这个有意思,到了大观园以后他就收敛了,仿佛给镇住了。

**王　蒙**　他被大观园里姐姐妹妹震住了。还有，就是文学的作用。我始终认为和贾宝玉性格最相近、处境最相近的就是薛蟠，可是薛蟠和贾宝玉最大的差别，就是贾宝玉文学性很强。薛蟠只有流氓性，是文学把他们俩划分开了档次。按儒家的道学，再不妥的行为，只要有文学修养，最坏能坏到像杜牧那样。贾宝玉和薛蟠那种不雅完全两路。《红楼梦》我越看越觉得它有深入发掘的可能。都说贾宝玉反封建，拒绝功名，拒绝学而优则仕，拒绝读四书五经，多么伟大，可你仔细研究，一个人如对功名毫无兴趣，别人谈功名的时候，他能痛苦到那种程度吗？我觉得一个人他喜欢一件东西，他可以为了一件东西写几万字，一个人如果完全拒绝一件东西，真正拒绝的话，他一个字不会说，摇摇头就够，一点兴趣没有啊。比如说，我喜欢吃肉，我因为吃肉我写了一篇文章，可以理解，可我不喜欢吃肉，就根本用不着说：第一吃肉太肥，第二吃肉太腻，第三吃肉太臭，第四吃肉拉稀……你根本不吃肉你怎么知道这些？所以我觉得非常奇怪。一个人为了表达自己清高或者表达自己和一个事情没有关系，说那么多话，反而说明有关系，还是放不下。而且你想，贾宝玉是怎么形成的，三万六千五百块石头，都进入体制，为时所用，为天所用，为神所用，剩下这一块石头，昼夜啼哭,所以后来别人一说功名,他立刻发疯,生理反应,浑身发抖,实际上他太放不下了,他太痛苦了。出世还是入世,这是中国封建社会知识分子最难的选择,真正放下的人从不说这个。

王　干　薛蟠就不谈拒绝功名,他不谈这个事。

王　蒙　对啊,比如说李渔就是唱戏,唱昆曲,他从来不说我求不求功名。

王　干　所以贾宝玉还是有"补天"的意识,曹雪芹有这个意识。

王　蒙　晴雯也是这样。她个性比她们强,这是绝对的,和她们不可同日而语。晴雯和袭人不是一路人,她不可能按照袭人的路子来取得贾宝玉的信任和喜爱,她不可能用周到的服务,用甜言蜜语、谦虚谨慎、虚怀若谷、克己复礼……她得另辟蹊径。就像梅兰芳唱戏,他把这个戏的正路全张扬了,从形象到声音到身段,都到极致了,后来的程砚秋等人就得另寻方式了。类似这些,是我年龄越大越感觉到的。社会上这种人我也见多了,过于为自己洗清,恨不得洗得让别人认为他是一个空灵神道。如果真是这样的人,绝对不洗清自己,也不会与他人比清高。你说不着啊。比如薛蟠,他从来没有说过我不爱功名,他从来也没有大骂孔子,他从来不说,也不会有人怀疑他是什么禄蠹。

王　干　刚刚讲到贾宝玉我觉得特别有意思,就是他的文学性,很有意思。贾宝玉跟薛蟠很像,都是富二代、官二代,因为贾宝玉懂文学,他的行径就有了诗意了,被美化了。另外还有一个跟贾宝玉行为相似的,就是秦钟,秦钟跟贾宝玉情况也相似,两个人是一对好兄弟,难兄难弟,秦钟干的事贾宝玉一样也没落下。闹学堂啊,断臂啊,搞双性恋啊,而且跟智能在庙里干的一些事,可以说是同案犯。但是我们的文学界、文学史家一说到宝玉,好像就是一个反封建的、人性解放的先驱,但是秦钟,好像就是个沉浸在色情中的小混混。曹雪芹对秦钟特别厌恶,风寒感冒,让他死得那么惨。这个很有意思,就是刚才您讲的,看来有文学和没文学很不一样的。杜牧再怎么风流,最后还是一个风流诗人,但薛蟠就是小霸王。

王　蒙　小霸王,而且他人命好几条。

王　干　而那个秦钟就是小混混。

王　蒙　秦钟整个给人感觉下流,薛蟠野蛮。

王　干　但是秦钟干的那些事贾宝玉都干过啊。

王　蒙　但是宝玉干的事秦钟干不了。贾宝玉作诗一下十
几首,秦钟一首都写不出来。秦钟很特殊,这里面
隐藏着很多你觉得不可解的东西。比如秦可卿在
个人举止方面完美无缺,可是这个姐姐有这个下流
弟弟,里头留了很多空白。

王　干　所以,就有了刘心武老师的秦学。还有一个问题,
我觉得《红楼梦》有一个特别有意思的地方,就是很
多年大家都没有解决的高鹗续书,是狗尾续貂呢,
还是什么尾续貂,弄不清。对续书我有个大胆的设
想。一般都说《红楼梦》120回,曹雪芹写了80回,
高鹗续了40回。后来有人考证过,刘心武先生考证
说108回,他续出28回,我认为全书100回。当然
我现在理由也不充分,没找到全书理由就不充分。
第一个理由就是《红楼梦》里面有特别明显的地方,
它向《三国》《水浒》《西游记》前三大名著看齐,看齐
的意识特别强,《三国》《水浒》《西游记》都是100回;

第二就是有脂砚斋评点，这个也是看齐，跟金圣叹评点四大才子书看齐，当然脂砚斋到底是谁现在也考证不出来，但是有一条，他跟《红楼梦》的作者是同一时代的，他知道成为名著的条件，《三国》《水浒》《西游记》都是有人评点才成为名著的，他是在看齐；第三个理由是，《红楼梦》的写作受到三大名著的影响，那个情榜，显然是受到《水浒》108将的影响，另外它也明显受到《西游记》的影响。很少有人说它受《西游记》影响，但是我发现它至少有四个方面受到《西游记》的影响：第一个它们都从石头开头，《西游记》一开始是一个石头变孙猴子，《红楼梦》是石头变玉兄，所以书名还叫过《石头记》；第二个特别有意思，一般人都想不到，就是太虚幻境，《西游记》里孙悟空到那个阎王殿里去，把生死簿撕掉，那么《红楼梦》里的太虚幻境也是个生死簿啊，它很像孙悟空大闹阎王殿那段，每个人的档案就是基因表；第三个是《西游记》里有真假孙悟空，《红楼梦》里有真假宝玉，假作真时真亦假；第四个是《西游记》里有个女儿国，《红楼梦》里的大观园也是女儿国，而太虚幻境也是女儿国。所以说曹雪芹在写作的时候，他脑子里是有意识向四大才子书看齐的。

为什么我说120回《红楼梦》有点拖沓，不知道王蒙老师您的感觉如何？您觉得它是不是有点水，为什么？因为高鹗和程伟元，他们是要卖书的，有商业诉求，当时已经要把它续全了，卖书当然是像我们电视剧一样，30集和40集的经济效益是不一样的，所以这个120回我觉得里面有商业操作，是高鹗跟出书人合谋做到120回。因为当时的《红楼梦》就像今天的《狼图腾》，已经卖得很火了，大家都在买这个书，所以我觉得这个后40回带有出版商注水的可能。高鹗有些地方呼应不错，但整体讲，120回如果变成100回，吐槽续书的人会少一点。比如夏金桂的塑造，前面80回夏金桂已经写得很充分了，她的坏啊，那种恶女人、泼妇、悍妇的形象已经写得很好了，后来又让她下毒药给香菱，最后自己误喝了，只不过在重复写她的邪恶。类似这样的情景，在后40回里比较多，所以我觉得《红楼梦》后40回最大问题是水。高鹗有些章节写得不错，但他有意增加篇幅，就是没话找话说。比如写古琴那一块，他把古琴历史回顾了一下，有卖弄之嫌，有注水之嫌。高鹗还加了围棋一段，专门讲了一段围棋的常识，讲什么叫"倒扑"，因为我也下围棋嘛，这是一个手筋，一个术语。《红楼梦》前80回写下棋，是联珠，类似今天的五子棋，不是围棋，续作为了显示有文化，琴棋书画都说到了，故意加了，其实与小说的整体、人物的命运关系不大。

王　蒙　最近我收到查建英的邮件，专门谈《红楼梦》前后的差异，就是用电脑比较，前 80 回和后 40 回的差异，总结了很多，比如说话方式，见了生人怎么说，见了半生不熟的人怎么说，见了很熟悉的人怎么说，见了长辈怎么说，还有很多叙述上的特点，喜欢用哪个字结尾，喜欢怎么开头，这些东西她搞了很多。但是二三十年前有个美国人做过这个，结果是前后比较一致。这个续书，读的时候，某些不满足的心情的确是有。但是这里有一个问题：越是名著，结尾越难。他写不完。

王　干　对，我可能受您影响，觉得曹雪芹的《红楼梦》肯定没写完。为什么呢？因为他没法写完。

王　蒙　他写不完，到了 80 回他已经铺开了，所以我甚至说虎头蛇尾是万事万物的规律。上帝七天创世，第一天说要有光……第七天休息，有章有法，可是造出来之后，他管得了吗这个世界？他管不了了。这个世界怎么结束，能有精彩的结尾吗？没有。我们看一部推理小说，推理电影，或者看一部警匪片，一上来高兴得不得了，太精彩了，这么好的片子，最受不了看到最后，它结束不了，就给一个开放式结尾——你自己想去吧！《战争与和平》最后结束你能满意吗，最后一天休息。即使如此，我认为高鹗续书也是奇迹，因为续不了，给别人续不了，给自己也续不了，所以他续了这是奇迹，而且只有中国文学史上有。你要纯情节性的可以，推理啊故事啊，福尔摩斯探案集可以续，但文学性强的东西，续不了。

王　干　所以我觉得曹雪芹肯定是没法写完，他真要写完的话会"批阅十载"？十年时间，面对自己的一个高峰，没法往下走了。

王　蒙　没法结束，没法收尾，就跟上帝造世界一样，上帝造世界是有章法的，造出来之后又管不了这个世界。

王　干　曹雪芹也管不了，只能让晴雯死了以后，先告一段落。晴雯死后，让贾宝玉写《芙蓉女儿诔》，其实是在为大观园那些可爱的女儿唱挽歌。

王　蒙　现在那些否定续作的说法，我都不服。说白茫茫大地真干净，要死光了才是悲剧？死光了不是悲剧。死光了有什么悲剧，如果地球突然爆炸了，还有什么悲剧？谁对谁啊，一个活人都没有，一个角落都没有。死光了就没有悲剧了，悲剧是什么呢，我每次看《小兵张嘎》，最后全死了，就张嘎没死，他一个人爬起来，奶奶死了，周围的亲人全死了，一村的人全死了，这是悲剧。当然"兰桂齐芳"，就不是悲剧了，还有一个莫名其妙的贾桂，还有莫名其妙的说是贾宝玉的遗腹子啊。胡说八道啊，贾桂、贾兰他们俩当宰相也不行啊。他们俩得了诺贝尔文学奖也不行啊，你现在悲哀的是为贾宝玉，为林黛玉悲哀，甚至你也为薛宝钗悲哀，为袭人悲哀。袭人也没有那么坏。袭人也没有说为贾宝玉必须说自古艰难惟一死。非得让袭人殉葬。这不是放屁吗？你管得着吗？人家一个丫鬟，在那儿硬被人家占有了劳动占有了青春占有了身体。生命还非得赔出去，赔得着吗？她死不着啊！包括大家都在歌颂鸳鸯殉主，歌颂什么呀？

王　干　这个是非常不正确的，非常悲哀的！

王　蒙　悲哀的是她没有办法。因为她嫁给那个谁啊，她当然不愿意，她想出家，那么出家对她就是一个好结果？最后就是干脆说她死了就更好。这胡说八道！

王　干　　对,歌颂这个鸳鸯好像是烈女,她是很悲剧的事。

王　蒙　　她是悲剧的,而且她本人也是虐待自己的,本来你
　　　　　要是设想的话,她应该有别的方法。哪怕逃跑都是
　　　　　一个更好的方法。

王　干　　对。

王　蒙　　她对贾母那么忠干什么,有什么必要! 园里头的批
　　　　　判现实主义未必少啊。

王　干　　《红楼梦》的丰富性和复杂性就在于它写了大观园
　　　　　的青春、美好和热烈,也写了贾府以及贾府以外世
　　　　　界的淫乱、腐败和黑暗,写了人性的多重性,写了世
　　　　　界的多样性,所以是一部说不完的《红楼梦》。

新对话二

「现代性」的爱与痛

2023 年 6 月 13 日

青岛中国海洋大学作家楼

# 现代性与青春

王　干　我最近正在写一篇《王蒙的现代性反刍》的文章,这
一次来青岛参加您的系列学术活动,正好向您讨教
一下。现代性是伴随现代一词产生的,而现代一词
来源于英文 modern,最早在中国被翻译成"摩登",
原义为现代的、新近的、时兴的。当然,也有人认
为,中国"摩登"一词早就有了,源于佛经《楞严经》,
无论当时翻译 modern 用的是音译,还是借用了佛
经的已有词语,摩登都是一个外来词。

摩登一词是在民国时期火起来的,与卓别林的
一部电影 *Modern Times* 有关,这部电影被翻译为
《摩登时代》,电影的传播力渐渐让摩登一词成为口
语。但摩登一词随着社会的变化,原有的现代的含
义慢慢被时髦、时兴的代替,尤其是摩登女郎一词
出现之后,已经不是原有的中性词,反而有些贬义
的意味。

如果说现代(modern)和中国的摩登一词可以
互换的话,那么"现代性"(modernity)是绝对不可
以被翻译为"摩登性"的,因为"现代性"在现当代中
国是被赋予了先进、进步、文明、民主、自由、科学、
现代化、全球化等诸多涵义,其中,加之现代性本身
被哈贝马斯称为"未完成的设计","现代性"的开放

性空间与"摩登"的固化和狭小是不可同日而语的。现代性和现代化在中国是同等重要的概念,实现中国现代化不仅是物质层面的理想,而且是精神意义上的凤凰涅槃。从郭沫若的《凤凰涅槃》开始,中国的作家就希望中国在世界现代文明的进程中树立自己的形象,当然过程是极其艰难和艰辛的。

中国现代文学史与现代性是相伴相生的,一百年来中国作家对现代性的探索、追求和表现始终没有停止,现代性随着中国国情的变化和发展,也始终变换、更替着内涵,中国作家对现代性的表现也丰富多彩、起伏不定。现代文学史上,以鲁迅为代表的作家率先将现代性旗帜高举起来,留下了极其丰富的文学财富。当代文学史上,王蒙也是现代性的一面旗帜,我们今天想谈一谈现代性的问题,特别就您小说里的一些内容来讨论一下。

王　蒙　好的。反刍这个词用得好,比反思好,反思是一种反省,一种自我批评。反刍则是不断地咀嚼,不断地思考,不断地总结研讨探求。反刍给人味觉感受,文学有很强的反刍性,同样也有梦幻与理想性。

王　干　我最近的研究发现,70 年来,您一直在追寻、表达一个主题,就是现代性。最早的《青春万岁》就是呼唤革命的现代性。《青春万岁》一开始,它就是关于一个时间的问题,这个很有意思,当时您说"所有的日子,所有的日子都来吧"。记得胡风在中华人民共和国成立的时候,他写了一首著名的诗,叫《时间开始了》,他是说一个新的历史纪元开始了。您在呼唤所有的日子都来的时候吧,看出来是一个青少年思维。如果是一个中年人思维,他不希望时间过得很快,如果一个老年人思维,基本上希望时间再慢一点,最好能够倒流回去。时间在现代性里面是非常重要的概念,我认为现代性往深层次里面说,有一点进化论味道,而且是加速进化论。鲁迅最早就说自己是一个进化论者,后来慢慢转成了一个马克思主义者。现代性,认为过去的总不如未来的,旧的总不如新的,您这个呼唤所有的时间,所有的时间来的时候,其实根据您写《青春万岁》的时候,是呼唤一种革命,也就是您当时理解的现代性,是革命,革命是可以改变我们旧的生活,可以改变我们旧的面貌,可以把旧人变成新人。

王 蒙 对于我,不是把现代翻译成了摩登,而是把摩登翻译成了现代,因为摩登是 modern,是现代一词的原文发音。还有摩登女郎在旧中国似乎不能说就是贬义,它有一种看西洋景的距离感、陌生感,也有艳羡感,还有一点老土的恐惧感。现代性呢,就是把摩登当作一个名词,现代化,是把它作为一个动词。因为这个是近代中国面临的最大的挑战。鸦片战争以后,中国完全按老一套生存方式,生产方式,生活方式,外交方式,治理方式,混不下去了,搞得很狼狈,很尴尬,甚至很危险。我们面临着中国要往哪里去、怎么变化这么一个问题。在全世界都有这个问题,有些地方比中国还闹得厉害。俄罗斯也有现代化的问题,十月革命其实追求的也是埋葬旧俄,实现苏维埃式的现代化。非洲、拉丁美洲、印度的现代化课题,也非常的明显。

"所有的日子都来吧"那首诗,是讲我的写作心态,同时反映了那种青少年时代,具有一种希望日子过得越来越快、希望把这个整个的社会生活,迅速往前推,加速旋转的心情。那个年代叫作要和时间赛跑啊。

后边我还说"所有的日子都去吧",就是说该往前发展就往前发展,该告别就告别,然后欢呼更美好的、更进步的、更富裕的……一切更好的日子都在前面,一天一天都往更好的地方走。说这个是歌颂现代化也是合理的延伸性推论。

从全世界来说,对于现代性有各种各样的说法,西方马克思主义者对现代性有许多质疑与批评。他们说，有一些西方国家自称是发达国家，而把亚非拉的许多国家，包括中国在内，称之为发展中国家，西方发达国家认为发展中国家要发达，它们暗示这种发展会按照它们的模式来改变一切。中国其实从清末，一些有见解的人士也都在认为中国该往前走一走，比如我的老乡张之洞，他认为中学为体西学为用，吸收各种技术各种知识，所以洋务运动他还是很积极，什么都可以学。当然也有的更激烈一些，白话文运动就大大超越了中学为体西学为用的观点，因为中国的封建精英主义和文言文是分不开的，封建精英主义是不能够向白话文投降的。

王　干　所以现代文学的一个表现是白话文运动。这么说来，中国的现代性体现得很早，白话文运动是中国作家最早的一种现代性的表达，一个冲击，一个冲锋。白话文运动导致了新文化运动，最早严复翻译《天演论》的时候，在少数精英知识分子里产生了很大的作用，是现代性正式进入中国，而《天演论》本身，说的就是进化的问题，是后浪推前浪、覆盖前浪的问题。

## "现代"释放艺术个性

王　蒙　西方的马克思主义者对现代性提出了很多怀疑,而且认为现代性的思想,发展的思想,全球化的思想,实际上会成为帝国主义、资本主义来使那些不发达的穷国家放弃自己的特色,放弃自己的身份,最后甚至会造成一种文化的认同危机和灾难。

王　干　在中国,现代性往往容易和现代化混淆,有时现代性被现代化直接取代。

王　蒙　这个是说起来有困难的地方。现在我国一般的谈社会发展的这个现代性和这个艺术文学的现代性,这是两个概念呢,它们不重合,而且相距甚远。咱们这儿提出现代化也很有意思。你们可得帮我查一查,就是"文革"当中开的一次人代会是哪一年?

王　干　1975 年。

王　蒙　"文革"一开始,什么全都停了,但是你不可能老停啊,1975 年就开了第四届人代会,周总理的政府工作报告提出四个现代化,四个现代化是现代工业、现代农业、现代科学技术、现代国防。没有现代文化,文化要不要现代化,这始终是一个有争论的问题。香港有人写文章说文化要现代化,但是也没有多少人响应。至于文学上的这个现代派和现代性,我觉得更不好拉在一块儿说。就在周总理的报告里头,提出四个现代化的同时,已经有人在我耳边吹这个风,说张春桥提出来,现代化就是西方化,在中国是绝对不允许的,是反动的,是要推翻共产党才能现代化的,这是张春桥的一种观点。

王　干　刚才您说到那个周恩来政府工作报告,最后提出四个现代化的目标,我当时上中学。但是说实话,我之前也没看到开过什么人代会,政府工作报告也没见过,但是我知道,听了这个工作报告,很多人很激动。当时我上高一,我听了以后反而有点失望。

为什么呢?因为之前我们看到的都是像张春桥的那个《论对资产阶级的全面专政》,都是那种宏大叙事,都有很强的这种精神煽动力,这个报告没有让我感到被煽动。但是看到当时有一些人比较激动,我不懂,1975年,我15岁,我上高中,我说没看到什么让我们激动人心的地方。那也就是说像我们那个年代对现代化没有概念,只有革命和斗争。我小学是1966年上的,1976年高中毕业,我们那个时候接受的教育基本上阶级斗争为纲,没有这种现代化的概念,也没有搞经济这个工作的概念,当时能够提出现代化,这个里面,应该有很复杂的情况。

王　蒙　但是你所说的《青春万岁》是追求革命的现代化。这是很重要的解读。我们的人民革命一个目标要反封建,这里有明确的追求现代性含义。另一个是反帝,这又有民族独立,强调本土化、中国化的含义。

王　干　我们还是回到您的作品当中去。新时期的现代派的意识流,好像也和您有关。您说的您那篇最早的文章有意识流,是初中作文,是不是意识流看别人怎么看。您说过意识流等现代派的手段让文学更文学化,让它的语言更加灵动,更加自由,不要受约束,这个本身也是一种现代性。现代性是什么呢?它有一个很重要的特点,就是个人性。文学要更加文学,更要文学化,更自由灵动,那么就有个人性,所以这个个人性本身,它是现代性的一个很重要的特征,所以我觉得您当初在80年代的那些意识流的探索,其实它是您50年代革命性的一种重新的转换。50年代您可能要打倒的是四旧,是旧社会、旧风俗,旧人物、旧习惯,到了80年代以后,您文学上,您要改变的是旧文风，旧腔调，旧格式，旧语言，因为你那个时候的语言跟之前比起来也是一个全新的面貌，您强调这种语言的个人性，个人的创造性。

当然，从这个《活动变人形》开始，就开始对现代性产生怀疑、诘问。我再倒回来说，其实您从《青春万岁》到《组织部来了个年轻人》，就有了疑惑，那个时候不叫现代性，叫理想主义，我觉得应该把它归结到现代性里面来。林震、赵慧文他们这几个人物是从哪来的？从《青春万岁》杨蔷云他们蜕变过来的，杨蔷云是中学生，林震是师范生，是学校的老师，他到了组织部很不适应。说实话组织部还不是一个最社会化、最庸俗化的部门，但是他们受不了，为什么受不了呢？不革命啊，不够纯洁，有"事务主义"倾向，就是用契诃夫的话"有点庸俗"。林震、赵慧文的所有烦恼苦闷，就是看到组织部的工作、生活太平庸了，太不革命了，他们两个人也不能说，这个时候就开始怀疑现代性了，所以后来批判您是反官僚主义，我说这个是抬举王蒙，我们没有这么强的干预生活意识。

王　蒙　这也是一说吧。

王　干　有，因为这个现代性有一个很重要的人物叫罗曼·

罗兰,他说他要跟一切庸俗的生活作斗争。契诃夫认为自己作品的主题就是反小市民气,现代性不能容忍小市民气的,所以我觉得您的《组织部来了个年轻人》至少是写理想主义的破灭,写《青春万岁》那种热情的退潮。

王　蒙　《组织部来了个年轻人》追求现代性不明显,它追求革命的浪漫主义。

王　干　革命的浪漫主义就是一种现代性。但是到后来《活动变人形》的时候,这种浪漫主义、革命性没有了,对所谓的现代性开始有点怀疑了。现在回想一下,粉碎"四人帮"以后,很多作家都写伤痕文学,往狠里去揭伤疤、揭痛苦。您写的不是伤痕文学,您当时写的《最宝贵的》《悠悠寸草心》等是希望"修复"党群关系。这个不是说您这么多年没有伤痕,没有创伤记忆,肯定有。但是这个时候您认为您的思想,或者理想主义已经产生了一点点变化,所以这个变化就是当年您写的一篇叫《费厄泼赖应该实行》的文章,说费厄泼赖应该实行,为什么呢?伤痕文学其实还是继承了一个鲁迅的现代性,必须痛打落水狗,鲁迅先生的名篇《论"费厄泼赖"应该缓行》就是用彻底的革命性来推翻有些中庸的绅士风度,这在上个世纪确实是阶级斗争的典范。80年代您的表现有些不同寻常，在文本内容上，您采取费厄泼赖的宽容精神，不去揭伤痕，不去痛打落水狗。但是您在艺术形式上，又是跟传统的艺术形式来了一个巨大的改变，在一些人看来，甚至有些离经叛道，比如当时您写的《春之声》，您写的《夜的眼》，您写的那个《海的梦》，写的《风筝飘带》，都是意识流非常强的新潮小说，被有些人批为"三无小说"（无主题、无情节、无人物），而另外一些年轻的作家和批评家则认为"小说出现了新写法"，为之雀跃，双方争论得很厉害，持续了很长时间，一直到90年代才平缓下来。记得您还写过一篇《来劲》的超短小说，纯粹的语言之流，意识之流，声音之流，或许是一种潜在的默默的应答吧。

王　蒙　有些争论是盲目争论，文学的现代派一词对多数新中国的作家来说来自苏共日丹诺夫的著名大批判，他批判的对象是大音乐家肖斯塔科维奇。

王　干　这个时候，您对现代性是有所期待的，在艺术上对现代派也是敞开胸怀接纳的。我觉得您这个时候特别有意思，在理念上，在思想上，已经不是五四时期的革命思维了，但是在艺术形式上，又体现了您充分的现代性,充分的拿来主义,要搞艺术形式的探索,要搞艺术形式的革命。这种是很自觉的,不是受了西方现代派的影响,而是对世界文学的一种对接,我还想起了当时徐迟有一篇文章叫《文学与现代化》,引发了很大的争议。这个争论呢,它主要在理论界,但是作家里,主要是围绕高行健的《现代小说技巧初探》一书的议论。您是率先尝试这种现代派的创作,也是率先进入了这种实验派的创作,到了后来,有人认为您是先锋派的鼻祖,是最早的先锋派的,这个很有意思,到了这个80年代的时候,您对这种现代性没有放弃,因为费厄泼赖也是一种现代性,它是一种体育精神,就是公平竞争,宽容对方,就是尊重游戏规则,表现一种绅士风范。当时的很多作家,他们是要痛打落水狗的,要深挖,深批这批"四人帮",到了80年代,1985年以后,您好像思想上有一个变化,这个变化是《杂色》,它是1984年还是1985年写的?

王　蒙　《活动变人形》之前写的。《杂色》在美国爱荷华写的,1980年写的,《活动变人形》是1984年就开始写,1986年才印出来。

## 现代性的痛

王　蒙　以五四运动为代表,表现了对现代性的极度渴望和
　　　对前现代的愤怒、痛心,所以不管是鲁迅还是巴金,
　　　他们提起中医来还是批判的,提起文言文来也是批
　　　判的,把汉字都要废掉。对前现代的深恶痛绝,表
　　　现最明显的就是婚姻和恋爱方面,爱情和婚姻在巴
　　　金的作品里头特别地鲜明,自由的爱情和婚姻带来
　　　的是幸福,包办的婚姻和爱情带来的是痛苦。但是
　　　从我的经验里,我认为包办的婚姻是不好的,妇女
　　　裹小脚也非常的不好,但是仅仅一个"自由"完全保
　　　证不来爱情的幸福,爱情与婚姻的不幸来源千头万
　　　绪,爱情与婚姻的幸福的根基,构建起来谈何容易!
　　　很多人的爱情都不是最幸福,还有一些人的爱情整
　　　个就是一个悲剧,你不能说这些个都是社会制度造
　　　成的,社会制度不能保证每个人有幸福的爱情,制
　　　度好就爱得好,这是笑话。所以我的写作就回应我
　　　们的生活经验里头最突出的经验与体验。一个是
　　　《活动变人形》,你要求自由的爱情,好,原来的这一
　　　摊子你怎么办? 后来我写到《笑的风》的时候,我甚
　　　至于有一个很激烈的想法,我就是要为所有的被包
　　　办、被休掉、被离弃的一些现代妇女去修一个纪念
　　　碑。因为包办的婚姻是不好,但是这个不好当中变

成了女方单独负责，男方因为进入社会生活很快，他又有独立的经济能力，所以他要的自由和幸福就必须抛弃这个女人，这个女人变成了封建包办婚姻的罪恶象征，也就成了包办婚姻的牺牲品，就是男人把这个包袱全扔给她了。对，这是必然的，你想一想咱们国家有多少人至少有一名被休弃的原配女人。而这个女人到底犯了什么罪恶？这个女人到底带来的是什么？她们后来是怎么度过的？当然，我又同时同情那个被旧式包办婚姻害了一辈子，苦斗了一辈子，一无所得的男子。

王　干　第三个高潮是粉碎"四人帮"以后，知青返程之后，叶辛写过《蹉跎岁月》……所以您从《活动变人形》到《笑的风》就一直把女性的命运作为对现代性的一个表达……

王　蒙　我本身是拥护现代性的，我经常说是五四运动激活了中国优秀文化传统。我希望中国越来越好，越来越现代，包括对全球化，真正做到人类命运的共同体我也非常赞成。我要说的只不过是：现代性是会付出代价的，现代性可能是在进行的过程中，不见得每一件事都能直接获得幸福，人们获得的幸福也不是平均的，现代化的结果，在婚姻问题上，男人获

得的幸福就比女人也许便捷些。所以这是一个很
有趣的问题。为什么在你那里摩登变成了一个讽
刺的词，就是大家看到了学习现代，并不是说一学
习就达到幸福了，你摩登了半天，但是你本身思想
意识是很落后的，各种观念很落后的，科学知识是
没有的，你学到的只是现代的几个名词，还不如不
会呢。还有封建有封建的问题，摩登有摩登的麻烦
和恶劣。我母亲呢，对现代性有一个反应，她说如
果我呀，没有任何新的思想，也不知道任何新的观
念，我生活会很幸福，离婚的痛苦很快就过去了，问
题在于我又知道了新的东西，但这个新东西对我又
没有帮助，你说我能干什么？小时我这裹脚已经裹
了三年了，后来知道不裹脚但是已经不行了，赶紧
把脚放开，这脚已经畸形……

王　干　解放脚。

王　蒙　所以她（王蒙母亲——王干注）回头就问，如果我是
宋庆龄、谢冰心，我就坚决拥护现代化。我当时心
里就想，我的娘啊，您比谁不行，您非得往那比？但
是回过头来我又想，我有什么资格不允许她想当宋
庆龄和谢冰心？她就应该想自个儿是低等的妇女，
是下等的妇女？她是封建社会搞出来为封建社会

殉葬的人子,就应该倒霉,就不应该活着?我能给我那亲娘提这么一个要求吗?所以我给冯立三编的书写稿,他非让写母爱,我又不愿写,我没法写,我写母爱非常的痛苦,我的题目就是《谁知道自己母亲的痛苦》。就我们这一代人,上一代人太痛苦了。

**王　干**　我们不知不觉就聊到了《活动变人形》和《笑的风》,这个也是我从您作品里面看到现代性在中国的复杂性,艰难性,现代性的痛苦性。您看从《活动变人形》开始,这个倪吾诚痛苦,静宜、静珍也痛苦,静宜、静珍的母亲也痛苦。当然小说有您个人独特经历,但不是和小说完全一致的。

**王　蒙**　我的父母他们俩办完离婚手续以后,我母亲没有什么表现,我父亲哭成了一个泪人。我父亲又追求现代性,又软弱无能,又不肯向现实低头,而且完全丧失了现实感的一个人物,他考虑问题不考虑现实,我也不懂为什么。比如说有一年或者一年半他和我们失联了,我们家里人死活他也不知道,找不着他了,不知道他上哪去了,就失联,绝对的失联。

一年半以后,我父亲托人带来了很长的信,带来了巧克力糖,带来了这个西方的白雪公主和七个小矮人的商务印书馆出的玩具，他的信里说，你们从小要注意体育，另外就是要讲卫生，每天要洗澡，每天至少要洗一次澡，夏天最好洗两次澡。这个信我一念呢，我母亲除了痛骂他王八蛋、混蛋，是疯子以外，你说她能说什么？我们吃饭不吃饭你都不问，你也不管，要洗澡，40年代是敌伪时期，生活条件很差，你洗澡，你怎么洗呀？你拿什么洗呀，是不是？你拿水舀子洗啊，最多就是洗脸盆，天不太凉的时候，你晚上睡觉以前，你脱光了，或者穿一个裤衩，擦一擦，弄一弄什么，有时候把肥皂打上，再换一盆水，那就是很舍得花钱了，弄完了一盆热水，再加一盆热水，你哪有可能洗澡去？所以这个《活动变人形》这个话剧真是非常成功，底下的人呢，那简直就说没见过这样的话语，没见过这样人的，又这么可信，又是那么真实，这样的例子。

我确定这些东西不是从观念出发的，我也不是围绕着一个现代性在那研究，这是我生活里边的一些实感。我写《活动变人形》，我从来没考虑现代性的问题，它是我童年时期非常痛苦的一种记忆，我早就想写，但当时我认为要写出来是不入流的。既不是这个雇农、贫农反对地主，也不是中华民族抗日，又不是推翻封建王朝，所以就什么都不是，我就一直没有写。到1984年我才想写这个东西，写完了以后我才知道，就是有些记忆在你的人生中挥之不去，你得好好把它写出来，怎么理解它，你慢慢的让人理解去，你用不着说，等理解清楚了再写。韩少功有句话倒是有意思，他就说想得清楚的就写论文，想不清楚的就写小说，这个有道理。

王　干　您到了创作《活动变人形》的时候，我觉得这个时候您对现代性已经有自己的认识了，当时您自己曾经说，写《活动变人形》的时候，才告别苏联文学。也就是说您内心的价值观已经发生了位移。表面是个艺术形式的变化，实际上是这个价值体系都有所变化。《活动变人形》不是《春之声》那般欢天喜地欢迎春天的到来，渴望新的生活开始，而是写了一个"文明人"的悲剧。这个悲剧其实就写了一个前现代打败现代性的故事，"文明人"倪吾诚留过学，他懂外语，他讲卫生，很文明，爱游泳，他身上体现的"个性"都是我们现代性所必须具有的要素，他满怀希望去改造他的现实生活，但他的极端自私、个人主义正是现代性的标配，他的脱离实际，以及不负责任，在现实面前碰得一鼻子灰。静宜、静珍的那一套很土鳖，有时候甚至下贱恶毒，有点不堪入目，但却是倪吾诚的天敌，倪吾诚的无能、软弱被击溃得一塌糊涂。

王　干　倪吾诚这个现代性的人,和现代性的三个基本原则是吻合的。现代性就是强调人是万物之灵,第二个强调个人大于集体,第三个就是要用那个世俗生活来取代神权。倪吾诚留学德国,学的又是哲学,所以他实践这种现代性。

王　蒙　我们说的现代化,不是按这个定义,中国指的恰恰是现代工业,现代农业,现代科学技术,现代国防。在习近平总书记这儿,他又还提出了现代化的治理,就包括社会管理和国家治理也要现代化,在咱们这儿呢,不能提倡个人大于集体,对吧?

王　干　刚才我为什么要说到这个呢? 就刚才您说到倪吾诚、傅大成他们就是个人,他们不管静宜的死活,不管这个白甜美的死活,为什么会造成这种悲剧? 他就是个人主义。极端的个人主义,极端的利己主义,但是他这个也是现代性。

王　蒙　跟封建比是这样,因为在过去,你的婚姻是父母之命媒妁之言,所以他根本没有权利自己追求爱情,追求自己的婚姻。追求爱情属于另外的事情。

王　干　我觉得您从《活动变人形》到《笑的风》完成了爱情

婚姻现代性的一个梳理,而且写出了爱情跟婚姻的复杂性,它不是说有爱情就幸福,并不是你离开了包办婚姻,你去找自由恋爱,找个对象你就幸福,你就自由了。

王　蒙　你离开了包办婚姻,你在社会上乱找,你自己又没有一技之长,你如果是作为一个各方面都很有成就的人,那还好说。你能找着什么人呢? 天知道你能找着什么人。

王　干　80 年代初期,您那个时候信心十足。现在有一句话叫理想很丰满,现实很骨感,就是写这种现实和这个理想的碰撞,到了《活动变人形》,一般都说您在"审父",我觉得它是一个现代性在中国碰壁的故事,现代性怎么被前现代打败的故事。我觉得《活动变人形》是思想上的一个非常重要的作品,表现的思想也是到现在为止能够把中国的社会现实、文化现实、心理现实表现得很充分的一部长篇小说。后来到了《笑的风》的时候,您的思考更加深入了,当时您那个《笑的风》没写倪吾诚后来的婚姻生活,但是傅大成的后来加引号的"幸福生活"您写了,写的那个叫杜晓娟。他跟杜晓娟没有结婚前很幸福,幸福得天下没有这么幸福的人,但是进入日常生活之后,他的幸福度在不断地降低,到最后好像枯燥了。按照现代爱情观婚姻观的理解,恩格斯有句话说"没有爱情的婚姻是不道德的",傅大成跟白甜美的婚姻是不道德的,所以他们最后要破灭,要离婚,但是傅大成和杜小娟的婚姻不但道德,而且充满爱情,充满理想,充满幸福。但是……

王　蒙　还有现实,还有人生的各种现实啊。

王　干　但是,最后,他们的婚姻也破灭了。

## 脆弱与坚硬

王　蒙　还有就是像《笑的风》里这样的故事,不是我虚构和想象的,是有原型的。这是我的生活的实感,说我"三亲"呢,亲历、亲见、亲闻呢,我虽然不是亲历,但是这个太熟悉了,等于和亲自经历的情况一样。爱情怎么会是社会制度决定一切呢,是不是? 如果说爱情呢,唐明皇和杨贵妃这个爱情也很动人的呀,大家都是同情啊,跟社会制度也没有关系,

王　干　跟专制民主也没有关系啊。

王　蒙　国外对于这个现代性的怀疑也非常多。我觉得这

些都不一定适合你写。在这一点上我跟你说的又有一点差距，你说世俗，现代性比中世纪、比这个文艺复兴以前是更世俗化，而不是更理念化，更不是更神权化，这是一个非常重大的分歧。承认世俗生活，承认一个人有食色之性，承认一个生产和劳动比什么都靠前，你要研究社会，先研究它的生产力和生产关系，这都是世俗化的要求。

王　干　所以我昨天讲到了，赵树理写《小二黑结婚》，歌颂呼唤爱情与自由恋爱，反对封建式的包办婚姻，男女主人公有情人终成眷属，是篇喜剧小说。赵树理如果再写小二黑结婚之后的故事，那就很有意思，他们是自由恋爱的，抵抗了三仙姑为代表的前现代的包办婚姻。当时赵树理是为了宣传《新婚姻法》。

王　蒙　当时这个婚姻法是非常地具有革命性的，因为它基本上贯彻了自由结婚与自由离婚，这不得了，当时是 50 年代，比某些宗教教规已经进步多了呀。新中国的第一部法律就是婚姻法，说明政府对百姓的关注很实在。

王　干　从《活动变人形》到《笑的风》就很有趣，我知道您这些年来，您的思想一直在思考一个问题，因为您把中国的社会跟您个人的命运，还有各种各样的事件，联系起来思考。当时我读《活动变人形》，还没有看出现代性的反刍来，只能看出当时的这个西方文化跟东方文化的这种冲突，不是一个简单的西方文化跟中国文化的冲突，而是写出了冲突的艰难与长久，尤其写出倪吾诚这样华而不实的知识分子的脆弱，还有静宜、静珍这种貌似封建余毒的坚硬甚至强大。刚才您讲的您母亲她也接受了现代性，我觉得很有意思，一个接受了现代性的人，她为什么不能成宋庆龄，为什么不能成谢冰心？她控诉现代性，控诉她的痛苦，她比没有接受现代性要痛苦多了。比如她是一个农村妇女，她不懂，中国古代休了就休了嘛，你有什么权利反抗。因为有现代性所以她痛苦，她就要斗争到底。

王　蒙　她要把这个视为死敌。

王　干　所以昨天我跟您说到是倪吾诚的现代性，最后在他身上完成的是游泳，特别有意思，这个现代性最后在他身上其实是实现了。中国古代农耕社会是没人游泳的，"游泳"这个词是很现代性的称呼，以前就叫洗澡。您看昨天您还讲嘛，游泳的都是土匪，浪里白条……

王　蒙　游泳这个词都是现代的,我们过去管它叫凫水,或者叫洗海澡,游泳场叫浴场,我们现在都叫浴场啊,其实它不是浴场啊。

王　干　昨天在车上跟您说到那个倪吾诚很有意思,现代性最后的体现就是游泳,他成功了,他这个游泳游得很好,游的姿势也很漂亮,小说的最后他往深处游……

## 时间与爱情

王　干　现代性确实是一个很复杂的概念,很多人在研究,现代性的外延也在延伸。这些年我研究您的作品,终于发现有一个主线,就是现代性的反刍。这个脉络,贯穿了您70年文学创作的始终。您用您的文学实践,您用您的这种精神追求,在探索,同时也在思考,中国人的现代性,社会的现代性,包括文学的现代性。现代性问题我们谈得比较充分。您刚才说的网上的段子里说,不要瞧不起那些考得不好的美女,说不定等你毕业出来成了你后妈。我之前跟您对话的时候曾经说过,您作品中的80年代女性形象很少。除了静珍、静宜以外,还有那个海云,基本上很少涉及女性形象,男性知识分子,男性干部形象占据主位。最近这十几年,您小说中的女性形象比较多。《笑的风》里面一下子两个,白甜美,杜小娟,您现在是一下子写那么多女性,这跟您前30年,前40年,甚至前50年都不一样,所以我就很关注为什么年轻时候写赵慧文,但不是主人公,女性形象基本都是配角或者不重要的角色。当然,回头看,您的《青春万岁》写的一群女中学生,我觉得您现在又回过去了,又写一群女性。到底是一个什么想法让您对这些各色各样的女性产生了兴趣,您近年来笔下的女性形象很丰富,各色各样的,有知识分子,有农民,还有记者,还有企业家,有女干部,还有女作家。为什么这一二十年来,对女性这个形象会这么感兴趣。还有时间的问题,就是在您的作品里,时间越来越成为主角了,最初的《青春万岁》,说的是时间问题,青春是瞬间,又是永恒,所以万岁。近来的一些小说,在时间的叙述上更是花样不断,像个万花筒似的。比如《从前的初恋》,是从前,又是初恋,是怀念,也是当下。

王　蒙　我是觉得人们对时间的感觉,它是随时在变化的,因为他本身的年龄无一刻不增长,没有停止的时候。我不是说过嘛,1958年我才24岁,那时候读到毛主席的《回韶山》,"别梦依稀咒逝川,故园三十二年前",当时我一听,毛主席回忆的是32年前,我总共到现在刚好 24 年,还差几天,不满 24 年,这怎么与 32 年相比,回忆起来这人生该是如何感慨呀,又可能是何等地伤感呢! 到现在自己有这么大了,这么老了,这是什么样的心情? 可是后来我写起小说了,这完全不是有意识的。我就充分运用了时间所带来的命运的变化,时间所带来的情感反应的发展和变化,时间所带来的戏剧性来写小说。比如说你原来是一个非常自高自大的人,中间碰到了各种事儿以后你起码表面上不那么自高自大了,或者原来你追求的是最高的幸福,结果你追求最高幸福的结果比较狼狈,现在变得更现实了,更世俗化了。这都有可能,所以它也带来很多戏剧性。我一开始,我这写作有这么一个过程,就是到我 60 大几的时候啊,我的小说创作基本上停了一段,除了写什么孔孟老庄有关的以外呢,小说只剩下了《尴尬风流》,就是那种一大组一大组的微型小说。甚至于有人认为我已经走向衰退阶段了。后来呢,慢慢的又有精神,而且写起来很有兴趣,中间还有几个,但是《仉仉》对我来说就很重要,《女神》对我来说也很重要,但是这些要是没有时间的拉长,它是不可能构成的,就连这个此后的那个《笑的风》里边的时间段也非常长,是从这个新中国一建立一直到后来,那个《生死恋》也是这样,拉的时间也是非常长。我的这个时间的观念往往又和空间是分不开的。比如我到新疆去，到现在已经过了 59 年了。59 年不是个小时间。这个时候，我把时间放到空间去呈现，比如我写的新疆，比如说我写到南皮，河北省的南皮，就是写到《活动变人形》，它又是另外的空间，另外的心情，另外的想象，心情也不一样。我利用我的这个优势吧，我去过 70 多个国家和地区，所以我写西柏林我也不含糊写伦敦我也不含糊，写巴黎我也敢写。

王　干　所以您的小说时间跟空间跨度非常大。

王　蒙　而且我会联想，我去日本，回忆的都是童年。因为我整个小学阶段就是日伪统治阶段。我们那个时候到什么情况，北京我们住的一个胡同里头有那么四五家是日本的军官家属，就住在这儿，我跟这些日本小孩一块玩过，他们一开始这个什么这个捉贼呀，什么侦探捉贼的这些游戏，你也会，这游戏跟咱们是一样的，手心手背。（比画——王干注）

王　干　所以我觉得您将来可以写一个类似《活动变人形》的小说，这个很有意思，因为日本是全世界国家里面，除了欧美那些国家以外，就是现代性处理得最好的，它现代性比欧美还要好，日本人的素质比欧美要高，社会秩序比欧美要好，社会的道德伦理比欧美要好。同时它的本土文化甚至比我们中国还要保存得好。我觉得您可以慢慢写，日本原来也是个落后的国家，日本这 100 多年来，怎么走向现代文明。当然它中间也经过了这种波折，犯过战争罪。关于这个民族是怎么完成这个现代性的，我觉得您写一个这样的小说太有意思了。

王　蒙　日本当年发动太平洋战争的时候，它提的口号是"大东亚战争"，认为美国和西欧侵略亚洲这么多年了，总算现在有跟它们算账的机会了，我不怕它们，我们大东亚团结起来。敌伪、伪满拍过一部电影，叫《万世流芳》，写林则徐，写鸦片战争，你们当然不知道，你们小孩哪知道。日本的现代性成功？想到第二次世界大战前后日本的命运谁也不敢称赞它们了吧？

王　干　我还没出生呢，一点也不知道。后来也没听说过。

王　蒙　中苏这个问题，更让人难过。你看看现在这个俄乌战争，俄罗斯吃奶的力气都使出来了，它也打不下来，实际上乌克兰也不可能把俄罗斯吃掉。苏联最感动我的小说，最有名的小说写的都是乌克兰，第一是《钢铁是怎样炼成的》，第二是《青年近卫军》也是写乌克兰的，小说的地点就在乌克兰的地图上，为什么呢？德国要侵略苏联必须从西往东走啊，不可能从太平洋走，必须先经过乌克兰克拉斯诺顿，小说是我最尊敬最热爱的法捷耶夫写的。还有苏联的费定的那个三部曲。第一部叫《早年的欢乐》，第二部《不平凡的夏天》就是写 1918 年的故事。主角是基辅人基利尔，他的最初的情人是丽莎，后来主角被鼓动起来，参加了布尔什维克的革命了，一走好几年，丽莎也联系不上他，丽莎没法活了，就嫁给了一个皮货商。然后过了五年以后，基利尔革命胜利回来了，见到丽莎，百感交集，只有继续革命。后来法捷耶夫当了苏联作协主席，他就说，为什么我们现在写爱情都写不好了？为什么像写基利尔和丽莎的这种爱情的作品，我们就再找不出第二个来了？你想他写的这个情节，他自己满心地去革命去了，等革命回来以后，那姑娘早嫁人了。写得好，人家不可能老等着你，人怎么活着啊？而且你在外边革命，那是有革命的大家庭，人家什么都没有啊，人家知道什么呀，人家知道你是革命了，你还是死了，谁知道你呀，写得好。

**王　干**　这样的爱情小说值得研究，《钢铁是怎样炼成的》也是写革命与爱情的关系,保尔·柯察金与冬妮娅的爱情,也是被革命性否定了,革命让人失去了爱情。这是现实的残酷性,爱情不是永恒不变的,爱情也不只是等待与被等待的关系,爱情的时效性和现实性是不以人的意志为转移的。

王　蒙　这是个大的思想原则,就是追求现代性。人活这一辈子还有很多的因素,有机缘、机遇上的因素,也有背景的因素,也有你才能的因素,也有你人品的因素,也有你性格的因素,所以这些事啊,都不是那么简单的。同样面临着一个现代性所带来的人生的变化,一个坚强的人和一个软弱的人和一个歇斯底里的人,都会有不同的反应。但是我还要强调一下我的这个体会,就是生活的一切进步,也都让你面临新的挑战和新的问题。这个世界永远不会每天除了幸福还是幸福,永远没有这一天,而且如果到了这一天,人就没法儿活下去了。正是因为有不断的挑战,你的生活才有意义。比如说咱们现在,这个农村的很多农民情况的改善是靠打工。但是打工带来了多少问题,问题很多。

王　干　留守儿童,空巢化,乡村荒废,打工导致好多家庭解体、变异、重组,包括价值观的这个变化,确实是。

**王　蒙**　这也是一种对现代性的反应。我看过一个美国的左翼马克思主义者的文章，他甚至认为发展是西方国家对落后国家的讹诈，你必须听它的，政治制度得按它的，你市场制运营得按它的，生活习惯得按它的，你引进你该引进的东西，你不愿意引进的，你也必须引进，那就跟在英国对中国这个鸦片战争时期一样的。

**王　干**　比如这个鸦片战争啊，它实际上也是以这个现代性的名义，借着枪炮进入中国。因为你这个清王朝是这个专制，不是民主国家，而且还落后了很多，我要帮你解决了。当时老百姓过得很苦啊，为什么后来这个鸦片战争之后，造成了辛亥革命，造成了这个清王朝的溃败，它跟这个现代性有关。西方当时用枪炮把现代性输入进来的，所以刚才您说到这个现代性的问题，确实是很复杂。

**王　干**　今天我们谈得特别好。咱们是神聊，前面谈得有条有理，后面渐渐放开了，自由谈，有情感，也有情绪，更有资料价值，超出了我们预设的范畴，当然也有遗漏的，比如关于您近期小说女性形象的话题，就没有展开谈，我想应该是我们下次的话题，我也要做好充分的准备，再向老师请教、对谈。